DU MÊME AUTEUR

Biographies

MONSIEUR DASSAULT, Balland, 1983, Portaparole, 2010.

GASTON GALLIMARD, Balland, 1984 (Folio n° 4353).

UNE ÉMINENCE GRISE. JEAN JARDIN, Balland, 1986 (Folio n° 1921).

L'HOMME DE L'ART. D. H. KAHNWEILER (1884-1979), Balland, 1987 (Folio n° 2018). Grand Prix des lectrices de *Elle*.

ALBERT LONDRES. VIE ET MORT D'UN GRAND REPORTER, Balland, 1989 (Folio n° 2143). Grand Prix des lectrices de *Elle*.

SIMENON, Julliard, 1992 (Folio n° 2797).

HERGÉ, Plon, 1996 (Folio n° 3064).

CARTIER-BRESSON. L'ŒIL DU SIÈCLE, Plon, 1999 (Folio n° 3455).

GRÂCES LUI SOIENT RENDUES. PAUL DURAND-RUEL, LE MARCHAND DES IMPRESSIONNISTES, Plon, 2002 (Folio n° 3999).

ROSEBUD, ÉCLATS DE BIOGRAPHIES, Gallimard, 2006 (Folio n° 4675).

Entretiens

LE FLÂNEUR DE LA RIVE GAUCHE (avec Antoine Blondin), François Bourin, 1988, La Table ronde, 2004.

SINGULIÈREMENT LIBRE (avec Raoul Girardet), Perrin, 1990.

Récits

LE DERNIER DES CAMONDO, Gallimard, 1997, édition illustrée 2021 (Folio n° 3268).

LE FLEUVE COMBELLE, Calmann-Lévy, 1997 (Folio n° 3941).

Documents

DE NOS ENVOYÉS SPÉCIAUX. LES COULISSES DU REPORTAGE (avec Philippe Dampenon), J.-C. Simoën, 1977.

LOURDES. HISTOIRES D'EAU, Alain Moreau, 1980.

Suite des œuvres de Pierre Assouline en fin de volume

LE NAGEUR

PIERRE ASSOULINE

de l'Académie Goncourt

LE NAGEUR

récit

nrf

GALLIMARD

À Meryl, ma fille chérie.

« *Stehen* : tenir, se tenir, résister. »

(d'après Paul Celan)

« 2 août 1914 : L'Allemagne a déclaré la guerre à la Russie –

Après-midi : École civile de natation. »

FRANZ KAFKA,
Journal

I

ROME

Si je le revois je le tue.

Des années qu'il le dit. De rares proches témoignent de cette colère qui n'explose qu'en privé. Pas du genre à fanfaronner, et moins encore à clamer un désir de meurtre. Rien d'une vengeance ruminée et encore moins préméditée.

Dans l'entourage et dans le milieu, on sait ce qu'il y a entre eux. Bien plus qu'un différend. Deux morts sans sépulture. Il faudrait juste éviter que les chemins des deux champions ne se croisent. L'un est miraculeusement revenu du royaume des morts, l'autre est un mort en sursis. Deux coéquipiers que la compétition a rendus rivaux. Deux adversaires dont l'Histoire a fait deux ennemis, Alfred Nakache et Jacques Cartonnet.

Depuis la Libération, ce dernier n'a eu de cesse de disparaître, puis de réapparaître et de disparaître à nouveau. Toujours en Italie, souvent de manière rocambolesque. On le signale régulièrement dans des couvents sous une fausse identité. Là-bas, c'est un fugitif. En France, un condamné à la peine capitale pour collaboration. Par contumace, mais tout de même. Un temps, on croit que c'est bon, c'est fait, la police italienne l'arrête et un jour se dit enfin prête à l'extrader après bien des péripéties administratives. Mais une fois installé dans un petit avion militaire spécialement affrété par les autorités, alors que les hélices tournent, il réussit malgré ses mains entravées par les menottes à ouvrir la porte, sauter en marche, courir sur la piste comme un dératé pour se perdre dans la forêt. On perd sa trace même si on le sait caché quelque part sous une fausse identité. La police le retrouve à Foligno, près de Florence, l'écroue à la prison de Pérouse en attendant que soient accomplies les formalités d'extradition. Et il s'évapore à nouveau.

Si je le revois je le tue. Le type de promesse que l'on se fait à soi-même. Un doux dans son genre, bienveillant, maître de ses nerfs. La haine et tout ce qui s'y rattache lui sont étrangers. Même pas sûr que l'autre mérite son acharnement, ce serait faire trop d'honneur à un salaud. Mais on le comprend, Alfred. Sa colère, il l'a canalisée depuis des années dans la compétition. Ni oubli ni pardon. Il n'est pas indispensable d'être chrétien pour pratiquer le pardon des offenses. Il y a plus de noblesse dans l'indulgence que dans la vengeance. Se venger d'une offense, c'est se mettre au niveau de son ennemi. Passer outre, c'est se placer au-dessus de lui. Une offense peut-être, mais un crime ? On ne peut mettre offenseurs et persécuteurs dans le même sac.

Alfred a sa philosophie de la vie, mais nager est toute sa vie. On ne se baigne jamais deux fois dans le même fleuve : Héraclite d'Éphèse l'a écrit pour dire que tout est changement, tout se défait constamment, tout est en devenir permanent ; car entre sa première et sa seconde immersion, le nageur a autant changé que l'eau elle-même. Mais la rancune vengeresse ? Le mal est fait à jamais. Rien à réparer car c'est irréparable. Seules les victimes peuvent pardonner. Mais lorsqu'elles ne sont plus là ? Car c'est bien de cela qu'il s'agit : d'assassinats. Alors cessons là avec les offenses. Il n'est pas question de rancune, de ressentiment, d'amertume, mais de tout petits morceaux de temps qu'on ne se résout pas à oublier.

Si je le revois je le tue. Redoutez la violence des grands calmes. Une inquiétante vibration en émane. Que le soleil ne se couche pas sur leur colère. Une quinzaine d'années se sont écoulées depuis la fin de la guerre. Dans son paysage d'adolescent, les monuments aux morts étaient encore neufs. Ce jour-là, Alfred Nakache se trouve à Rome, dans le quartier Della Vittoria, au nord de la capitale, plus précisément au Foro Italico, un vaste complexe sportif, à l'invitation des organisateurs du Trofeo Settecolli. Ce tout jeune meeting de natation est déjà nimbé de prestige. Le nageur y tient son rang sans forcer. La foule n'est pas venue dans l'espoir d'une performance ; elle s'est déplacée pour voir et applaudir une légende vivante. Triomphe assuré. Il s'apprête à quitter les lieux pour gagner l'aéroport et rentrer en France quand une plaque aperçue à l'entrée le retient et le force à faire quelques pas en arrière juste pour vérifier qu'il n'a pas eu une hallucination. Mais non, c'est bien écrit : « Direttore della piscina – Jacques Cartonnet », inutile de savoir l'italien pour comprendre. Il se fait discret ce jour-là, le directeur, et pour cause. Comme s'il craignait une mauvaise rencontre.

Si je le revois je le tue. Des années qu'il le ressasse intérieurement. Considérez-le comme un acte moral. Il suffirait de s'adresser à la caissière et de demander à le voir. Aller le trouver dans son bureau où il doit se terrer. Le fixer intensément du regard jusqu'à l'obliger à baisser les yeux. L'obliger à lire le numéro gravé dans la peau de son avant-bras. Regarde ce que tu as fait ! L'entendre bafouiller ses explications vaseuses. Subir ses mensonges habituels. Regarder les mains de celui qui a du sang sur les mains. Non pour le confondre, car ce serait inutile avec un être aussi dénué de sens moral, juste pour s'alléger la conscience et se décharger d'un fardeau, avant de…

Alfred en veut plus à Cartonnet qu'aux Allemands. Mon Dieu, le savoir là à portée de la main, lui qui est recherché depuis la fin de la guerre, et ne pas profiter de cette coïncidence, de ce hasard objectif, ne rien faire, rien. Son indifférence serait un crime contre la mémoire des siens. Sa femme, leur petite fille. Sauf à supposer que ce maudit Cartonnet n'est peut-être pas *vraiment* coupable. Que la conscience est tyrannique, avec ses oscillations, ses ruses et ses échappatoires ! Et si ce n'était pas lui ?

Alfred quitte le stade nautique sans se retourner. Tant qu'il y aura un doute… Si je le revois, celui qui a tué les miens… Ou que mon nom l'étouffe.

2

CONSTANTINE

Au commencement était le poisson. C'est dans la Genèse, pas tout à fait ainsi mais presque ; pas vraiment au début mais pas loin. Du moins peut-on lire de cette façon le passage où une analogie est dressée entre les poissons et le peuple juif afin de l'inviter à proliférer lui aussi. L'air de rien, elle a poussé les Sages à ajouter une ligne à la liste des devoirs de tout père vis-à-vis de son fils, outre la circoncision, l'enseignement de la Torah, la présentation d'une femme, l'apprentissage d'un métier... Une obligation qui ne va pas de soi : lui apprendre à nager. C'est dans un traité Kidouchin du Talmud. Car l'homme qui sait nager est actif, il se contrôle suffisamment pour refuser les tendances dans lesquelles le monde veut l'attirer ; il ne se résigne pas à la passivité du bout de bois qui flotte à la surface de l'eau à la merci des marées qui l'emportent et le déportent ; tel un poisson doté d'écailles et surtout de nageoires, il est capable d'avancer, dans la direction de son choix, si nécessaire à contre-courant. Un nageur est maître de son destin. Voilà l'idée.

Tout jeune, Alfred est de ces enfants qui ont peur de

l'eau. Celui qui appréhende de marcher ne risque que de retomber sur ses fesses ; celui qui ne sait pas nager risque de se noyer. Ce pourrait être une légende, et l'on sait que, lorsque la légende est plus belle que la réalité, il est préférable d'imprimer la légende. À ceci près que lui-même reconnaît avoir souffert tout jeune de cette épouvantable peur, et que son frère Robert, qui n'est pas du genre à en rajouter, le confirme. Il atteste que dans leur enfance, Alfred est farouchement réticent à nager, ou même à se baigner, quitte à passer pour une exception dans une région où cela paraît naturel. Il guérit de cette phobie à treize ans chez les scouts, le jour où, après une partie de football, ses camarades cachent ses chaussures dans un abîme au fond d'un oued ; entre la raclée annoncée de son grand-père s'il rentre à la maison en chaussettes et la peur de se noyer, il n'hésite pas, plonge à maintes reprises une demi-heure durant et ne rapporte chez lui qu'un soulier sur deux, ce qui ne lui épargne pas une pleine correction. Mais il sait désormais que l'on peut immerger sa tête et survivre à cette épreuve.

Jusqu'à ce qu'un jour des camarades l'emmènent assister à un championnat de natation au fameux bassin Aïn Sidi M'Cid, « la » piscine de Constantine enclavée au fond des gorges du Rhummel depuis son inauguration en juin 1872. Quand on pense que cette petite cité en compte trois alors que nombre de grandes villes de la métropole n'en ont aucune. Il n'y a pas assez de piscines en France. Sans une volonté politique on n'y arrivera pas. Justement, ça vient. Une grande ville portuaire comme Le Havre en est dépourvue alors qu'Andernos-les-Bains, commune de quelque deux mille habitants perdue à la pointe orientale du bassin d'Arcachon, peut s'enorgueillir d'un bassin d'eau douce à vingt et un degrés long de cinquante mètres et large de douze mètres, alimenté par un puits artésien…

Deux nageurs, qui font leur service militaire dans le Constantinois, y suscitent l'admiration pour leurs performances. De quoi donner envie à l'adolescent de vraiment se jeter à l'eau lui aussi dans le but de se mesurer aux autres. Gabriel Menut, son premier entraîneur à la Jeunesse nautique constantinoise, l'initie et le guérit à jamais de ses inhibitions. Dès lors, nager, ce n'est plus seulement se baigner. D'emblée, il montre de vraies dispositions ; très tôt, il brille ; très vite, il impressionne par la facilité avec laquelle il se meut dans l'eau. Pourtant, il a l'esprit ailleurs, du côté de sports où l'on s'amuse vraiment, comme le tennis où il se débrouille bien quoique gaucher, ou le water-polo, le plus ludique qui soit. En quittant le club, son entraîneur lui confie une manière de testament : une sorte de manuel de sa main pour s'entraîner seul. La meilleure et la pire des choses car elle fige pour longtemps ses défauts plus encore que ses qualités. Paule Elbaze, sa meilleure amie depuis leur prime jeunesse, avec qui il s'entraîne au coude à coude, le lui fait remarquer mais c'est presque trop tard. Le président Toubiana et le directeur sportif Cohen repèrent déjà un je-ne-sais-quoi en lui. Non pas un grand nageur, car on peut se demander s'il n'a pas en tête d'inventer un nouveau style, la nage foutraque, tant il fait feu de tout bois une fois lancé dans le bassin. Plutôt quelque chose en lui de modeste et d'invincible. Comme un impalpable mélange d'insouciance venue de l'enfance et d'assurance ancrée dans une maturité naissante.

Un homme, c'est sa ville. Celle qui le fait de sa naissance à sa maturité. Sa ville le constitue en gravant à jamais sa topographie dans son imaginaire. En inscrivant pour toujours ses bruits, ses parfums, ses odeurs dans son inconscient. On est constantinois à vie par-delà les exils. La ville, c'est le premier maître. Celui auquel on doit d'être devenu ce que l'on est.

Au cœur de cette ville, une communauté ; au sein de cette communauté, une famille. Les Nakache. Un foyer recomposé. Après le décès prématuré de sa femme, Julie née Ammar, d'une sinusite purulente, David, le père, épouse sa sœur, Rose, en se conformant à une coutume juive. Les onze enfants, cinq garçons et six filles, sont de deux lits. Alfred, Fredj, de son second prénom signifiant « soulagement, consolation » en judéo-arabe, voit le jour en 1915 ; il est le deuxième de la fratrie. Son école s'appelle Diderot, le fronton de son lycée honore la mémoire du duc d'Aumale, la France est partout en Algérie. Les établissements scolaires sont le lieu exclusif de l'instruction publique ; l'éducation, elle, relève encore de la famille (bientôt, un gouvernement à Paris aura la funeste idée de réunir les deux au sein d'un ministère et ce sera le début des problèmes, mais là n'est pas la question). Audehors, domaine de la religion publique, les Nakache sont patriotes et républicains ; le père, un notable respecté par ses coreligionnaires car il a obtenu un certificat d'études supérieures, est un modéré proche des idées défendues par le parti radical-socialiste ; caissier principal du Crédit municipal, surnommé Moul' l'banka (« le patron de la banque ») par les clients, il est chargé du mont-de-piété ; son propre père était représentant de commerce en cuivre.

Nakache avec un *k* comme à Constantine car « Naccache » est tunisien et « Nacache » chrétien libanais. Un patronyme dérivé de l'arabe *naqqâsh* qui signifie « sculpteur » ou « graveur ».

À la maison, royaume de la religion privée, on ne respecte pas seulement les dix commandements et quelques autres ; on se veut des Juifs éclairés, fidèles aux traditions et à la pratique religieuse sans les rigueurs de l'orthodoxie, avant tout guidés par un principe : quand on a reçu, il faut célébrer pour mieux transmettre. Ainsi une chaîne multiséculaire ne se rompt pas de génération en génération. Avec des valeurs aussi fortes et si naturellement ancrées dans une famille, la route est si bien tracée que nul ne songe à sortir de l'arbre généalogique. Le Livre en est le pilier. Quant aux livres, ils ne sont pas prioritaires, surtout si l'on garde à l'esprit ce que même un Albert Camus dira de la culture pied-noire : un grand vide parfumé à l'anisette.

La ligne est claire et ce n'est pas une ligne de fuite. Les familles juives ont la conviction d'être à Constantine depuis la nuit des temps. On y naît, on y vit, on y meurt et on ne soupçonne pas qu'il puisse jamais en être autrement.

On peut dire d'une ville qu'elle est invraisemblable. Il suffit de l'imaginer construite sur un gouffre. Un encouragement au suicide, non ? Un puissant désir d'horizon compense cet abîme. C'est peut-être la raison pour laquelle Constantine, capitale du Constantinois, l'un des trois départements de l'Algérie française au début du XXe siècle, passe pour invraisemblable. Pas seulement : une ville improbable aussi tant l'Histoire l'a disloquée à maintes reprises géologiquement et politiquement, aussi improbable qu'un récit auquel on se refuse de croire tant il paraît extravagant. L'Histoire, c'est le mot poli pour ne pas dire : les envahisseurs. L'Histoire avec sa grande hache. Une ville comme une citadelle, construite sur des rochers et reliée par des ponts et des passerelles suspendues au-dessus du vide à quelque 650 mètres d'altitude. D'ailleurs on l'appelle la ville des ponts, cette étrange cité perchée sur un immense piton et entourée de précipices. On comprend que sa dimension fantastique ait tant impressionné les écrivains de passage ; Alexandre Dumas l'a même rapprochée de Laputa, l'île volante dans les *Voyages de Gulliver*, le roman de Swift, c'est dire. Constantine donne le vertige. Le saut de la mort s'achève dans les gorges du Rhummel.

Durant l'adolescence d'Alfred, la ville compte près de dix mille Juifs dans ses murs. On dit, non sans fierté, que leur présence y est attestée depuis l'exil de Babylone. Soit avant les Arabo-Musulmans, et les Romains même qui avaient baptisé la cité Cirta. Avec les Berbères, ce sont les plus anciens habitants, tant et si bien qu'ils se sont mélangés jusqu'à ne faire qu'un : des Berbères judaïsés. On dénombre une vingtaine de synagogues appartenant à des familles qui se les sont transmises. Le samedi, jour de repos institué par le chabbat, on les voit en sortir après la prière pour aller prendre l'apéritif chez les uns et les autres. Des kémias à base d'olives piquantes, pistaches, amandes grillées, œufs et anchois pour calmer les effets de l'anisette. Plus tard en fin de journée, ce sera le moment du créponné, sorte de sorbet au citron, des artichauts violets, des asperges ou des petites courgettes. Les amis, la famille, c'est tout un. Une grande proximité. Les femmes restent souvent entre elles, qu'elles parlent ou qu'elles dansent. L'armée française a édifié ses casernes là-haut dans la casbah. Le reste se divise en quartiers vers l'est : au sud les musulmans, au nord, le long des ravins du Rhummel, les Juifs, et ailleurs les Européens.

Ici, le quartier juif est surnommé non sans mépris Kaa chahara. Ou « le cul de la ville ». Tous les Juifs n'y vivent pas, n'exagérons rien, mais seuls les Juifs y habitent par instinct grégaire autant que par commodité, souvent les plus modestes. Quoi de plus naturel que de s'assembler quand on se ressemble, surtout lorsqu'il faut aller à pied à la synagogue, à la boucherie, à l'école. À Constantine, le judaïsme ne se vit pas seulement dans les maisons et les lieux de prière : on vit beaucoup dans la rue bien que, sur ce drôle de rocher, toute circulation soit rendue difficile par l'étroitesse des artères. Une vieille histoire. Cela dit la maison est plus importante que la synagogue. C'est là que tout se passe sous le règne des femmes, comme en écho assourdi aux pratiques clandestines qu'avait provoquées l'Inquisition espagnole au Moyen Âge, celles d'un cryptojudaïsme à l'abri des regards. Dans les maisons, le samedi soir on reçoit les familles alentour pour des veillées dans le patio autour des beignets. Élégies et lamentations, supplications et repentances, chants et prières s'élèvent dans la nuit constantinoise.

Ce n'est pas vraiment un ghetto puisque le passage y est libre. On n'y trouve pas de portes qui enferment et protègent. Mais c'est leur quartier, celui des plus pauvres, les autres ayant migré tout autour en s'embourgeoisant à la française grâce au décret Crémieux. Autrefois des indigènes israélites, pour la plupart des Berbères judaïsés depuis des siècles, ou des descendants de Séfarades chassés d'Espagne par le « décret de l'Alhambra », édit signé des Rois Catholiques en 1492, mais ils sont minoritaires dans cette partie de l'Afrique du Nord. Le statut de dhimmi leur était appliqué, aux juifs comme aux chrétiens, les deux étant tenus pour des « gens du Livre » dans toute terre d'Islam. Un statut qui les humiliait car il les discriminait mais, dans le même temps, les protégeait des bouffées de violence de la population : ils ne jouissaient pas des mêmes droits que les musulmans, n'avaient pas le droit de porter les mêmes vêtements qu'eux, certaines couleurs leur demeurant interdites, devaient descendre du trottoir lorsqu'ils croisaient un musulman pour lui laisser la place...

La dhimmitude, on n'en parle jamais. Un philosophe s'est déjà penché sur la question : ce dont on ne peut parler, il faut le taire. N'empêche, un tel silence sur ce qui fait ombrage à une coexistence que l'on veut croire exemplaire impressionne. C'est que l'âme de la ville est profondément juive et musulmane. La musique y est, comme la cuisine, ce qui les relie mieux que tout. Forcément, une ville de ponts et de passerelles... Sauf qu'une métaphore, si bienvenue et si évidente soit-elle, ne suffit pas. Le lien a été sérieusement écorné par l'enthousiasme général avec lequel les Juifs d'Algérie ont accueilli la nouvelle du décret Crémieux, voté en 1870 et appliqué un an après. Désormais, c'était à la République française de les protéger. Les israélites d'Algérie, enracinés sur cette terre depuis des siècles, sont tous devenus citoyens français. Avec les mêmes droits et les mêmes devoirs que les Français installés là depuis la conquête de l'Algérie.

Mais à Constantine, la francisation fut plus lente à s'imposer. Dans la plupart des foyers juifs, on parla encore longtemps l'arabe à la maison. La langue résiste. Chez les Nakache, on parle français à la maison et arabe lorsqu'on ne veut pas être compris non des enfants mais des petits-enfants ; l'éducation est très juive à l'intérieur et très française à l'extérieur. De toutes les grandes villes d'Algérie, Constantine est l'une des moins francisées.

Ce privilège dont on les a exclus n'a pas plu aux autres indigènes. Ils étaient frustrés de ne pouvoir accéder eux aussi à la fonction publique et devenir agents des impôts ou instituteurs. Du coup, à leur tour, les musulmans se sont sentis déclassés.

Dans ce quartier en contrebas de la casbah, souvent les gens sont pauvres mais ne le savent pas. La générosité et l'hospitalité sont égales à celles des bourgeois. Comme quoi ce n'est pas une question de moyens mais d'éducation, de valeurs et de transmission. Les juifs de Constantine se considèrent comme plus religieux que les autres d'Afrique du Nord, et meilleurs cuisiniers. Les autres les tiennent pour archaïques, intolérants, renfermés, insaisissables, montagnards, difficiles d'accès, comme la ville. Ce qui expliquerait que les mariages mixtes y soient si rares. N'empêche, même s'il y a de nombreux artisans parmi eux, pour la plupart tailleurs, orfèvres, bijoutiers ou cordonniers comme en témoigne l'intense activité qui règne rue Vieux, rue de France, rue Caraman, rue Damrémont, et rue Thiers où vit la famille Nakache, des artères toujours trop étroites pour la population qui s'y presse entre la place Négrier et la place de la Brèche, ils s'imposent dans le commerce des tissus, concentré dans la rue Antoine-Zévaco, et plus encore dans celui des grains. Ne dit-on pas qu'ils ont fait de leur ville le premier centre minotier du pays ?

Dans les conversations à la maison, au bistro, dans la rue, le sport tient son rang chez les Nakache. Souvent les héros sont des sportifs de haut niveau. De ceux qui pulvérisent les records. Les récits des Jeux olympiques tels que les journaux et la TSF les rapportent font rêver. Et plus encore lorsque les athlètes sont du coin. *L'Écho des sports du département de Constantine* ne laisse pas passer de telles occasions. Le marathonien Boughéra El Ouafi s'entraîne peut-être en métropole au Club olympique de Billancourt – il travaille comme décolleur aux usines Renault –, n'empêche qu'il a été sélectionné pour les Jeux de Paris en 1924 et a remporté la médaille d'or à ceux d'Amsterdam quatre ans plus tard, alors ici, à Constantine, on n'oublie pas qu'il est d'abord natif de Ould-Djleb, non loin. C'est un modèle à admirer, mais aussi un destin à méditer : pour s'être laissé séduire par les sirènes américaines, il est parti là-bas participer à des spectacles sportifs plutôt bien payés, ce qui lui a fait perdre son noble statut d'amateur. Un faux pas suffisant pour se faire radier par la Fédération d'athlétisme.

Plus encore, Alfred peut rêver au récit glorieux des nageurs juifs qui ont raflé trois médailles d'or aux premiers Jeux olympiques modernes, ceux d'Athènes en 1896. Le Hongrois Hajós en a gagné deux à lui seul. Les épreuves avaient lieu dans la baie de Zea, non loin du Pirée, en avril quand l'eau est froide, à une époque où la nage libre l'est *stricto sensu*, aucune spécialité n'étant homologuée ; les autres nageurs juifs s'appelaient Neumann et Herschmann ; et au deuxième Congrès sioniste, Theodor Herzl ne s'était pas privé de tirer argument de leurs exploits pour ressusciter l'énergie juive que l'on croyait disparue à jamais après des siècles de persécutions et d'humiliations, à baisser la tête et raser les murs. En plus Hajós s'appelle Alfred et il n'en faut pas davantage à l'adolescent pour qu'il s'identifie à un tel héros. Mais si sa victoire a un autre parfum que celle des autres sportifs, c'est aussi que l'eau est un élément moins naturel, plus étranger à l'homme que l'air et le vent ; la conquérir requiert un plus grand mérite.

S'il y a une leçon à méditer de l'enseignement des Anciens, c'est bien celle-ci : l'éducation d'un homme n'est pas complète s'il ne sait pas nager. Alfred sait nager désormais ; du moins croit-il savoir. Pour l'heure il nage faux, dans tous les sens, sans ligne de conduite. Forcément, quand on le fait à l'instinct. Il prend goût à la force de réveil de la fraîcheur de l'eau. Il ignore encore que dans les rêves des nageurs, l'eau devient l'héroïne de la douceur et de la pureté. Lui reste à découvrir une technique, une discipline, un effort sur soi. Quand on pense que certains nageurs maniaques consacrent du temps à vérifier le caractère parfaitement droit des lignes d'eau…

Son style, si l'on peut dire, est tout sauf gracieux, élégant, délié. Il compense par la puissance de ses bras et de ses cuisses. Tout en force dans un grand chaos de gestes et de mouvements à une époque où l'on se doit d'admirer la glisse des nageurs, leur amplitude et leur souplesse. Leur côté poisson. Lui se singularise déjà par une nage que l'on dirait instinctive et, plus encore, primitive.

Quelque chose d'indéniablement précoce et de spectaculaire à son âge, seize ans à peine. Le voilà sélectionné pour le championnat d'Afrique du Nord à l'occasion des fêtes de Noël. Sa première compétition. Un échec qui provoque des rires chez les spectateurs et la déception parmi les amis et la famille groupés dans les tribunes. Il y en a toujours pour ricaner dans le sabir local mâtiné de calembours : « Nakache *bono* ! » Pas bon du tout. Il faut dire que, emporté par son élan, il a fini sa course dans le couloir d'à côté ; or, si l'on peut prendre des libertés avec le style, et certains ne s'en privent pas puisqu'on a même vu Charles Devendeville gagner sa médaille olympique aux Jeux de Paris en 1900 en nageant une soixantaine de mètres sous l'eau, on ne change pas de ligne en cours de route. Rien de plus ordonné qu'un couloir de nage. Seul un anarchiste peut rêver d'installer le chaos dans cette merveille de la géométrie. Eût-il voulu exécuter une figure libre dans un exercice imposé qu'il ne s'y serait pas pris autrement. Le verdict est sans appel : disqualifié. La fête est gâchée. Du moins la sienne car ses débuts dans sa propre ville étaient attendus. Le sport de haut niveau, ça s'apprend. Sa revanche, il la prend en mer. Un 400 mètres au départ de la baie de Philippeville, à une soixantaine de kilomètres de chez lui, à partir d'une de ses plus belles plages, Stora, Jeanne d'Arc ou Miramar, l'un de ces lieux dont le nom fleure bon la France en Algérie. Tant de grands nageurs ne nageront jamais en mer. La peur de ne pas pouvoir maîtriser. L'impossibilité de tout cadrer. L'absence de repères. Le monde inconnu qui grouille dessous. Pas de quoi effrayer Alfred. Il s'élance, se jette et fend l'eau. La victoire enfin, la première, qui lui permet de rapporter la coupe de Noël à la maison. Il la vit comme un euphorisant après avoir nagé comme on s'approprie un paysage. Seule la mer le permet.

Pour le jeune Constantinois, Paris rime avec Taris. Jean Taris, l'homme qui règne sur les bassins, est son modèle. De loin, forcément. Le nageur bien sûr mais aussi l'homme derrière le nageur, exemplaire de simplicité et d'humilité. Il l'a découvert lors de la projection d'un documentaire sur la natation dont il était le héros, un après-midi dans la salle du casino municipal de Constantine. Ses moyens ne sont pas renversants mais il a l'étoffe d'un héros, un vrai. Un corps glissant sur l'eau. Rien de moins qu'un art. Nager au côté de ce Taris, ce serait toucher le Graal, même s'il vient de connaître l'échec à Los Angeles. Ces Jeux olympiques de 1932 auront permis à Johnny Weissmuller de triompher et à un petit Français plein d'avenir de se révéler, Jacques Cartonnet.

Pour l'instant, Alfred ne sent pas l'eau lui glisser entre les doigts, pas encore. C'est à peine s'il a été formé. Pour l'instant il nage comme il respire, mû par une formidable énergie naturelle. Lui manque d'être sérieusement cadré. Mais son club le sent prêt à se lancer. Il l'envoie aux championnats de France à Paris, qui ont lieu à la légendaire piscine des Tourelles, construite à l'occasion des Jeux olympiques parisiens de 1924. Va, vis et deviens, loin des ponts Sidi M'Cid et El Kantara. Il en est du sport de haut niveau comme du reste : pour réussir, il faut partir. Seule la métropole autorise les rêves les plus fous ; et en métropole, la capitale naturellement. Un sacrifice qui implique de tourner le dos à sa terre natale, à sa ville et sa lumière, à ses amis et surtout à sa famille, aux siens, aux fêtes juives célébrées tout au long de l'année dans la maison du père à la grande table qu'il préside, à commencer par la plus importante et qui les domine toutes, celle qui rythme la semaine, les réunit tous aux repas du vendredi soir et du samedi midi, le chabbat, qui exige de cesser tout travail et d'exclure toute activité autre que le repos, la prière ou l'étude.

Passé les ponts, ses fantômes viennent à sa rencontre.

Sa vie est encore à venir mais on sent déjà le mouvement et la ligne de force susceptibles de l'animer. Il sait ce qui l'attend : nager, rêver, gagner peut-être. Parfois échouer, recommencer, échouer mieux. L'important est de garder le cap. Creuser un sillon et s'y tenir toute une vie durant. Fais ce que dois advienne que pourra. Mieux qu'une devise, une résolution qui distingue l'homme qui nage des hommes qui surnagent. Il connaît désormais le mot de passe de la terre à l'eau. Il fait de la nage et plutôt bien. Ne lui reste plus qu'à découvrir la natation. Partir comme on répond à un appel, se jeter à l'eau comme on se précipite au sens étymologique du terme : la tête la première. Pour la première fois, il s'apprête à passer la mer, muni du plus beau et du plus poétique des sésames, délivré par la Fédération : catégorie « espoirs ».

Il s'en va, quitte son amie Paule le cœur gros, laissant à ceux qui restent le souvenir ébloui d'un Byron traversant l'Hellespont par la seule force de ses bras et de ses jambes. Sa légende est en marche.

3

PARIS

Partir n'est pas seulement un rêve de bon projectile quand on a tant de cordons à couper. L'eau des piscines de Constantine n'a pas le goût du chlore : elle a encore trop partie liée avec la mer. Quitter l'Algérie, la mère, la mer.

Pour la première fois, il traverse la Méditerranée, en paquebot de surcroît, avant d'acheter un billet de chemin de fer en troisième classe pour se rendre de Marseille à Paris. Dès son arrivée, il intègre le lycée Janson-de-Sailly, dans le XVIe arrondissement, grâce à une bourse comme interne en classe terminale, et le Racing Club de France. Deux lieux privilégiés, huppés, sélectifs, où l'entre-soi ne dispense pas de cultiver l'excellence.

Janson, comme ils disent tous. En 1933, c'est le plus grand lycée de Paris. De France, qui sait. De l'extérieur une belle façade néoclassique. De l'intérieur quelque chose d'une caserne. L'impression que cela fait lorsqu'on y débarque pour la première fois en provenance d'Algérie. Une rentrée sous un ciel de plomb et un froid de gueux.

Le Racing va de pair avec Janson. C'est l'esprit de quartier, il n'y a guère que le bois de Boulogne entre les deux. Même population, même classe sociale, même sentiment de ne pas en être quand on y est tout de même. Au début, Alfred passe du temps à regarder les autres nager au club ; parfois, il lui fait des infidélités en allant s'entraîner avec le professeur Chaleix à la piscine Molitor. Ceux qui ont la grâce et se meuvent en artistes. Certains ont une nage naturellement fluide portée par leur longue taille ; d'autres, plus ramassés, sont tout en puissance. Mais cela ne suffit pas. Dans les années vingt, autant dire hier, on attribuait les mauvais résultats des nageurs français à deux facteurs : le nombre insuffisant de piscines et la place trop réduite du crawl aux entraînements. Le modèle, c'est l'école américaine, mais on en est loin. Il faut encore beaucoup de travail, plus d'entraînement, tellement plus.

Un nageur, c'est d'abord un corps. Ce qu'on voit, ce qu'on sait, ce qu'on retient de lui avant toute chose. On en saura toujours plus sur le corps que sur l'âme. Lorsqu'un nageur apparaît dans un bassin pour une compétition, il est dans la situation d'un danseur étoile surgissant sur la scène de l'Opéra. Visage, gestuelle, palmarès, technique, style, tout le reste vient après, même si ce corps n'est rien sans le mental qui le gouverne. Il fut un temps où ce corps nageait en grand uniforme d'Adam, le maillot étant jugé indécent en ce qu'il soulignait les attributs. L'évolution des mœurs aidant, avec le temps on est passé outre. Mais, ironie de l'histoire, slip de bain ou collant de danseur, ce qui est chargé de dissimuler au contraire met en valeur, qu'il s'agisse des fesses ou du membre. Alfred ne s'encombre pas l'esprit de ce genre de réflexions. Voilà un homme qui habite son corps. Rien de plus naturel sauf pour ceux à qui cela pose un problème.

Assis au bord du bassin, il écoute les conseils que les entraîneurs leur prodiguent. Nager, danser. La natation n'est pas qu'effort mais chorégraphie. Sûr que son modèle l'illustre mieux que quiconque dans *La Natation par Jean Taris*, l'étrange documentaire de onze minutes que Jean Vigo, le cinéaste de *L'Atalante*, a consacré au champion : le grand nageur, qui déteste l'héroïsme sportif, s'y révèle tel qu'en lui-même, un brin contestataire par rapport à la folie des records. Ce qui ne va pas de soi dans un monde où certains nageurs aiment moins nager que gagner. À croire que nager les ennuie. Alfred, lui, aime les deux. Ses premiers entraîneurs en sont frappés : le plaisir d'abord, la performance ne vient que s'il prend d'abord du plaisir à nager. C'est vrai pour nombre de nageurs. Chez lui, c'est essentiel. Il sourit avant de plonger, il sourit en sortant de l'eau. Et après il rit volontiers. D'un rire qui détonne et qu'on entend même sur les photos de lui en slip de bain.

Une visite à la fameuse piscine des Tourelles s'impose. Construit avenue Gambetta, près de la porte des Lilas, à l'occasion des Jeux olympiques de 1924, le stade aquatique abrite également le siège de la Fédération française de natation. Ici, l'eau a un autre goût. Pas comme là-bas. On dit que l'eau douce et filtrée, contrairement à celle de la mer ou du bassin de Sidi M'Cid, est la véritable eau mythique. Un bassin de 50 mètres réputé pour sa dureté, cela sonne comme un défi. Les Tourelles sont déjà un lieu de mémoire. L'Américain Johann Weissmuller, dit Johnny, y a ébloui le public il y a quelques années à peine. Le premier homme à passer au-dessous de la minute au 100 mètres nage libre, cela ne s'oublie pas. Surtout pour quelqu'un qui s'est mis jeune à la natation à la demande de son pédiatre afin de mieux lutter contre la poliomyélite qui le rongeait. Aux Jeux de 1924, il réussit à priver le grand Duke Kahanamoku d'un troisième titre consécutif sur la même distance. Comme si cela ne suffisait pas, en moins de trois jours, il s'octroie quatre médailles : l'or sur 100 mètres, 400 mètres et relais 4 × 200, et, pour couronner le tout, le bronze en water-polo. C'est d'ailleurs en poloïste au poste d'avant-centre qu'il gagne ses courses puisqu'il a la drôle d'habitude de nager le crawl en maintenant la tête hors de l'eau – et il est bien le seul, du moins à ce niveau-là. Mais, passé professionnel, il n'est plus qu'un mannequin pour slips de bain et un ancien champion que les piscines se disputent pour des démonstrations, ou plus exactement des exhibitions, comme on le dit mieux en anglais, car c'est bien de cela qu'il s'agit : montrer, exhiber. Au moins a-t-il l'honnêteté de reconnaître son choix, contrairement à tant d'amateurs marrons. En 1932, une petite annonce de la Metro-Goldwyn-Mayer bouleverse sa destinée. Les producteurs cherchent un nageur sachant parler, ou à tout le moins sachant pousser un cri, pour interpréter le premier Tarzan du cinéma parlant. Une centaine d'hommes se présentent mais c'est Johnny qui est choisi. Pour son corps parfait, disent-ils. On les croit. À côté d'une telle fusée, certains nageurs donnent l'impression d'avancer comme des crabes aux pinces d'homme.

Pour sa première participation à un championnat de France, Alfred Nakache, dix-sept ans, termine sixième du 100 mètres nage libre dans un excellent temps. Assez pour se faire remarquer.

« Allez, Artem ! »

Le cri fuse de plus en plus souvent des tribunes.

« Bravo, Artem ! »

On retrouve ce mot étrange, mais de moins en moins surprenant, sous la plume des journalistes sportifs, parfois même dans les titres des gazettes. Le surnom populaire d'Alfred. Il n'a rien demandé mais l'accepte volontiers. Artem, on en trouve l'écho dans les vieux dictionnaires d'hébreu. De quoi effectivement évoquer les ondulations du poisson à sang froid. Mais dans l'esprit de ses partenaires russes de water-polo qui, les premiers, le baptisent ainsi, même si le chroniqueur sportif Philippoff revendique la paternité du surnom, il n'y a pas de référence à la langue de la Bible. C'est juste un prénom courant en Arménie, en Biélorussie, au Kazakhstan, en Ouzbékistan, en Ukraine, en Russie… Il y est synonyme d'« énergique » et devient vite comme un mot de passe entre initiés. Alors va pour Artem, « le poisson » !

À l'été 1934, il se qualifie pour la finale du championnat de France à la piscine des Tourelles. Un moment très attendu par tous sauf par lui tant il paraît insouciant – et ce n'est pas feint. Non seulement il ne change rien à ses habitudes mais, à la veille du grand jour, il se permet même de disputer un match de water-polo avec les scolaires.

Perplexe, la presse l'interroge :

« Artem, ne nous dites pas que le fait que vos adversaires fourbissent leurs armes dans l'ombre et le silence ne vous empêche pas de dormir, non ?

— Oh pas du tout ! C'est bien simple, je n'y pense pour ainsi dire pas. Si quelqu'un ne dort pas, c'est plutôt eux que moi ! »

Et parmi eux, un certain Jacques Cartonnet.

D'emblée son meilleur ennemi. Ils se connaissent sans se connaître, chacun précédé par sa réputation. C'est peu dire qu'ils ne s'apprécient guère. Depuis le début, malgré une approche amicale, ils sont liés par une antipathie réciproque. Au point qu'à chaque rencontre les chroniqueurs sportifs les présentent non seulement comme deux nageurs rivaux mais comme deux hommes venus publiquement vider une querelle personnelle. Tant et si bien que parfois, à défaut d'en venir aux mains, ils échangent des paroles musclées au bord du bassin, avant ou après la course, en présence de nombreux témoins sidérés par cette violence latente. Les gazetiers jouent de cette rivalité, jettent de l'huile sur le feu, ravivent la tension. Un mot suffit. Ainsi, lorsque Nakache l'emporte sur Cartonnet, certains écrivent qu'il a « disposé » de son adversaire, ce qui ajoute à la blessure d'amour-propre.

Ils ne peuvent pas se sentir mais sont encore assez fair-play pour s'en accommoder. Surtout quand ils ne nagent pas pour le même club mais pour le même pays. Le public est toujours au rendez-vous pour les voir s'affronter, souvent à la veille d'un championnat de France.

Tout les oppose. À croire qu'un romancier ou un scénariste les a inventés exprès pour la dramaturgie. S'ils sont aussi naturellement rivaux, c'est bien qu'il s'agit de deux champions de la même catégorie mais pas de la même race de sportifs. Un collègue est quelqu'un qui fait le même métier que vous mais un peu moins bien.

Autant Cartonnet est long, haut, blond, blanc, fin, les traits réguliers, élégant, hautain, autant Nakache est mat, ramassé, râblé, musculeux, familier, sérieux dans le travail, appliqué, le sourcil touffu, le front mangé par une tignasse crépue, le nez long et épaté, d'humeur égale, un éternel sourire accroché au visage toujours prêt à exploser en un rire communicatif. Le premier est de quatre ans l'aîné de l'autre. Une différence qui compte à ce niveau-là. Question d'expérience et de maturité, en principe. Plus Cartonnet, natif de Boulogne-sur-Mer, finasse, tourne autour, biaise, plus Nakache le Constantinois se dit paysan en ce qu'il n'est pas assez savant pour raisonner de travers. Il faut toujours que l'un lance des défis aux nageurs quand l'autre se les lance d'abord à lui-même. Face à un homme soucieux d'esthétique qui se repose sur ses dons et ses facilités pour s'en tenir au strict minimum, Alfred prend l'option inverse, tout dans l'effort, le travail, la volonté, l'endurance, l'entraînement, afin de donner le strict maximum tant il est préoccupé d'efficacité. Sans oublier le sérieux dans la préparation. Il n'y a pas que l'étude : le corps aussi. *Mens sana in corpore sano,* issu d'une des *Satires* du poète romain Juvénal, peut se dire aussi bien en hébreu. Et en allemand, puisque la formule se trouve aussi dans *Mein Kampf.* Mais seul un Français imagine l'ampleur du sacrifice pour un sportif comme Nakache lorsque, pour conserver la forme à la veille d'un match, il quitte une tablée où l'on sert à tous des tripes à la mode de Caen pour se réfugier à la cuisine et s'y faire servir deux œufs au plat. Ce qui ne l'empêche pas, lorsqu'il sacrifie avec délice au couscous de sa sœur Julie (le grain de semoule roulé à l'huile d'olive, servi accompagné de grillades au barbecue, dit mesfouf), de nager auparavant quelques kilomètres pour mieux lui faire honneur.

Une autodiscipline de tâcheron dépourvue de grâce aux yeux d'un Cartonnet dont la présence semble illuminée de toutes les félicités de la nature. C'est une gravure de mode aux muscles déliés. Un authentique styliste dont on loue de toutes parts la glisse et la flottabilité hors du commun. Un arrogant qui lance à ceux qui nagent en puissance que fouetter l'eau ne consiste pas à s'agiter comme un moulin à vent. Les deux n'hésitent pas à oser paraître ce qu'ils sont, c'est même leur force et leur qualité première ; et avec leur haut niveau, c'est bien là tout ce qu'ils ont en commun. Ils sont également populaires, mais à chacun son public. Leurs supporters ne se mélangent guère.

Drôle de type tout de même que ce Jacques Cartonnet. Le voilà qui parade face à la foule, se plaint que l'eau est trop froide, le bassin hors mesure, la profondeur insuffisante. Il donne l'impression de déplacer l'air avec lui comme ces hommes qui sont à eux-mêmes leur centre de gravité, mais rares sont ceux chez qui c'est aussi naturel. À côté de lui, Nakache semble un homme comme les autres mais qui nage comme personne. Cartonnet assure le spectacle, jamais en retard d'un numéro d'épate. S'il en avait les moyens, il se comporterait comme Georges III : monarque du Royaume-Uni de Grande-Bretagne et d'Irlande ainsi que prince-électeur de Hanovre au sein du Saint Empire romain germanique et assez dérangé dans son genre, celui-ci nageait au large de Weymouth, qu'il popularisa comme station balnéaire, en se faisant accompagner par un orchestre de chambre.

Au vrai, Cartonnet est une personnalité ingérable tant il est fantaisiste, imprévisible, provocateur. L'immaturité de celui qui ne se remet pas d'avoir été obligé de grandir. Toujours en retard quand il ne décide pas d'annuler sa participation au dernier moment. Un léger problème avec l'autorité, disons-le ainsi. À l'été 1934, il est même suspendu par la Fédération pour indiscipline. Ce qui lui fait annoncer *urbi et orbi* qu'il renonce à nager. On le retrouve assez dégoûté de la natation au bar du quotidien *Le Jour* où il s'épanche auprès des reporters descendus du marbre au zinc pour l'écouter :

« Cette fois, je suis décidé à abandonner définitivement brasse, crawl et toute compétition nautique. Je nagerai dorénavant pour mon plaisir. Je vais faire de l'athlétisme. Tenez, je ne bluffe pas, voici ma carte d'entraînement pour le stade Roland-Garros. Je vais me spécialiser dans le lancer du javelot. J'ai déjà un embryon de style que Gajan va mettre définitivement au point. J'ai dépassé 40 mètres sans élan. Je m'essayerai aussi au disque. J'espère, par mon activité sur le stade, parvenir à oublier les attraits de la natation et aussi ses mécomptes... »

Las ! Cartonnet ne tarde pas à revenir sur sa décision mais sans rien changer à ses habitudes. Du genre à s'entraîner au dernier moment avant une course, quand il accepte de s'entraîner. On dit que sa piscine, la Métropole porte de Clignancourt, est l'endroit de Paris où l'on a le plus de chance de le trouver absent. Ce que Nakache a de plus que lui, au-delà de l'entraînement, c'est l'entraînement invisible. Autant dire une certaine hygiène de vie. Cartonnet préfère courir les bars, les bons restaurants, les boîtes de nuit, quand ce ne sont les réunions électorales avec son grand ami, le sulfureux député de gauche franc-maçon et maire d'Auxerre Jean-Michel Renaitour, lui-même nageur, homosexuel et bambocheur notoire ; ils sont si inséparables que lorsque *L'Écho de Paris* annonce à tort que l'homme politique a eu un accident de la route, on craint pour la vie du nageur alors qu'il ne se trouvait même pas dans la voiture... Un nerveux pour le meilleur et pour le pire. Mais quel champion ! Ses qualités athlétiques sont impressionnantes, sa capacité thoracique est de 7,5 litres, sa glisse extraordinaire, sa flottabilité exceptionnelle.

Les résultats sont là et le palmarès, éloquent. Le 200 mètres brasse lui appartient : demi-finaliste aux Jeux de Los Angeles, deux fois champion du monde, champion de France plusieurs années de suite, quatre fois vainqueur de la Coupe de Noël qui se déroule dans la Seine en amont du pont Alexandre-III, d'une rive à l'autre... Justement, aux olympiades américaines, sa réputation de dilettante l'a rattrapé. Les responsables de la Fédération lui reprochent d'être passé à côté alors qu'il avait les moyens de se hisser sur le podium et la France avec. Il aurait fait la bringue avec une starlette lors d'une visite d'un studio à Hollywood au lieu de s'entraîner. Même s'il y en a toujours pour murmurer que tout succès recèle les germes de sa propre destruction, il a bien le temps de penser à l'échec. Pour l'instant, il brille. Même en librairie puisque le manuel qu'il vient d'écrire paraît sous le titre *Nages* chez Gallimard, et de surcroît sous la couverture blanche griffée du prestigieux label NRF, celle qui a vu paraître *À la recherche du temps perdu*. Rien que ça !

Il nage sous les couleurs du Sporting club universitaire de France (Scuf) puis sous celles du Paris université club (PUC), enfin pour le compte du Cartonnet Swimming Club, dont il est le seul membre et dont il a confié la direction à sa mère afin de pouvoir toucher des enveloppes malgré son statut d'amateur. S'entraîner et s'entraîner encore, s'entraîner pour gagner toujours, ou en cas d'échec pour échouer mieux, c'est le genre de Nakache mais vraiment pas le sien. On ne voit pas Cartonnet ramper pendant des heures pour améliorer sa reptation et donc mieux maîtriser le mouvement alternatif des épaules. Sa réputation de noceur, qu'il entretient sans se forcer, le rapprocherait plutôt du boxeur Al Brown, champion du monde poids coq venu du Panama, dandy, mondain, opiomane, fêtard qui boit du champagne juste avant d'enfiler les gants, et dont son pygmalion Jean Cocteau s'entiche au point de s'improviser aussi son entraîneur ; et si l'écrivain reconnaît que le monde pugilistique lui est une *terra incognita*, il croit compenser en disant s'y connaître en génies à défaut de s'y connaître en boxe.

Pas le moindre esprit de revanche, de désir de vengeance ni même de colère sous-jacente dans la soif de victoires d'Alfred, contrairement à d'autres. Il ne vit pas dans ce registre-là. La reconnaissance, il l'a déjà eue par les siens. Une telle maturité si jeune n'étonne que ceux qui ignorent cette vertu du sport de haut niveau : il fait grandir plus rapidement. Il est vrai qu'Alfred s'est donné Jean Taris pour modèle. Un grand nageur pour qui un sportif parvenu au sommet a moins de droits que de devoirs.

Être champion, cela oblige.

Cette soirée de dimanche ne se distingue pas par ses records mais par ses révélations, au premier rang desquelles celle « définitive », annonce *Le Miroir des sports* en titre, d'Alfred Nakache, dix-huit ans, qui vient de passer avec succès la première partie de son baccalauréat. Il boucle son 100 mètres en 1 minute 2 secondes 2/5. Artem l'emporte. Artem champion de France du 100 mètres nage libre !

Pas une fin, juste un moyen. Une ancienne sagesse rappelle à celui qui se croit arrivé qu'il n'est pas allé assez loin.

On lui prédit un avenir de sprinter. Les chroniqueurs saluent sa progression, soulignent tant ses qualités athlétiques que son courage, sa volonté, son mérite, ses dons. Son temps lui fait talonner Jean Taris, son modèle, lequel finit la soirée en remportant six médailles. Un homme qui n'est pas qu'une école de modestie mais un exemple d'énergie et de persévérance aussi.

C'est quelqu'un, ce Taris. D'ailleurs, chez les chroniqueurs, on n'hésite pas à dire « un Taris », « des Taris… ». Une forme de consécration car l'antonomase est un phénomène rare chez les nageurs. Alfred ne s'est pas trompé d'idole. Dans *La nuit remue* d'Henri Michaux, on trouve un poème en prose intitulé « Le sportif au lit » dans lequel il est question d'un antisportif absolu qui devient un virtuose du patin à glace et de la natation dès qu'il rêve au lit : « Ce ne sont pas encore ces gaillards-là, ces "Taris" ou autres, qui me battront. Ils n'atteignent pas la vraie justesse. » Manière de dire la perfection dans la grâce naturelle de ses mouvements lorsqu'il nage. Mais ne dit-on pas de Taris qu'il est notre Johnny, le Weissmuller français ?

Il faut aussi savoir regarder et écouter. Taris confie à Alfred qu'il ne sait pas faire certaines choses. Les virages, par exemple. Bien sûr, comme les autres, il a appris à virer au bout de la ligne d'eau, mais il n'a jamais travaillé la chose pour ce qu'elle est : une torsion suivie d'une vrille. Or c'est plus important que le départ : on ne part qu'une fois, on vire plusieurs fois. Il faut insister sur la détente des jambes. Cela permet de récupérer mais aussi de se repropulser. L'aîné le confie au cadet : c'est le regret de sa vie de champion. Il aurait gagné un temps précieux et amélioré des records s'il avait appris à bien virer.

Le jour où il décide de monter sur le 400 mètres, Taris lui laisse la voie libre sur 100 mètres. « On se tire la bourre dans l'eau mais après la compétition on se serre les coudes » : voilà leur pacte, scellé par une amitié jamais trahie. Alfred enregistre les conseils de son aîné, il mémorise tout ce qui sort de sa bouche alors que le champion ne veut pas de disciples, puisqu'il ne se prend pas pour un maître. Il lui apprend que le secret, c'est la persévérance conjuguée à la décontraction musculaire, la souplesse, la respiration régulière. Mais aussi que certains bassins autorisent de meilleures performances. Question de densité et de température de l'eau, de forme de la piscine. Trop chaude, l'eau fatigue ; trop froide, elle provoque un durcissement musculaire. L'idéal : vingt et un ou vingt-deux degrés. Un bassin court permet des virages qui relancent la vitesse ; un bassin également profond partout favorise la rapidité car le petit bain forme des dépressions et la résistance est moindre. Plus le bassin est large et équipé de rigoles, mieux c'est pour éliminer les vaguelettes. Dans l'eau de mer salée on est davantage porté. Les bras trouvent plus de résistance. Disons que dans certaines piscines aussi. C'est peut-être injuste, mais c'est ainsi.

Derrière tout grand nageur, il y a un grand entraîneur. Il prend la place du père. Deux armes sont à sa disposition : un sifflet et un chronomètre. C'est même à cela qu'on le reconnaît. « Hélas, souvent l'entraîneur propose et le nageur dispose. » Le mot est de Cartonnet. À comprendre comme on veut. Johnny Weissmuller, Arne Borg et tant d'autres doivent tout à Bill Bachrach. Sans le coach légendaire de l'Illinois Athletic Club, ces champions ne seraient pas arrivés si haut. Ils auraient certes nagé, mais un niveau en dessous. Ils doivent tout à cet infatigable perfectionniste. Autorité, souci du détail, discipline, organisation : sa signature. À Chicago où ils vivaient, il avait tôt repéré les dons de Johnny. Il en a fait, à dix-huit ans, le premier nageur au monde à parcourir le 100 mètres en moins d'une minute.

Derrière Jean Taris, on trouve Georges Hermant du Scuf. C'est lui, le patron. Il lui a appris à respirer amplement. À acquérir un style. À nager longtemps, fût-ce aux dépens du sprint. À multiplier les séries en fractionnant avec un faible temps de récupération entre deux. À répéter chaque jour les mêmes gestes. À inscrire en soi comme un réflexe naturel un temps pour l'aspiration par la bouche, trois temps pour l'expiration par la bouche et le nez. Et à admettre que tout est dans la souplesse et la respiration.

Leur mantra, du moins chez les Français : le style. Ils n'en ont que pour lui. Le style, ou comment l'améliorer.

Tous ne partagent pas la même méthode, n'insistent pas sur les mêmes points, n'ont pas la même conception de leur sport. Il ne suffit pas d'enfiler des séries. Mais à force de les écouter crier assis au bord des bassins, Alfred en ressort habité par une émeute de conseils, de recommandations, d'injonctions. Et de résolutions. Ça se bouscule dans sa tête lorsqu'il s'entraîne, les yeux fixés sur la ligne noire au fond de la piscine. Certains nageurs font le vide en laissant se dérouler le fil des heures et l'ordre des années ; d'autres ruminent, réfléchissent, ressassent, à condition d'aligner les longueurs en solitaire.

Dans ce moment privilégié qui peut durer des heures, le nageur jouit du luxe suprême d'exclure tout le dehors. Mais dès que l'entraîneur s'en mêle et fait entendre une voix gonflée de décibels qui emboîte sa course, c'est un vrai tohu-bohu : le battement des jambes ne sert pas qu'à te propulser mais à te stabiliser !... Fouette l'eau en levant ta jambe au lieu de la laisser retomber !... Travaille, entraîne-toi sans relâche et entraîne-toi encore... Fais tes gammes comme un musicien... Trop raide ! Travaille l'amplitude ! Nage plus lentement en allongeant au maximum les mouvements... Apprends à décomposer tes gestes : effet de ralenti garanti... Spécialise-toi, il faut choisir sa nage et s'y tenir... Mets des jambes !... Sois solide sur ton départ coulé... Et le toucher de l'eau, tu y penses au toucher de l'eau ?... Ta reprise de nage est trop tardive... Ne laisse pas tes pulsations s'emballer... Tu gagneras en stabilité grâce au mouvement propulsif de tes jambes... Travaille le plongeon de départ et la coulée qui s'ensuit et considère le reste comme étant le reste, 50 mètres ? ben oui, 50 mètres !...

Certaines expressions, juste quelques mots parfois, il les entend pour la première fois dans une piscine : les ondulations, la coulée, la battue, le jeté des mains au plus loin. Qui a osé dire que les nageurs n'étaient pas des danseurs et leur entraîneur, un chorégraphe ?

Parfois, certains entraîneurs en font trop. Ceux qui se passionnent pour la propulsion. Qui se mettent à parler de mécanique des fluides et des lois de la gravité aquatique. Qui l'adjurent de ne pas négliger la phase aérienne du relâchement du crawl, dont on dit qu'il préserve les cervicales. Ou qui reprochent au malheureux qui a sorti la tête de l'eau de dérégler l'aérodynamisme – mais qui les suit ? Lui ne se veut pas l'auteur acharné de sa propre légende. Les choses se font ou pas. L'important est de se lover sans se forcer dans cette forme d'intimité si particulière propre à l'eau. En attendant, plus on l'observe, plus on est stupéfié par l'énergie avec laquelle son corps s'arrache de l'eau en un ahan venu du fond des âges.

Il faut être Horace pour s'imaginer que le pouvoir d'oser n'est accordé en priorité qu'aux peintres et aux poètes. S'ils n'en étaient pas habités, les champions n'en seraient pas. Leur vie en est une illustration permanente. Il faut se prendre pour Dieu au moins avant de se lancer des défis et de prétendre pulvériser des records. D'autant qu'un record n'est pas une fin en soi mais la marche permettant d'accéder au record suivant. L'autorisation d'y penser. Le sportif de haut niveau ne finit pas quelque chose mais poursuit son inachèvement. En cela, Nakache est bien un artiste.

Dès 1934, Alfred est repéré tant par les dirigeants de la Fédération que par les journalistes sportifs. Il appartient à la génération de la relève ; on voit en lui un successeur possible sinon probable de Jean Taris, le champion sur le départ même s'il continue à émerveiller les foules. N'empêche que cet été-là, on ne l'inclut pas dans la délégation officielle aux championnats d'Europe qui se déroulent à Magdebourg, en Allemagne : « Désolé, Nakache, mais c'est le règlement : il faut être né sur le sol français et appartenir à un club situé en métropole. »

C'est presque sincère car ils le veulent vraiment. Alfred n'est pas spécialement élégant. Mieux que ça : il a de l'allure. Être calife à la place du calife, il n'en a pas seulement les moyens : il a tout de l'athlète sérieux, par sa régularité, par sa constance, par son entraînement. C'est quelqu'un sur qui on peut compter. Ses premières victoires le révèlent comme l'homme du juste milieu entre les âmes tièdes et les cœurs brûlants. Un vainqueur a toujours quelque chose de l'exubérance des immortels, mais pas lui. Il fait déjà preuve d'une telle maîtrise de soi qu'on ne l'imagine pas vriller un jour. Le sport de compétition, c'est le monde en réduction. Ici la planète dans un bassin de 50 mètres. Les meilleurs Européens s'affrontent régulièrement. Le temps n'est pas si éloigné où les Anglais brillaient en natation après avoir longtemps jugé inconvenant de s'y livrer au motif qu'un gentleman n'a pas à se dénuder en public. Car on nageait nu. Au XIXe ils régnaient sur les bassins. On disait alors que si l'on voulait nager sérieusement, c'était à Londres qu'il fallait être. Mais depuis le triomphe de Charles Daniels aux Jeux olympiques de 1904 à Saint-Louis, quand les champions parlent anglais, ce sont des Américains.

D'Algérie viennent à Alfred des échos d'un climat politique tendu, crispé. Il suffit d'une broutille pour que la situation dégénère. Les nouvelles de Constantine ne sont pas bonnes. Un rien peut jeter l'étincelle qui allumera l'incendie dans cette cité de près de cent mille habitants désormais, dont plus de la moitié sont des musulmans, un tiers des Européens et un sixième des israélites. La campagne pour les élections municipales fait dangereusement monter la tension entre les communautés. Les Européens veulent la mairie pour eux seuls. Surtout pas de Juifs. Une simple rixe lors d'un match de water-polo opposant une équipe juive à une équipe européenne déclenche une semaine de bagarres. Un déferlement de haine dans un contexte délétère. Pour nombre de colons, hors de question que des juifs participent à la gestion de la ville. Et pour les rebuter, ils n'hésitent pas à les jeter en pâture à une population musulmane qui se sent lésée. Puis c'est l'escalade : au cœur de l'été 1934, un pogrom ravage la ville. Pillages, cambriolages, égorgements. Ces 4 et 5 août demeureront à jamais une date pour ceux de la communauté d'Alfred dans le Constantinois. Vingt-cinq juifs assassinés pour le seul crime d'être nés, ça ne s'oublie pas. Il cherche à en savoir plus par la famille, les amis restés au pays. Quatorze hommes, six femmes, cinq enfants lynchés dans le quartier juif par une foule musulmane hors de ses gonds. À l'origine, comme souvent dans les émeutes qui enflamment des quartiers en un rien de temps, une double rumeur.

La première prétend qu'un vendredi soir, Eliahou Khalifa, un tailleur juif appartenant à un régiment de zouaves, assez imbibé en rentrant chez lui face à la mosquée Sidi Lakhdar, aurait insulté plusieurs fidèles qui se purifiaient en faisant leurs ablutions avant d'aller prier et qu'il aurait même craché et uriné contre le mur de l'édifice ; le lendemain, la seconde assure qu'un notable à la tête de tous les élus musulmans du département a été tué par un juif, alors que le docteur Mohammed-Saleh Bendjelloul s'est tout simplement absenté de la ville.

En début de soirée, des rassemblements place des Galettes, qui ne parviennent pas à forcer un barrage pour envahir le quartier juif, se transforment en panique lorsque des coups de feu sont tirés. La poignée de policiers accourus est débordée. La situation est hors de contrôle. Les couteaux sont de sortie. Au passage on fait voler en éclats les vitrines de six bijouteries appartenant à des juifs. Des familles juives sont égorgées chez elles. Des Attal et des Halimi. Durant le carnage, l'armée française brille par son absence avant d'être appelée en renfort. Ceux qui ne sont pas en permission sont remarquables de passivité alors qu'on décapite place de la Brèche. Le commissaire principal René Miquel se trouve en déplacement à Alger, le préfet Jean-Marie Laban est introuvable, le maire Émile Morinaud aux abonnés absents, ce dernier, notoirement antisémite comme en témoignent ses articles dans *Le Républicain de Constantine* dont il dirige la rédaction, étant soupçonné par certains, parmi lesquels le grand rabbin Eisenbeth, d'avoir lui-même allumé les mèches ; quant au gouverneur général de l'Algérie, il ne prend même pas la peine d'assister aux obsèques des victimes. Rien à attendre d'autorités qui dénoncent « les provocations juives » alors qu'elles savent mieux que quiconque que, s'il est facile d'exciter la populace, les apprentis sorciers le font ici comme ailleurs à des fins de clientélisme électoral.

Seule lueur de réconfort, l'action des notables arabes qui ont caché des pourchassés avant de s'unir avec des notables juifs pour dénoncer ce coup de folie du peuple encouragé à la haine. De quoi tonifier un pouvoir colonial pour qui tous ces gens ne sont jamais que des indigènes. À ses yeux, le décret Crémieux n'est qu'une vue de l'esprit. On ne devient pas français « comme ça ». Il prend l'affaire non pour ce qu'elle est, dans toute sa tragique réalité, mais pour ce qu'elle annonce : la capacité pour les Algériens de s'organiser pour s'attaquer cette fois aux Juifs, ce qui est un moindre mal, mais la prochaine fois au pouvoir. La violence s'étend jusque dans les bourgs de la région – Aïn Beïda, Bizot, Mamma-Plaisance, Jemmapes, Kroubs, Kenchela et même Bougie ; elle souligne la précarité du statut des israélites ; ils sont pris en tenaille entre le ressentiment d'une population musulmane discriminée et l'antisémitisme des colons. La parution dès le lendemain d'un papier dans l'hebdomadaire *Le Tam Tam*, l'un des nombreux journaux antijuifs d'Algérie, très lu chez les Européens, en témoigne : « Quatre-vingt-dix pour cent d'entre nous, tout en regrettant le sang versé, ne le blâment pas, et beaucoup d'entre nous ne feront rien pour empêcher le retour de ces choses. » Un traumatisme s'installe dans la durée. Le 5 août demeurera dans les mémoires, y compris dans celles des Constantinois exilés. Alfred Nakache n'y était pas, mais jamais il n'oubliera.

Il ne suffit pas d'être membre d'un club pour s'y sentir admis. Après lui avoir apporté son premier titre de champion de France en nage libre, Nakache finit par quitter le Racing à l'automne 1936 à la suite de remarques sinon d'injures antisémites. Son frère Robert en témoigne. Pas de double fond dans sa manière de s'exprimer. S'il annonce son intention d'aller voir ailleurs s'il s'y sent mieux, c'est que dans sa tête il est déjà parti.

Quand un athlète juif gagne, il se murmure qu'il a triché car il ne peut en être autrement étant donné ce qu'« ils » sont. On a beau être dur au mal, rien ne justifie qu'on courbe l'échine. D'autres, peut-être, en fonction des circonstances, mais pas Nakache, quelles qu'elles soient. Question de tempérament et d'éducation. De toute façon, les clubs de haut niveau ne manquent pas. Il part sans ressentiment mais bien conscient d'avoir apporté au Racing son premier titre de champion de France. Le Club des nageurs de Paris n'attend que lui.

Dans d'autres pays d'Europe, cela aurait pu le conduire à lancer ou rejoindre un club de nageurs juifs. Le cas déjà chez les alpinistes, notamment en Allemagne et en Autriche, où l'ostracisme est bien plus nettement déclaré. Il est vrai que l'air du temps change pour les ostracisés. Un sentiment d'orgueil leur est né. Il ne leur vient pas seulement de la place que leurs coreligionnaires occupent dans les palmarès des sports où ils brillent : en Hongrie, on trouve nombre de Juifs dans le water-polo, et ce n'est pas un hasard si en 1932 l'équipe nationale doit une bonne part de sa médaille d'or aux Jeux olympiques de Los Angeles à son gardien György Bródy. La même année se tiennent les premières Maccabiades en Palestine, dans un stade près du fleuve Yarkon à Tel-Aviv. Des Jeux olympiques juifs, non pour établir des records mais pour regrouper des athlètes autour d'un idéal du retour en Terre sainte afin d'y fonder un foyer national où le peuple juif s'autodéterminerait. Un but moins sportif que politique. Dix-huit pays y sont représentés. Trois cent quatre-vingt-dix athlètes défilent. Les athlètes polonais raflent les médailles devant les Autrichiens et les Américains. Le rêve d'un nouvel homme juif se déploie au sein de l'utopie sioniste. Celui qui ne rase plus les murs, ne courbe plus l'échine, ne voûte plus son dos. Quelque chose de l'ordre d'un fantasme de fierté à contre-courant du cliché antisémite qui court les gazettes du dégénéré caricaturé *ad nauseam*. Ce corps juif avili, chétif, craintif, quoi de mieux que le sport pour le régénérer ? D'où l'invention des Maccabiades, ainsi baptisées en hommage à la haute figure de Yéhouda HaMakabi ou Judas Maccabée, dirigeant israélite du IIe siècle av. J.-C. qui prit la tête de la révolte des siens en Judée contre la domination des Séleucides.

Cela ne s'est pas fait en un jour mais en trente-cinq ans. Le temps qui sépare ces premiers Jeux olympiques d'un autre genre du deuxième Congrès sioniste à Bâle à la toute fin du XIXe siècle. Le docteur Max Nordau y lança à la tribune le concept de *Muskeljudentum* développé dans son livre *Dégénérescence*. Le « judaïsme du muscle », quelle expression ! Une formule étonnante qui semble avoir été modelée sur le corps d'Alfred, lequel n'était alors qu'un projet dans l'esprit de ses parents. Que l'on ne s'y trompe pas : il s'agit bien toujours de reconstruire une identité. La force juive, c'est nouveau. Pour affronter les stéréotypes dégradants que l'adversaire nous assigne, rien de tel que de restaurer l'image de soi.

Aussi, nul n'est surpris lorsqu'en 1935 Nakache fait le voyage de Tel-Aviv pour participer à la deuxième édition des Maccabiades en tant qu'athlète juif et en tant qu'athlète français. Doublement afin que nul n'en ignore. Et pour simplifier le tout, il joue au water-polo dans l'équipe marocaine ! Ce qui mérite explication. La délégation venue de France comprend quelques nageurs, dont Arié Levkovitz, qui se noiera à la fin des épreuves en se baignant à la plage de Tel-Aviv, Roger Nathan et Alfred Nakache. Selon *L'Auto*, dont un envoyé spécial couvre l'événement, il concourt pour la France ; quant à la presse juive, elle l'ignore car il n'est affilié à aucun club sportif juif à Paris, lesquels sont constitués très majoritairement d'Ashkénazes, ni même à des groupes spécifiquement juifs ; d'ailleurs, elle ne prend même pas la peine de communiquer ses résultats. Il faut dire que les juges font preuve d'une impréparation, d'une improvisation et d'un amateurisme si flagrants que nombre d'athlètes s'en plaignent. Artem en est, et pour cause : arrivé premier du 100 mètres nage libre, « le Français

Nakache », comme il est précisé, est finalement rétrogradé à la deuxième place parce qu'il n'a pas touché le mur d'arrivée… des deux mains ! Ce qui témoigne d'une interprétation assez libre des règlements en cours dans toutes les piscines de compétition jusques et y compris dans la Palestine du mandat britannique. Qu'importe ! Il en rapporte une médaille d'argent, moins comme un trophée que comme un souvenir.

Un an après, le même homme se rend à Berlin. Non pour gagner, juste pour y battre les Allemands sur leur terre.

4

BERLIN

S'il y a deux groupes qui se cherchent comme le font de mauvaises têtes qui n'en ont jamais fini de vider leur querelle, ce sont bien les Français et les Allemands ; à croire qu'ils s'attendent au tournant. Même si d'autres pays comptent dans leurs rangs de plus grands nageurs, la France se focalise sur cette rivalité nationale à l'exclusion de toutes les autres. Il n'en faut pas davantage pour que l'opinion saisisse la charge politique de telles rencontres. Un sommet qui promet. De tendues, leurs relations deviennent crispées. On n'imagine pas qu'il en soit autrement dès lors que les athlètes allemands, droits comme des I, font le salut nazi.

Sur une photo prise à l'issue d'une rencontre France-Allemagne, les nageurs des deux nations se tiennent sur le podium, les Français comme au garde-à-vous par respect pour les hymnes nationaux, les Allemands le regard haut et le bras tendu. Seul Alfred baisse volontairement les yeux et la tête, contracté, des nerfs de guerrier. Cette image fait écho à une autre devenue tout aussi fameuse, prise peu avant à Hanovre, où le champion cycliste Albert

Richter, adulé par les Allemands, triomphant assis sur son vélo, tout sourire, laisse reposer avec nonchalance son bras droit sur l'épaule de son entraîneur juif, Ernst Berliner, tandis que tout autour de lui dans la foule les gens font le salut nazi.

Des images qui prennent tout leur sens et font monter d'un cran la tension en amont du grand rendez-vous : les Jeux olympiques qui se déroulent du 1er au 16 août 1936 à Berlin. Le compte à rebours est lancé. Dès lors, tant dans les milieux sportifs que politiques, tant en France qu'à l'étranger, la seule question existentielle qui vaille tient en quatre mots : y aller ou pas ?

Le Comité international olympique avait attribué les Jeux à Berlin en 1931, quand l'Allemagne vivait encore sous le régime de la République de Weimar. Adolf Hitler les méprisait alors, mais à mesure qu'il se rapprochait du pouvoir, Goebbels était parvenu à le convaincre de son utilité pour la propagande. Le culte du corps parfait à travers celui de la gymnastique, l'exaltation de l'idéal harmonieux offert au regard par la statuaire inspirée de l'Antiquité grecque, la mise en valeur des musculatures héroïques participaient de l'idéologie proclamant la supériorité de la prétendue race aryenne.

Les Jeux olympiques d'hiver à Garmisch-Partenkirchen, un bourg bavarois près de la frontière autrichienne, sont la répétition générale de ceux d'été à Berlin et la vitrine du savoir-faire nazi. Accepter de s'y rendre aux premiers durant les quinze premiers jours de février 1936 est d'ores et déjà interprété comme une reddition. Le sens de l'organisation, de la discipline et de l'obéissance des Allemands fait merveille en attendant de faire des ravages. Dès lors, les dés sont jetés. La grand-messe de propagande national-socialiste voulue par le chancelier Hitler aura bien lieu. Pourtant, la question du boycott ne cesse d'agiter les milieux sportifs et politiques depuis l'attribution des Jeux à l'Allemagne ; le débat a certes gagné en intensité ; mais s'il est allé crescendo, c'est dans une direction défavorable aux boycotteurs. À Paris, du côté de la Chambre des députés, il fait rage. Les sportifs qui ont l'intention de se rendre à Berlin sont évoqués comme « des gladiateurs prisonniers ».

L'attitude des autorités allemandes vis-à-vis des sportifs juifs, les leurs et ceux des délégations étrangères, est en jeu plus que tout autre critère, notamment l'éradication de l'opposition politique, l'étouffement de la liberté d'expression, etc. L'important est sans doute de participer, pour reprendre la devise fameuse de Pierre de Coubertin, mais elle ne suffit pas à éclairer les consciences ; on peut même dire qu'elle les induit en erreur. Jusqu'à faire « oublier » que quelques mois à peine après être parvenu au pouvoir, le chancelier Hitler a fait exclure les juifs des clubs sportifs et des sélections nationales tous sports confondus. Comme s'il n'y avait pas d'autres urgences, deux ans même avant que soient promulguées les lois raciales dites de Nuremberg destinées à protéger le sang et l'honneur allemands.

Nul n'ignore que, depuis 1933, les tennismen juifs sont bannis du sport allemand. Interdits de sélection nationale et de Coupe Davis, y compris Daniel Prenn, leur numéro un.

La pression internationale est forte : elle menace de boycotter les Jeux si les athlètes juifs allemands sont interdits. Mais comment pourraient-ils participer quand le pouvoir ne leur permet même pas de s'entraîner ? Des mouvements et partis de gauche, ainsi que les syndicats un peu partout dans le monde, appellent au boycott, au risque d'être tenus pour des communistes par leurs adversaires. Selig Brodetsky, président de l'organisation mondiale du Maccabi, s'y joint en demandant aux sportifs juifs de nombreux pays de ne pas participer, question de dignité vis-à-vis des juifs allemands ostracisés, mais il n'est pas très suivi ; le sprinter Harold Abrahams, médaille d'or sur 100 mètres aux Jeux de 1924, exhorte même ses coreligionnaires britanniques à participer – et ce n'est pas en hommage à Charles Cunningham Boycott qui donna à ses dépens son nom à la chose. Le débat monte en puissance aux États-Unis entre partisans et adversaires du boycott, ces derniers voulant en faire une affaire strictement juive, un cas de conscience qui ne les concerne pas. Les lois raciales dites de Nuremberg, promulguées à l'automne 1935, changent la donne car elles excluent officiellement et légalement les Juifs de la société allemande.

C'est aux États-Unis que le mouvement pour le boycott rencontre le plus d'écho. C'est aussi là qu'il est le plus âprement combattu. Avery Brundage se veut rassurant après avoir rencontré Hitler. Il s'est fait balader en Allemagne, prétend avoir obtenu la garantie écrite que le régime s'abstiendra de toute discrimination, et il y croit. Il est vrai que cet ancien champion d'athlétisme, qui fait carrière au plus haut niveau dans les institutions sportives américaines, ne dissimule pas ses opinions philonazies, antisémites, antiparlementaires, anticommunistes. L'ordre, il n'y a que cela de vrai. À ses yeux, la politique est trop sérieuse pour être confiée à des politiciens. Des *sportsmen* feraient mieux l'affaire. Et puis quoi, explique-t-il, cette « altercation entre les nazis et les Juifs » ne concerne pas les sportifs américains, ils n'ont pas à s'y impliquer.

Au cours de sa tournée, Brundage voit ce qu'il veut voir : l'escrimeuse Helene Mayer, à moitié juive, ce qui lui vaut d'être la seule officiellement sollicitée par le pouvoir nazi pour participer, lequel le fait aussitôt savoir afin de prouver que tout va bien. Elle est l'arbre qui cache la forêt ; derrière ce n'est que rejet, exclusion, ostracisme vis-à-vis des sportifs juifs, mais Brundage n'en a pas rencontré un seul. Trois nageuses autrichiennes, qui plus est trois championnes, appellent au boycott pour ne pas servir la propagande nazie : Ruth Langer, quinze ans, Lucie Goldner et Judith Deutsch. Membres du club HaKoah (« La Force », en hébreu), elles ont réussi des performances qui les destinent à être sélectionnées en vue des Jeux. La sanction est immédiate : leurs records sont effacés, elles ont interdiction de s'entraîner. De même le boxeur Erich Seelig, allemand mais juif, s'est-il vu retirer son titre de champion des mi-lourds dès l'arrivée de Hitler au pouvoir ; sa compatriote et coreligionnaire Gretel Bergmann, championne de saut en hauteur, est ostracisée, elle, un mois avant les Jeux par l'équipe nationale qui refuse l'homologation de ses records. À Bad Herweck/Mannheim, les nageurs juifs sont expulsés dès 1936 de la piscine sur le Rhin que les nazis ont surnommée « l'aquarium juif ».

Toutes choses qui se savent car l'information filtre et se diffuse malgré la censure ; mais elles n'empêchent pas la majorité des sportifs juifs des délégations étrangères de vouloir en être malgré tout, au grand dam des associations sportives juives d'Europe et des États-Unis. C'est le cas de Nakache : le sport étant une valeur morale absolue, la politique vient après. Mais ne s'agit-il que de « politique » et non de conscience et de morale, justement ? L'appel au boycott est un échec bien que depuis un an André François-Poncet, notre ambassadeur à Berlin, préconise la rupture des relations officielles culturelles et sportives entre la France et l'Allemagne. Nul autre événement que les Jeux olympiques ne permet, dans le domaine sportif, de porter ainsi un idéal à son point de clarté. Ou de noirceur.

Pour un Barend Bril, huit fois champion de boxe des Pays-Bas dans la catégorie poids mouche, médaille d'or aux Maccabiades de 1935 et boycotteur sans états d'âme des Jeux de Berlin, combien d'athlètes juifs ont finalement fait le voyage de Berlin... La majorité d'entre eux en fait.

Y aller ou pas ? La question est posée à la Chambre des députés à Paris. Les députés votent à l'exception des communistes et des socialistes qui s'abstiennent. Cinq cent vingt-huit voix pour, une seule voix contre les crédits alloués à la participation française aux Jeux. Celle du jeune député radical-socialiste de l'Eure, Pierre Mendès France. Non seulement l'État autorise le voyage des sportifs français à Berlin, mais il le soutient financièrement. Pourquoi ceux-ci devraient-ils alors s'encombrer d'états d'âme ?

Fais ce que dois advienne que pourra. Agis sans te soucier des conséquences. Soit ! Mais ceux qui s'y rendent savent ce qui les attend. Les détracteurs du boycott ne peuvent plus se réfugier derrière le sophisme qui consiste à dire que l'organisation ne relève pas du gouvernement allemand mais du Comité olympique. Et que ce ne sont donc pas des États mais des comités olympiques qui sont invités. Carl Diem, le responsable olympique allemand, est un nazi convaincu. Hans von Tschammer und Osten, devant lequel il faut défiler dans les manifestations sportives, est un ancien membre des sections d'assaut, l'organisation paramilitaire du parti nazi qui terrorisa la rue allemande avant l'arrivée de Hitler au pouvoir ; il est désormais commissaire du Reich pour le sport ; on lui doit la mise en œuvre de la discrimination raciale dans les associations sportives et la nazification de l'esprit de la gymnastique.

On dit que les Juifs ne seront pas autorisés à participer. Dans l'équipe allemande, cela va de soi ; mais dans les autres ? Il paraît qu'il n'y aura pas de problème. Mais que vaut la parole des organisateurs dans un pays dont tant de valeurs, de principes, d'actions foulent aux pieds aussi bien la lettre que l'esprit de la Charte olympique ?

Des juifs, il y en a de toute façon dans les équipes de water-polo tchèque ou parmi les escrimeuses autrichiennes telle Ellen Preis. Côté hongrois, impossible de se passer d'eux car ils excellent en escrime, au football et surtout au water-polo. Et côté français, il y a bien sûr Alfred Nakache entre autres champions ; il est celui pour lequel les organisateurs pourraient être tentés de mettre un droit de veto qu'on ne leur reconnaît pas. L'interdiction d'entrée sur le territoire du Reich ? Impensable, le scandale serait retentissant.

Les délégations de cinquante-trois nations sont au rendez-vous. À la moindre occasion, on les saoule de musique, et ce dès l'entrée d'Adolf Hitler dans le stade, accueilli par un public respectueusement debout au son de la *Marche d'hommage* composée par Richard Wagner pour l'anniversaire de Louis II de Bavière. Si ce n'est le *Deutschland über alles,* hymne national que le régime réinterprète comme un appel à la domination du monde par l'Allemagne, c'est le *Horst-Wessel-Lied,* celui du parti national-socialiste, ou encore l'hymne olympique confié au grand compositeur et chef d'orchestre Richard Strauss qui se compromet un peu plus en acceptant d'en écrire la partition. Des accents que l'« Ode à la joie », finale de la *Neuvième Symphonie* de Beethoven, a du mal à tempérer : « Tous les hommes deviennent frères là où plane ton aile douce... »

Certes... Mais face à une telle démonstration de force et un tel étalage de puissance au service d'une idéologie, comment prétendre encore préserver le sport de la politique et en faire un objet neutre ?

Hitler a fait construire un stade de cent mille places, à la mesure de l'événement, baptisé « Olympiastadion ». Les participants ne tarissent pas d'éloges sur la qualité et l'efficacité de l'organisation. Pour la première fois, le parcours de la flamme depuis la ville grecque d'Olympie jusqu'à la ville hôte est scénarisé, sinon théâtralisé ; et pour la première fois, les Jeux sont télévisés et les reporters radio commentent les épreuves en direct. Le serment olympique est prononcé sur le drapeau à croix gammée. Des milliers de pigeons sont lâchés. Les grands moyens sont déployés pour permettre à la réalisatrice Leni Riefenstahl de placer ses caméras partout, y compris sous l'eau de la piscine. *Olympia*, le film qu'elle en tire, restera comme le modèle achevé du documentaire de propagande. Une célébration du corps, du muscle et des athlètes doublée d'une réussite artistique et esthétique pleine d'innovations techniques (travelling, contre-plongée). Qu'ils soient civils, policiers, militaires, paramilitaires, sportifs, tous ces uniformes impressionnent. Comment ne pas déceler leur rôle fondamental dans la militarisation des mentalités ?

Ad majorem nazi gloriam.

La foule est en délire lorsque la délégation française, quelque deux cents athlètes coiffés d'un béret basque et menés par le discobole Jules Noël, défile le bras droit replié puis tendu sur le côté en direction du Führer. Elle y voit une évidente marque d'allégeance alors qu'il s'agit du salut de Joinville, rituel olympique depuis les Jeux d'Anvers en 1920. Le malentendu est total. À ceux qui malgré tout ressentent une certaine gêne, il ne reste plus qu'à se raccrocher à la devise olympique : *Citius, altius, fortius*. Autrement dit, « Plus vite, plus haut, plus fort ».

Il en faudrait plus pour empêcher la machine de grincer.

La fleurettiste Helene Mayer, elle, n'est que demi-juive ; elle ne se considère pas concernée par la politique d'exclusion du régime ; et pour cause puisqu'elle ne l'est pas, bien au contraire. Prompte à tendre le bras pendant les hymnes, elle remporte la médaille d'argent, mais l'or revient à la juive hongroise Ilona Elek-Shacherer et le bronze à la juive autrichienne Ellen Preis. Quel podium !

À l'aube du relais 4 × 100 mètres, les sprinters Marty Glickman et Sam Stoller, les seuls juifs de la délégation américaine, sont priés par ses propres responsables de se retirer de la course, histoire de ne pas contrevenir aux lois nazies. Avery Brundage est d'avis que leur présence déplairait au Führer. On les remplace in extremis par Ralph Metcalfe et Jesse Owens. Deux Noirs. Ce qui pose un problème du même ordre, racialement parlant. La presse allemande ne se prive pas d'ailleurs de qualifier Jesse Owens d'« auxiliaire africain de l'équipe américaine ». Mais comme la délégation compte beaucoup plus de Noirs que de Juifs, la mise à l'écart de ces derniers est considérée comme moins problématique.

Les Allemands entretiennent d'étranges rapports avec la natation, de tous les sports le plus dénudé, le plus en contact direct avec la nature et les éléments. Quelque chose de mythique et de romantique à la fois qui les rattache à leur idée de l'Antiquité grecque. Comme si cela avait secrètement partie liée avec l'âme allemande. Soudain on se souvient même que Johnny Weissmuller a des racines germaniques. Le Hongrois Ferenc Csik remporte le 100 mètres nage libre. Mais juste derrière lui, ce sont les Japonais qui impressionnent le plus. Comme prévu, car ils avaient déjà tout raflé quatre ans avant à Los Angeles. Des exploits qui ne manquent pas d'étonner eu égard à leurs petits gabarits. Cette fois, ils attaquent l'eau rageusement, le bras court, ce qui les rend plus rapides et infatigables. Du moins en donnent-ils l'illusion. À court d'explications, les chroniqueurs sportifs se rabattent sur le moral et la morale, entendez le pur nationalisme nippon qui fait de la victoire une question de vie ou de mort. Quand on nage pour la plus grande gloire de Hirohito, cent vingt-quatrième empereur du Japon, il semblerait que cela change tout. Comment expliquer autrement que leurs nageurs s'adjugent onze médailles dont quatre en or ?

Le palmarès des nageurs français est nettement plus léger. Taris, qui a fini sixième au 400 mètres nage libre, se lâche en privé : « Dix ans que je suis dans la compétition ! Après Berlin, j'arrête. J'aimerais tant partir en beauté. Mais je ne me sens pas en forme. Après l'angine, des soucis aux intestins... »

Cet après-midi-là, Nakache, Taris, le coach Hermant et le brasseur allemand Joachim Balke, dit Jochen, s'accordent un moment de repos à bavarder, assis nonchalamment au bord du bassin d'entraînement, les pieds tapotant l'eau. De quoi parlent-ils ? Ils parlent natation, qu'alliez-vous imaginer. Puis Taris se tourne vers Nakache et, d'un ton sérieux, lui assène catégoriquement :

« Artem, crois-moi, tu es fait pour la brasse ! »

Hermant renchérit. Seul Balke semble sceptique. Alors l'entraîneur le défie :

« Je te parie qu'il ferait moins de trente-cinq secondes au 50 mètres brasse !

— Pari tenu ! »

Artem se met aussitôt à l'eau et choisit sa brasse à lui, sa manière : le papillon. Hermant le chronomètre à trente-quatre secondes.

« Vraiment étonnant ! » convient l'Allemand en le félicitant.

Nakache, Taris et les autres s'alignent ensuite pour le relais 4 × 200 mètres. Quand un sportif de haut niveau se prend pour quelqu'un, cette épreuve a la vertu de lui rappeler qu'on est toujours plusieurs. L'équipe pourrait faire sienne « *E pluribus unum* », la devise lue sur le sceau des États-Unis, telle qu'elle apparaît sur les passeports et les billets. « De plusieurs, un. » Soit, mais lequel ? Ils ruminent le conseil ultime de l'entraîneur Hermant : « Tenez bien le train, ne vous donnez pas à fond ! »

Il craint qu'ils se surveillent trop d'une ligne à l'autre, ce qui leur ferait perdre du temps. Quand un nageur voit ses adversaires de dos, c'est mauvais signe.

Las ! Les Français échouent au pied du podium mais qu'importe. Les vainqueurs ont eu la meilleure équipe mais eux ont eu les meilleurs nageurs. Connaissant les performances des autres concurrents engagés, ils ne se faisaient guère d'illusions, d'autant qu'ils poursuivaient un autre objectif qu'une médaille de bronze. Leur place de quatrième leur permet de devancer les nageurs allemands arrivés juste après eux, et cela seul compte. En soi, c'est une victoire. La seule qu'ils guignent. Le Führer n'en est pas témoin. Furieux des triomphes des Noirs américains aux épreuves d'athlétisme, à commencer par celle de Jesse Owens dans l'épreuve reine du 100 mètres, au 200 mètres et au concours du saut en longueur, il n'assiste plus aux épreuves.

Hitler avait promis qu'il n'y aurait pas d'exclusion raciale et ils l'ont cru. Ou ils ont feint de croire qu'il se plierait à la Charte olympique stipulant dans ses principes fondamentaux l'interdiction de toute discrimination. Une capitulation qui en annonce d'autres. La consigne avait été donnée d'attendre la fin des olympiades pour appliquer les lois raciales de Nuremberg aux sportifs avec la rigueur requise. À la veille de l'ouverture, le chancelier du Reich avait été jusqu'à accéder à la demande du comte Henri de Baillet-Latour, président du Comité international olympique, de retirer des accès aux lieux publics les panneaux sur lesquels on pouvait lire : « *Interdit aux chiens et aux Juifs* ».

Les nazis en sortent renforcés. Les Jeux leur ont permis de diffuser la fallacieuse image d'une Allemagne tolérante éprise de pacifisme. Adolf Hitler est le vrai vainqueur de cette XIe olympiade, d'autant que lors du décompte final le pays organisateur remporte le plus grand nombre de médailles devant les États-Unis. Le monde s'est fait complice de la plus majestueuse, la plus réussie et, il faut bien le reconnaître, la plus parfaitement organisée des cérémonies nazies. Enthousiasmé par ces démonstrations de discipline, de courage et de solidarité offertes en modèle à la jeunesse, Pierre Frédy, baron Pierre de Coubertin, repart comblé de Berlin.

Pendant ce temps, depuis le mois de mars, la Rhénanie se remilitarise.

Lorsque ces Jeux ont commencé, cela faisait trois ans que le camp de concentration de Dachau avait ouvert près de Munich ; quelques semaines après qu'ils se sont achevés, celui de Sachsenhausen entre en activité non loin de Berlin.

Comme ses camarades, Alfred Nakache rentre en

France nimbé de l'aura d'athlète olympique. Un olympien désormais. Autant dire qu'il jouit d'un statut à part. Pour les Allemands, il est de ceux qui les ont humiliés. Si lui serait tenté de l'oublier, eux ne l'oublieront pas.

5

PARIS

Un Africain d'Afrique noire. Une sorte de cannibale à l'appétit insatiable. Son portraitiste force le trait mais il est vrai que Nakache en veut. Ainsi le décrit le journaliste Philippoff. Ancien nageur devenu l'un des chroniqueurs sportifs les plus lus, il suit Artem depuis son arrivée à Paris. Il l'a vu grandir, se développer, se perfectionner, s'épanouir. Nager lui est désormais une manière d'exister, mais souverainement. Il lui manque encore d'être élégant dans l'eau. Plus ses mouvements le seront, mieux il glissera.

Foin des théories sur la flottaison et l'ondulation ! Il a juste besoin de nager pour retrouver le sfumato des sensations. Nager lui est devenu une seconde nature. Il a assimilé les principes de ses maîtres. Après avoir intégré la technique, il doit en faire son alliée jusqu'à ce qu'elle soit le complément naturel de son corps. La maîtrise est à ce prix.

Le bon nageur, c'est celui qui oublie l'eau, dit Confucius.

Une fois dans l'eau, si muette mais si éloquente, il

est suffisamment hors du monde pour ne plus adhérer à l'instant. Le voilà connecté à l'universel et l'intemporel pour le temps que durera son parcours. Qui nage se sent détaché de l'ordinaire de la vie. Il flotte au-dessus. Le problème de Nakache n'est plus d'éviter de relever le menton quand il crawle. Il se veut tout-terrain car la pratique des quatre nages évite l'ennui d'une seule. Ainsi éloigne-t-on le risque de s'endormir lorsqu'on aligne les longueurs en regardant les carreaux au fond du bassin. Il vaut mieux rêver d'une coulée éclair à l'issue de laquelle on sortira le premier la tête de l'eau. Rien si ce n'est l'athlétisme n'est aussi dépouillé, épuré que la natation ; les aventures n'y existent qu'au stade de l'ébauche ; il faut bien chercher le romanesque pour le trouver ; et malgré cela, si elle séduit tant depuis si longtemps, c'est bien qu'elle est un extraordinaire conservatoire d'émotions. Et de solitude, malgré tout, surtout quand on nage pour la satisfaction d'être allé au bout de quelque chose de plus grand que soi.

Alfred Nakache sait pourtant qu'un jour, s'il veut exceller au niveau mondial, il lui faudra bien choisir entre les quatre nages. À mesure que ses poumons se développent, il acquiert davantage d'endurance. Au retour de Berlin, il reprend aussitôt l'entraînement pour les nouveaux défis qu'il se donne. Il peut progresser, améliorer sa technique, parfaire ses coulées, mieux comprendre les rythmes, mieux maîtriser sa concentration, et même gagner en maturité. À vingt et un ans, tout reste encore à faire.

À la piscine Neptuna du boulevard Bonne-Nouvelle, le 100 mètres brasse se joue à guichets fermés. La foule se presse pour l'affrontement, le match, ou plutôt le combat entre Nakache et Cartonnet, comme si les nageurs des autres lignes n'existaient pas. La presse a bien chauffé la salle depuis quelques jours. Les rumeurs courent : on dit que pour une fois Cartonnet a remisé son tempérament fantasque, qu'il s'est bien entraîné et qu'il a l'intention de rappeler *urbi et orbi* qu'il est tout de même recordman du monde du papillon, spécialité dans la spécialité ; quant à lui, Nakache s'est fait discret, gardant secrets les temps qu'il a réussis lors de sa préparation et ne les partageant, bien évidemment, qu'avec son entraîneur Georges Hermant. Les deux font preuve de cran et d'audace, les deux ont des tempéraments de lutteurs, les deux ont des personnalités de duellistes, les deux sont accrocheurs, mais Cartonnet, qui vire mieux que lui, et cela compte davantage encore dans un bassin de 25 mètres, jouit déjà d'un palmarès de brasseur quand Nakache ne s'enorgueillit que de victoires en crawl. Les techniciens de la natation s'accordent à penser qu'au vu de ses prestations aux Jeux à Berlin Nakache a raison de s'essayer à la brasse. Qu'il peut y briller car il possède les qualités athlétiques qu'elle exige. Qu'il devrait y songer sérieusement, fût-ce aux dépens du crawl qui demande davantage de souplesse et qu'il pratique trop en force jusque dans ses battements de jambes. Et l'on sait combien est glorieuse l'incertitude du sport… Ce jour-là, Nakache l'emporte.

À la fin de l'été 1936, à la piscine de l'Automobile Club de France, place de la Concorde, Jacques Cartonnet passe plus de temps à observer nager Alfred Nakache qu'à nager lui-même. Ses essais en brasse papillon l'intriguent. Il y a quelque chose de fascinant à le regarder bondir hors de l'eau avec force, souplesse et nervosité. Mais superficiellement cela ressemble encore à l'une de ces fantaisies dont il est coutumier, de l'ordre de la farce. Ce que Cartonnet ignore, c'est tout le travail qu'il y a derrière ces tentatives. Non seulement l'entraînement mais une technique empirique mise au point par Nakache aidé de son entraîneur avec force dessins préparatoires. Elle ne se limite pas à soigner la coulée, à diminuer la raideur des bras sous l'eau et à éviter les saccades. Deux principes la gouvernent : la décontraction de la tête maintenue hors des épaules ; l'économie des mouvements de bras afin de ne pas attaquer trop profondément dans l'eau et ainsi ne pas gaspiller d'énergie dans un mouvement d'ascenseur qui freinerait un progrès constant.

Quelques mois plus tard, avant que ne s'achève l'année 1936, Nakache l'ayant défié dans sa spécialité, les deux hommes se retrouvent sous la grande verrière de la piscine de la Gare pour un affrontement à la loyale, mais chacun dans sa brasse : Cartonnet en puriste, Nakache en dissident. Car c'est encore une provocation que de faire violence à un style consacré. Avec l'entraînement, son style s'est amélioré, affiné car il semble plus coulé, ce qui lui a fait gagner en efficacité. Cartonnet se méfie à raison. La fantaisie s'est muée en passion. *L'Auto* patronne l'affrontement. Une affiche prometteuse qui se révèle décevante, Cartonnet accusant une forme physique déplorable. Dès le départ, dès la détente moins coulée et plus nerveuse de Nakache (que certaines gazettes continuent d'appeler « l'Africain » voire

« le Tunisien », on se demande bien pourquoi), c'est joué. Ceux qui suivent Cartonnet disent qu'il plonge trop en profondeur, qu'il bat de l'aile, que lorsque ses bras s'enfoncent dans l'eau ils y restent. C'est peu dire qu'il n'est pas dans sa qualité de nage. Pâle, déjà à bout de souffle lorsqu'il serre la main de son adversaire sur la plage de départ, il doit s'appuyer sur son épaule au moment de poser pour les photographes à l'arrivée ; alors que Nakache, lui, est capable de s'aligner pour une nouvelle course une heure et demie à peine après s'être qualifié pour un 100 mètres et de finir la journée au sein de l'équipe de water-polo pour le plaisir du jeu. Si Cartonnet se fait battre même dans sa spécialité, la brasse, à quoi bon continuer ? Gagner dans ces conditions ce n'est plus vraiment gagner, d'autant que c'est la deuxième fois. Pas sûr que l'on déplace des foules à l'avenir avec des défis qui n'en sont pas. Tant et si bien que l'on cherche ailleurs qu'en France d'autres adversaires à Nakache. Des nageurs qui le tireraient vers le haut tel le Hongrois Ferenc Csik, champion d'Europe et champion olympique en 100 mètres crawl. Et ce serait l'homme idéal pour tester face à lui cette brasse papillon si spectaculaire dont on parle de plus en plus par opposition à la brasse dite orthodoxe. Il semble armé pour y exceller grâce à un torse puissant. C'est un temps où la brasse et le papillon ne font qu'un en raison d'une lacune dans le règlement : rien n'y interdit le retour aérien des bras...

« Une fois de plus, Nakache bat Cartonnet ! »

Voilà ce que clame un titre à propos des championnats de Paris et qui ne va pas arranger leurs rapports. Il est vrai que deux secondes d'écart au 100 mètres, c'est beaucoup. On se demande comment il fait. On reparle de l'entraînement intensif et inlassable alors que l'important est ailleurs, là où l'on n'irait pas le chercher : Nakache ne prévoit pas tout dans le moindre détail mais crée les conditions qui laisseront surgir l'imprévu, cette petite étincelle qui changera tout et le portera sur le podium. Un artiste, à n'en plus douter. Mais le sait-il seulement ?

Nakache et Cartonnet font penser à un passage de *Macbeth*, lorsque le capitaine parle de la bataille :

Les deux partis doutaient,
Tels deux nageurs harassés qui s'accrochent
L'un à l'autre, étouffant leurs forces vives...

De tous les atouts qu'Alfred possède et dont les chroniqueurs dressent l'inventaire afin d'expliquer ses victoires, il en est un qui leur échappe : l'impérieuse nécessité, dès qu'il a une semaine de libre, de retourner à Constantine se ressourcer et se réenraciner auprès des siens. Car cela, qui n'a pas de prix, n'a pas de nom.

Nakache et Cartonnet. Pour le public, les deux font la paire. Quand ils se quittent, c'est pour mieux se retrouver. Tous les prétextes sont bons. Ce soir-là, le Scuf s'est pour une fois allié à la Metro-Goldwin-Mayer afin d'organiser une grande soirée à la piscine Neptuna à l'occasion de la sortie française de *Tarzan s'évade,* le film de Richard Thorpe avec Johnny Weissmuller et Maureen O'Sullivan. Il ne manquait qu'une coupe Tarzan à leurs palmarès ! Nakache l'emporte sur 50 puis sur 100 mètres devant une foule aux anges. Nul doute qu'il est son Tarzan. Mais pour la Fédération de natation, ce n'est que du spectacle, cela relève de la pure distraction même si elle est nécessaire à la popularité du sport. Loin, très loin du sport de compétition. Négligeable, surtout si peu après les résultats ne sont pas à la hauteur.

Darmstadt est à marquer d'une pierre noire. La rencontre France-Allemagne tant attendue se solde par un échec français. Sur toutes les lignes. Pourtant, les meilleures plumes précisaient que la retraite de Jean Taris permettrait aux jeunes talents, frustrés de s'élancer dans des courses dont le gagnant était connu d'avance, de s'épanouir. Non seulement il n'en est rien mais tous redescendent en dessous de leurs temps. Le relais est inexistant. À la brasse, Cartonnet se fait distancer de sept secondes alors que c'est sa nage, sa spécialité entre toutes. Même Nakache plafonne, c'est dire. Quant au water-polo, inutile d'y penser, les Allemands ayant la meilleure équipe au monde à égalité avec les Hongrois. Les envoyés spéciaux évoquent un Waterloo et on ne saurait leur donner tort.

Nager contre les Allemands, c'est une chose. Nager avec des Allemands, c'en est une autre. Surtout au lendemain des Jeux nazis de Berlin. Alors qu'Artem est sélectionné pour faire partie d'un relais opposant des nageurs européens aux meilleurs nageurs américains, il fait l'objet de pressions (de qui au juste ? on l'ignore) pour y renoncer de lui-même. La délégation allemande a fait savoir qu'elle ne souhaitait pas voir deux des siens faire équipe avec un Juif. Il se retire donc pour éviter que la situation ne s'envenime sur la place publique.

C'est à cette époque qu'en marge des Jeux universitaires l'affaire Boitchenko refait surface. Car il y a bien une affaire du nom du grand nageur soviétique. Même qu'elle divise le milieu de la natation française. Elle rebondit haut et fort lorsqu'un journaliste d'*Excelsior* rapporte avoir entendu Artem, sur la plage de départ de la piscine des Tourelles peu avant le relais trois nages, lancer à ses camarades avec un air de défi : « Je vais vous nager une brasse papillon à la Boitchenko ! »

Le connaissant, ils ne le prennent pas au sérieux. Encore une de ses blagues. Mais lorsqu'ils le voient spectaculairement regagner les mètres perdus par Cavalero dans le premier relais et surtout lorsqu'ils entendent les Britanniques hurler au bord du bassin « *No regular ! No regular !* », ils se posent vraiment des questions.

Alors, régulier ou pas, ce style soviétique ? Les nageurs et les entraîneurs n'y voient rien à redire, d'autant qu'il est plus rapide et donc plus spectaculaire ; c'est plutôt du côté des officiels que les critiques fusent. Comme on peut s'y attendre, ils n'en ont que pour le code et invoquent le règlement international avec le respect réservé d'ordinaire aux Tables de la Loi. Il y est dit que le nageur de brasse doit ramener en même temps les pieds vers le corps, plier les genoux tout en les écartant l'un de l'autre et compléter son mouvement par une extension latérale puis arrondir les jambes qui doivent ensuite être ramenées ensemble. Or Boitchenko n'en fait rien. Attaque des bras sous l'eau ou hors de l'eau, mouvement des jambes en trois temps, et jusqu'au rythme, il réinvente la brasse pour en faire du papillon.

Dans un premier temps, Nakache lui reproche, lorsqu'il prétend nager le papillon, de mélanger brasse et papillon et d'agiter les jambes en queue de poisson. S'ensuit la contestation de ses records. La polémique recouvre un vrai débat : outre qu'elle est hétérodoxe, la brasse à la Boitchenko est-elle encore de la brasse[1] ?

En attendant de trouver la réponse, il faut s'entraîner et s'entraîner encore. Quand il n'est pas dans l'eau, Alfred travaille avec Georges Hermant à l'encadrement et à la formation des jeunes nageurs désireux de devenir moniteurs-entraîneurs ; il lui arrive même de le remplacer lorsque celui-ci est retenu par son travail à l'administration des Postes et Télégraphes. Cela part d'un bon sentiment mais c'est risqué. Il y en aura toujours pour lui chercher une fois de plus la petite bête du professionnalisme. Toujours l'article 202 ! Si la Fédération avait pris la peine de se renseigner avant, elle aurait appris qu'il le fait bénévolement par pure passion pour son sport. Les dix francs de frais d'inscription sont perçus par la Fédération sportive et gymnique du travail, à l'origine de cette initiative. On comprend que *L'Humanité* en particulier prenne sa défense.

Alfred a mieux à faire qu'entrer dans une querelle aussi vaine comme seuls les bureaucrates du sport savent les inventer. Se marier par exemple ! Ce ne peut être qu'avec Paule, son amie de cœur, son amie de toujours, la petite Elbaze de Constantine, solaire mais discrète, si petite qu'elle lui arrive à l'épaule. Ils sont si semblables par leurs

1. Depuis 1953, le papillon n'est plus une variante de la brasse mais un style de nage à part entière. Le règlement y interdit le battement de pieds en ciseaux au profit de l'ondulation de dauphin.

origines, leurs valeurs communes, leur formation, leurs goûts. Le voilà donc marié et propriétaire d'une cinq-chevaux achetée d'occasion huit cents francs ! Le jour de leur union, le 6 octobre 1937, leurs amis disent qu'ils ne font qu'un mais ne cherchent pas à savoir lequel tant ils sont en osmose. Brillante nageuse devenue championne universitaire, Paule a déjà été reçue au concours de professeur de gymnastique. Lui, le service militaire lui a fait prendre un peu de retard. Un sportif de haut niveau doit encore être un athlète complet et non un spécialiste enfermé dans sa bulle. Sa qualité de gymnaste et son goût pour le water-polo sont bien vus. Sérieux, soucieux de ne pas jouer sur sa célébrité, il en fait beaucoup. Trop peut-être. En préparant ses examens, il tombe en exécutant un grand soleil à la barre fixe et manque se briser la nuque.

Le voilà soldat au 117e régiment de l'armée de l'air. Plus exactement au bataillon de Joinville, l'unité spécialisée dans l'accueil des sportifs à l'École normale supérieure d'éducation physique, au sein de la base aérienne de Paris. À son arrivée, on sollicite son paraphe au bas d'une feuille d'engagement. Il signe en arabe à la surprise générale. Pourtant il est citoyen français, de confession israélite de surcroît. Inutile d'invoquer l'amour de la langue, sa beauté, nul ne comprendrait ; il refuse de signer autrement que de droite à gauche en caractères arabes quasi calligraphiés tant il s'applique. On lui accorde cette fantaisie en la mettant sur le compte de son sens de l'humour.

L'armée lui concède le temps nécessaire à l'entraînement, pas davantage, et il s'y tient. Titulaire du diplôme d'État lui permettant d'enseigner l'éducation physique dans les collèges, il ne lui manque plus qu'une nomination à un poste. Lorsqu'il l'obtiendra, ce qui ne saurait tarder, se posera alors la question de son statut : encore amateur ou déjà professionnel ? Interrogé par les chroniqueurs, il laisse à la Fédération le soin de répondre. Lui ne se réclame que d'une seule vocation : « prof de gym », non sans ajouter qu'il lui faut bien gagner sa vie. Un métier, un vrai, s'impose car nager n'en est pas un, fût-on au sommet de son art. Et si la solution consistait à enseigner une autre discipline parallèlement à l'éducation physique ? À ceux qui lui demandent laquelle, il répond sérieusement avant de finir dans l'un de ses francs éclats de rire dont il est coutumier : « Moi ? Mais l'arabe, voyons ! »

Sous les drapeaux, (presque) corvéable comme tous les autres, il ne néglige pas l'entraînement. Il lui faut tenir son rang, ne pas baisser la garde car la cadence des compétitions, elle, ne faiblit pas.

Tout au long des éliminatoires du championnat de France, les ligues d'Afrique du Nord ont brillé, emmenées notamment par Gilbert Taïeb du Maccabi Tunis sur 100 mètres dos, mais aussi par Naïm en provenance de la même ville, Bobcoff et Bacharra de Constantine, Grand et Gardez de Casablanca. Une poussée massive venue de l'autre côté de la Méditerranée. Mais ce samedi soir à la piscine des Tourelles, dans un stade bondé à l'ambiance surchauffée, on est là d'abord pour le combat. Celui qui met aux prises une fois encore Nakache et Cartonnet sur le 100 mètres nage libre, l'épreuve reine, la plus spectaculaire du championnat de France. Une affiche qui promet, pour laquelle les gens de la réclame ont battu tambour, d'autant que « le Jacques », comme certains journalistes l'appellent, est un spécialiste du 200 mètres brasse et qu'il en est même le champion de France en titre. L'heure tourne, on le guette sur la plage de départ, on l'attend aux plots, en vain. Un forfait inexpliqué, à ce niveau-là, ce serait énorme. On se demande quelles justifications il va trouver lorsqu'il en parlera dans son prochain article – car il est de ces nageurs qui tiennent rubrique dans les gazettes sur leur propre sport : juge et partie, foin du conflit d'intérêts ! Il ne se présente pas, ce qui suscite des mouvements divers dans les travées, comme on dit à la Chambre lorsqu'un député abuse. Il se moque du monde et craint l'échec, voilà le sentiment général. Aussitôt on se tourne vers son adversaire numéro un, le tenant du titre depuis que Jean Taris a pris sa retraite. Alfred prend cette absence inexpliquée avec flegme, d'autant que la presse sportive, qui le présente comme un lutteur, souligne sa confiance inébranlable, sa sérénité intérieure : « Je suis champion de France, vous m'en voyez fort satisfait. Je l'aurais été bien plus si j'avais pu lutter avec Cartonnet et gagner dans ces conditions. Dommage que Jacques ne soit pas venu mais je n'y peux rien !... »

Juste avant de s'élancer pour le 400 mètres nage libre, la nageuse Louisette Fleuret va plus loin. À ses yeux, Cartonnet est un dégonflé qui montre là un piètre esprit sportif. Car il est plus commode de battre des records dans des piscines de 25 mètres que de lutter au coude à coude contre d'autres. Les responsables de la Fédération enfoncent le clou : « Ce type est un mal élevé, il ne nous a même pas prévenus. Pas une attitude de champion, ça ! Un champion de France digne de ce nom s'aligne au départ au risque de perdre. C'est la loi du sport, non ? »

Mais la réaction la plus vive, celle qui devrait moralement l'atteindre et heurter son orgueil, à supposer qu'il ait conservé un sens moral, est celle de l'entraîneur national, le très respecté Georges Hermant... « Lamentable ! Un bel athlète qui n'a pas l'esprit de lutte ! Il y a des années que cela dure, vous savez. Face à Taris, c'était déjà pareil. Un garçon désespérant, ce Cartonnet, qui n'aime pas la compétition et se défile chaque fois qu'il a un devoir sérieux à remplir. D'ailleurs, vous pouvez le constater, à l'approche de la saison d'été, on ne le voit pas à l'entraînement. Pourquoi diable persiste-t-il alors à défier des adversaires qu'il fuit au moment décisif ? »

Un autre élément joue dans l'évolution de Jacques Cartonnet : son glissement progressif vers le fascisme. Le phénomène s'affirme depuis le Front populaire. La personnalité de Jacques Doriot, l'ancien leader communiste devenu le chef du Parti populaire français (PPF), exerce un fort pouvoir d'attraction auquel il ne résiste pas. De sympathisant, il est devenu militant puis membre actif du PPF, chargé de la propagande dans les milieux sportifs. Les réunions, meetings, événements, matchs sont prétexte à recrutement.

Jacques Cartonnet a été incontestablement un grand champion. Comment pourrait-on le contester à un champion du monde ? Seulement voilà : ça lui est monté à la tête et comme il était déjà très méprisant avec les autres nageurs, souvent désignés dans ses articles comme « ces petits barboteux », ils le lui rendent bien. Il pourra toujours le lendemain évoquer des problèmes de santé ou prétendre qu'il n'a jamais déclaré forfait devant des nageurs de classe, rien n'y fait.

À vingt-trois ans, voilà Artem champion de France 1938 des 100 et 200 mètres nage libre, du 200 mètres brasse, des relais 4 × 200 et 10 × 100. Cet été-là, celui qui est désormais qualifié de « nageur-Protée » pour sa capacité à briller dans toutes les disciplines quitte la piscine avec cinq titres, mais l'un d'eux lui laisse un goût amer. « J'aurais bien voulu le gagner à la lutte. Comme ça, j'ai l'air seulement d'avoir ramassé un trophée dont le titulaire ne voulait plus. D'ailleurs, puisque Cartonnet a dit partout que je n'étais pas un nageur digne de sa classe, j'attends qu'il veuille bien le prouver autrement que par des mots. Car la seule fois où nous nous sommes rencontrés en brasse, c'est moi qui l'ai battu... »

Cette fois, les couteaux sont tirés. Mais le fait est là, incontestable : désormais, dès le coup de sifflet, c'est lui qui donne le rythme et la cadence aux autres, lui qui mène les courses, lui qui brise l'élan général lorsqu'il l'estime opportun, lui qui accélère brutalement pour diviser ses adversaires, lui le vrai maître des horloges et chronomètres.

Peu après, aux championnats d'Europe qui réunissent quatorze nations à Wembley, avec moult hymnes et drapeaux, car les Anglais ont le goût des rituels et protocoles, Artem se qualifie pour la finale en parcourant les cinq derniers mètres sans respirer. Son équipe se classe deuxième au relais 4 × 200 mètres, juste derrière les Allemands. Ils montent ensemble sur le podium, chaque équipe sur sa marche. Au moment où retentissent les hymnes, le

Deutschland über alles puis le *Horst-Wessel-Lied*, comme il est de règle depuis l'arrivée du chancelier Hitler au pouvoir, les nageurs allemands tendent le bras droit à se le décrocher ; ceux des autres équipes gardent naturellement leurs bras le long du corps, la tête droite et le regard fixe ; un seul baisse ostensiblement la tête et les yeux pour marquer son hostilité. Du moins est-ce ainsi qu'est jugée l'attitude d'Alfred Nakache dans la presse d'outre-Rhin. Comme une marque de mépris. Il leur en faut moins pour la juger scandaleuse mais il n'en a cure. Le souvenir des Jeux de Berlin est encore frais dans sa mémoire. Il lui faudrait se forcer pour aller au cinéma voir *Olympia*, le film tourné par Leni Riefenstahl aux Jeux olympiques de Berlin, projeté en France sous le titre *Les Dieux du stade*. Un documentaire incontestablement réussi, qui accomplit le double exploit de magnifier autant la propagande d'une idéologie que celle du sport – la seconde ayant pour fonction de faire avaler la première à ceux qui y résisteraient encore. Si les images en sont remarquables, la bande-son l'est tout autant et c'est peu dire qu'Alfred aurait du mal à *écouter*, et même à simplement *entendre*, ce bruit de fond des journées de l'été 36 fait d'acclamations, de chants, de hourras, de commentaires, de musiques qui ne laissèrent jamais une chance aux silences des stades, ces moments précieux où l'athlète se rassemble et se concentre avant de s'élancer pour jouer en une poignée de secondes et une brassée de misérables centièmes les efforts de toute une vie.

Aux premières heures de septembre 1939, sur les grands boulevards, les vendeurs de journaux à la criée brandissent les manchettes des quotidiens : « La France et l'Angleterre déclarent la guerre à l'Allemagne ! »

Les nageurs, ou plutôt les dirigeants de leurs clubs, se

retrouvent dans une situation inconfortable : Jean de Castellane, le président de la Fédération française de natation depuis 1921, est également membre du conseil d'administration du Comité France-Allemagne jusqu'en 1941.

L'annonce de la mort certainement pas accidentelle d'Albert Richter, le grand champion cycliste allemand, sème la consternation. Artem sait bien qu'il a payé de sa vie son soutien inconditionnel à Ernest Berliner, son entraîneur juif.

Désormais, les Allemands, il veut non seulement les affronter, mais les battre, comme s'il avait une revanche à prendre sur les Jeux olympiques où il s'était contenté de leur faire obstacle. Comme si son séjour à Berlin lui avait ôté le moindre doute sur la nature criminelle du régime foncièrement antisémite qui y est mis en place. À la piscine des Tourelles, il l'emporte contre eux au 100 mètres nage libre lors d'une rencontre France-Allemagne. Mais quelques semaines plus tard, pour le match retour, après avoir exprimé sa joie d'être sélectionné pour le relais, il refuse d'en être pour ne pas avoir à retourner à Berlin. Il se cabre et se récuse. Un revirement qu'il laisse inexpliqué mais le prétexte invoqué (sa participation à un match de water-polo anodin contre la Suisse au sein d'une équipe B) ne trompe personne.

Son certificat d'aptitude à l'enseignement de l'éducation physique en poche, sorti major de sa promotion, il postule au lycée Janson-de-Sailly. Celui-là même qui l'a accueilli pour poursuivre et achever ses études secondaires à son arrivée en métropole. Il peut exercer en attendant l'octroi d'un ou deux certificats qui lui font encore défaut. Paule, sa femme, enseigne déjà.

Les Allemands, il n'a même plus besoin d'aller les affronter sur leur terrain. Ils viennent à lui. Le temps sort de ses gonds. Entendez-vous le globe grincer sur son axe ?

L'Allemagne envahit l'Europe et en un mois obtient du maréchal Pétain, le nouveau président du Conseil des ministres replié à Vichy, la signature de l'armistice. Quelque cent mille soldats français ont laissé leur vie dans les combats.

Qui a encore envie de nager dans une Europe en morceaux ?

En septembre 1940, soldat de la classe 35 enfin démobilisé dans une France divisée en deux zones, Alfred Nakache gagne Paris pour passer ses derniers certificats et commencer à enseigner l'éducation physique à Janson-de-Sailly ; Paule, qui l'accompagne, retrouve ses élèves. La vie reprend son cours. À une « nuance » près : la loi d'exception portant statut des Juifs, qui paraît au *Journal officiel* le 18 octobre, les oblige à se faire recenser comme juifs. Contrairement à d'autres, Alfred décide qu'ils n'en tiendront pas compte. Nul besoin qu'on lui dise ce qu'il est depuis des siècles. N'empêche qu'ils doivent renoncer à exercer leur métier puisque la fonction publique leur est désormais interdite. Le lycée les remercie, façon de parler. Ils font partie des quelque quatre cents juifs bannis de l'Éducation nationale. À peine nommé professeur, il ne l'est déjà plus ; Français depuis sa naissance, il ne l'est plus non plus, le décret Crémieux ayant été abrogé par le régime de Vichy, ce qui a réjoui une grande partie des Européens d'Algérie et pas seulement ceux situés à l'extrême droite qui voient l'une de leurs plus anciennes revendications enfin satisfaite. L'abrogation a libéré leurs ardeurs antisémites. Ce décret leur restait en travers de la gorge. Grâce à la législation mise en place par Vichy, longtemps ruminée avant d'être mûrie dès les premiers jours de l'Occupation, comme s'il n'y avait pas d'autre urgence pour redresser un pays sonné par la défaite, en Algérie ils se lâchent. Les juifs y sont déchus de leur nationalité française et retrouvent leur statut d'avant 1870 : indigènes israélites. Les voilà non seulement spoliés de leurs biens mais exclus de toute vie sociale et professionnelle. Au ban de la société. Des indésirables. Les Nakache de Constantine comme les autres dans les trois départements français d'Algérie.

Aux yeux des nouveaux maîtres de la France, Alfred et Paule ne sont plus que des juifs et rien d'autre. Avant que l'année ne s'achève, leur décision est prise : ils s'installent en zone libre. L'air y est meilleur.

Un puissant appel le pousse à attendre ailleurs que dans la capitale et ses parages. Cet élément qui s'avère décisif pour son avenir, appelons-le facteur humain. Car c'est bien d'un homme qu'il s'agit, celui qui compte plus que tout autre : un entraîneur. Et pas n'importe lequel : le meilleur.

Dès qu'un sportif atteint un certain niveau de compétition, il se prend à rêver de l'entraîneur qui le fera aller au-delà de lui-même en l'empêchant d'être victime de son tempérament. Celui qui inscrira en lettres de feu dans sa mémoire la devise des conjurés dans *Hernani*, la pièce de Victor Hugo : *Ad augusta per angusta.* Au plus haut par les voies les plus étroites.

6

TOULOUSE

Dans les années trente, pour les écrivains, les artistes, les intellectuels et d'autres encore qui veulent se lancer ou se relancer, c'est à Paris qu'il faut être. Pour un nageur de haut niveau qui a l'ambition d'aller plus haut encore, quand ce n'est au Club des nageurs de Marseille, c'est à Toulouse. Autant dire : chez Alban Minville, le grand entraîneur charismatique d'un club champion aux couleurs vert et blanc né en 1908 de la fusion entre le Toulouse olympique et le Toulouse employés club : les Dauphins du Toulouse olympique employés club (TOEC). Pensez qu'à sa création en 1908 il n'avait même pas de piscine : ses membres s'entraînaient dans le canal de Brienne ou dans les eaux de la Garonne, si ce n'est en bordure du fleuve dans le bassin flottant de 25 mètres amarré au quai de Tounis. Alors cap sur la Ville rose, d'autant que Prosper, l'un de ses frères, y vit déjà.

Alfred, qui y a noué des contacts, y compte de vrais amis. Ceux-ci témoignent de leurs liens dès l'arrivée du couple en lui réservant un accueil non seulement chaleureux mais efficace. Paule est aussitôt nommée capitaine de l'équipe féminine de natation. Alfred se sent enfin chez lui. Les Dauphins du TOEC ne sont pas seulement son club mais sa nouvelle famille, et Alban Minville, son nouvel entraîneur, un père de substitution, aussi autoritaire que protecteur, d'une exigence implacable.

À Toulouse, la natation est justement une affaire de famille. Non qu'une famille ait mis la main dessus. C'est juste qu'un entraîneur a su insuffler l'esprit de famille à ses nageurs. Ce grand nonchalant, passionné de chasse à la grouse, est leur papa, ils sont ses petits et le bassin, leur table mise. Il est si protecteur qu'il trouve un appartement au jeune couple, dans son immeuble au 7 rue du Cimetière-Saint-Cyprien. On croirait une communauté car vivent là, outre les Nakache, Alfred et sa femme Paule ainsi que Prosper, Alban Minville au rez-de-chaussée et les pharmaciens Blazy de l'avenue de Muret. Sans compter les amis de passage, notamment le nageur André Foucher-Créteau, un ami d'un autre club qu'Alfred a convaincu de le rejoindre dans la Ville rose.

Conscient d'avoir à vivre des jours incertains, Alfred sait qu'il peut compter sur le soutien des dirigeants du club, de ceux de la Fédération française de natation et même des responsables locaux de l'Église. On écrit dans les journaux que Nakache s'est installé à Toulouse en se gardant bien de préciser pourquoi. Mais tous disent leur admiration pour son courage, ses records, et pour cause. Surtout les journaux sportifs qui ne veulent voir en lui que le champion.

« Ça va, Artem ? lui demande-t-on à l'arrivée.

— L'eau était un peu froide quand même... »

Il vient à nouveau de battre le record de France du 400 mètres papillon devant une foule en délire, il paraît à peine essoufflé et incroyablement frais mais il devise sur la température de l'eau, rappelant qu'à l'entraînement l'idéal se situe entre dix-huit et vingt-six degrés :

« Moins, c'est trop froid et ça empêche de faire des progrès ; plus, c'est trop chaud et ça épuise. »

Signe des temps : pour l'entraînement comme pour la compétition, l'eau doit être à dix-sept degrés minimum. Et c'est froid. Alors en hiver... Le combustible manque pour chauffer les bassins comme nécessaire. C'est le principal problème technique de la natation sous l'Occupation.

On ne le refera pas. Ah, la brasse papillon... La plus athlétique de toutes les nages. Il ne l'a pas inventée, la paternité en revient à l'allemand Erich Rademacher et elle a été popularisée par Boitchenko, mais il l'a perfectionnée et lancée en France. Après avoir longtemps hésité, Alfred se laisse convaincre par son entraîneur (on dit que Minville pourrait persuader un vautour de lâcher une charogne) que ce style est fait pour lui, adapté à sa puissance musculaire, à la prise d'eau de ses bras, à son torse impressionnant : « Tu resteras une savate en nage libre avec ton battement de pieds toujours défectueux ! Par contre en papillon tu seras recordman du monde. »

Les gazettes se font l'écho des vifs débats qui opposent les partisans et les détracteurs de cette nage. Ces derniers la jugent impraticable sur une distance supérieure à 100 mètres. Jacques Cartonnet, qui la pratique jusqu'à battre des records dans cette catégorie, assure qu'il travaille à l'améliorer en introduisant la grâce du style aux dépens des tout-en-puissance, qu'il baptise au passage « les ferrailleurs » – suivez son regard. La Fédération va devoir y mettre bon ordre, d'autant que Boitchenko, le pionnier dans le genre, ne cesse de raconter partout que la brasse et le papillon ne font qu'une nage mais que cela ne saurait durer.

Jacques Cartonnet prend très mal l'évolution d'Artem : la brasse, papillon ou pas, c'est son domaine à lui. Autant dire sa propriété. Il considère cette intrusion comme une vraie déclaration de guerre. Un point de non-retour entre eux. Lui aussi s'est replié à Toulouse. Il tente de rejoindre les fameux Dauphins du TOEC mais ceux-ci n'en veulent pas, et ce n'est pas seulement parce qu'ils font corps avec Nakache. Sa réputation le précède. Outre son caractère et sa personnalité peu fiable, son engagement politique. Ne lui reste alors qu'à entrer au Racing olympique toulousain.

À la pause pendant l'entraînement, Alban Minville entreprend son nageur pour lui exposer les moyens de gagner quelques précieux centièmes de seconde : « Il faudrait descendre plus profond pour éviter les turbulences et mettre à profit la densité de l'eau. Une faille dans le règlement permet de ramener les bras au-dessus de la surface, alors profites-en… Tes coulées pourraient être d'une vitesse impressionnante si tu les pratiquais en ondulation dauphin le plus longtemps possible avant la reprise de nage… Mais attention aux efforts trop violents qui peuvent t'amener de gros problèmes cardiaques…

Alors entraînement et souplesse, il n'y a pas à en sortir, souplesse et entraînement… »

Et d'évoquer « Eton » comme un antimodèle. Des anciens du célèbre collège, fleuron des *public schools* britanniques, avaient créé la première Société de natation en 1828 sur le modèle antique. Leur style se résumait en une formule passée à la postérité : tout pour les pieds, rien pour les mains. On en est revenu depuis mais tous ne s'en sont pas défaits. Minville est comme ça, toujours à faire des références venues d'on ne sait où. Originaire d'une petite ville du Gers, il a été dans une autre vie un jeune marin sillonnant le monde. Combien d'entraîneurs français ont comme lui observé crawler les indigènes du Pacifique pour en tirer des leçons ? Un homme d'expérience doublé d'un théoricien ; enfin, à sa manière. Ses grands principes, qui sonnent comme des dictons, tiennent souvent en une formule : « Il faut savoir ce que l'on vaut, mais il ne faut pas faire ce que l'on peut valoir. » Il tient que pour réussir un 200 mètres papillon, il faut pouvoir le réussir à l'entraînement sur une distance de 1 000 mètres – au moins !

« Marque un temps d'arrêt pour la coulée ! Exagère la décontraction des bras hors de l'eau sans les ramollir ! Et laisse tes jambes suivre les mouvements des bras et non ensemble… Sépare bien tes bras de tes jambes. Le papillon, ça demande deux mouvements bien distincts, alors inutile de les associer. Ça te fatiguera moins. Et n'enfonce pas trop les bras dans l'eau car ça te freine. Ça fait ascenseur ? Alors plus horizontal. Et moins la tête dans les épaules, sors-la. »

Minville voit les limites d'Alfred en crawl, il les a

atteintes ; ce qui n'est pas le cas en papillon où il a encore tout à prouver. Le nageur l'écoute attentivement et le suit sans se poser de questions. Jusqu'au respect pointilleux du tableau de nage à l'entraînement. Son entraîneur lui apprend à respirer toutes les deux brasses et lors de l'emballage final à cesser de respirer, une technique alors rare. Une autorité naturelle se dégage de Minville. Inutile de forcer. Il gagne la confiance sans insister. Ce qu'il dit l'impose naturellement car il exige de lui-même ce qu'il exige des autres. Les mêmes efforts, la même discipline, la même persévérance. Ceux qui l'ont pratiqué assurent qu'il a la *vista*. Que son flair le trompe rarement. Qu'il ne craint pas de bouleverser ce qui se fait partout ailleurs. Qu'il aime faire travailler la vitesse et le train. Qu'il comprend mieux que quiconque la nécessité de nager plus long pour acquérir un surcroît de résistance permettant d'accélérer dans l'eau. On le prend pour un révolutionnaire lorsqu'il fait passer les distances de l'entraînement de 600 à 1 200 mètres. Ou quand il fait nager ses poulains les pieds attachés. Ou qu'il demande de coudre des bouts de tissu entre les doigts des gants afin de développer les muscles des épaules. Ou qu'il impose le travail à sec, les exercices de musculation intensive.

« Allez, on reprend ! 25 mètres sous l'eau, 50 mètres en papillon, 100 mètres en brasse et à nouveau 25 mètres en papillon ! »

À distance égale, on ne nage pas pareillement en compétition et à l'entraînement. Lorsqu'il s'entraîne, Alfred effectue des coulées exagérées pour mieux récupérer. Il surveille le roulis de son corps, s'emploie à garder les yeux à la surface et réussit presque à éliminer des réflexes que l'entraîneur ne cesse de déplorer : la tête encore trop rentrée dans les épaules, les bras encore trop enfoncés dans l'eau au moment de l'attaque. La voix de Minville est si forte quand il s'y met que l'on pourrait en percevoir le grain à vingt mètres sous l'eau.

« Fais de ta cheville un fléau et non l'esclave de ta jambe ! »

Artem a enfin trouvé sa propre écriture, sa musique intérieure, sa couleur. Sans tout donner et sans se désunir. On le reconnaît à sa manière d'évoluer dans l'eau davantage et plus sûrement que lorsqu'il crawlait. On l'admirait alors moins pour son style que pour son courage, on louait sa volonté, on ovationnait la combativité qu'il déployait pour l'emporter à l'arraché dans les derniers mètres. Désormais, on se déplace pour voir le phénomène papillonner en alliant la grâce à la puissance. Les plus grands défis s'offrent à lui. À se tirer vers le haut et y recevoir l'enseignement d'un maître, on finit toujours par récolter un peu de sa poussière d'or.

Le plus titré des nageurs français en activité n'en reste pas moins fidèle à lui-même, toujours aussi joyeux, blagueur, discret. Le dimanche, les voisins ne s'étonnent plus de le voir partir à vélo à travers les villages de la région ; sans se faire prier, il y sacrifie au rituel des démonstrations de natation dans le fleuve et les rivières et en revient les paniers chargés de victuailles, l'or noir de cette époque de rationnement.

La semaine est consacrée à l'entraînement, sans relâche, deux fois par jour, ce qui est beaucoup mais Alban Minville n'en démord pas. Nager, encore nager, toujours nager, à en perdre la notion du temps.

Pendant ce temps, au micro de Radio-Paris, on se demande s'il faut prononcer « israélite » en appuyant sur le *s* ou « izraélite » en insistant sur le *z* étant entendu que l'une des deux manières de dire est péjorative. La calomnie commence à s'insinuer dans certaines feuilles favorables à la collaboration – un pléonasme dans un pays où elles sont les seules autorisées à paraître. On attaque Nakache sur des arguties, pour l'instant. On remet en cause la légitimité de certains de ses records au motif qu'ils ont été accomplis dans des piscines d'eau salée, laquelle est réputée permettre une meilleure flottabilité, comme si cela ne se faisait pas ailleurs. Et puis il n'a jamais cessé de s'entraîner puisqu'il était mobilisé à Paris comme moniteur dans l'armée de l'air et non sur les fronts au feu dans une unité combattante. Une insinuation synonyme de planqué, l'insulte suprême. Du Cartonnet tout craché. Celui-là… Pour l'instant, il se fait encore discret ; mais le connaissant, et pour cause, Alfred ne doute pas qu'il sent son heure venue, que le moment lui est favorable et qu'il ne tardera pas à réapparaître en majesté.

Sous le régime de Vichy, le sport devient une affaire d'État. Les affiches du gouvernement le clament dans toutes les villes : « Le sport, cette chevalerie moderne. » La régénération de la race est le mot d'ordre de la Révolution nationale imposée par le maréchal Pétain. Dans cette perspective, l'idéal chevaleresque en question est censé renouer avec des valeurs de pureté, de noblesse, de désintéressement. Une morale en action. Avec l'athlétisme, la natation est considérée comme sport de base.

Les deux dominent et Alfred Nakache survole le sien. En permettant aux Dauphins du TOEC d'inscrire pour la première fois le nom de leur club sur les grandes tablettes internationales, il revient au premier plan en 1941.

Au cours de cette seule année, il est champion de France sur 100 mètres et 200 mètres en crawl tout en enlevant le record de France du 200 mètres brasse à Jacques Cartonnet. À Marseille, dans la piscine du Cercle des nageurs, il pulvérise le record du monde du 200 mètres brasse, ravit à l'Allemand Balke le record d'Europe en brasse comme s'il poursuivait à lui tout seul sa guerre personnelle contre l'Allemagne en dépit d'une situation pas vraiment favorable, en passant remporte facilement la course Pharo-La Canebière dans le port de Marseille juste après avoir gagné un concours d'endurance « pieds au mur » ! et, comme si cela ne suffisait pas pour ce jour-là, à l'issue de la course, apercevant au bain de mer des Catalans un baigneur pris de crampe appelant à l'aide, il plonge et le ramène sain et sauf sur le rivage. Dans les dialogues du film *Quai des brumes*, Jacques Prévert met cette sombre réflexion dans la bouche du personnage du peintre incarné par Robert Le Vigan : « Je peins malgré moi les choses cachées derrière les choses. Quand je peins un nageur, je vois un noyé. » Interviewé sur la plage, Alfred ne paraît même pas essoufflé :

« Si mon nouveau record du monde est battu par un étranger, je m'y remettrai ! Je suis surtout heureux d'avoir montré que le sport français peut encore avoir sa place dans les compétitions internationales. »

Il a vingt-six ans à peine et *Le Miroir des sports* parle déjà de lui comme de « notre vieux champion Artem ». Il est vrai qu'à force d'être cité en nageur exemplaire il fait figure d'ancien auprès des jeunes dont on parle, les Gibel, Hatot, Jesum. Depuis la retraite de Jean Taris en 1935, il exerce sa suprématie sur la natation française et la partage avec quelques autres sur le plan mondial. N'eût été la guerre, il pourrait se dire heureux car désormais ses deux vies coïncident : celle qu'il vit, mosaïque des menus faits du quotidien, et celle par laquelle il vit, faite de tout ce qui lui donne une forme et un sens. Un franciscain y verrait la manière la plus accomplie du bonheur sur terre.

La presse sportive, à commencer par le quotidien *L'Auto,* le plus important et le plus conciliant avec le nouveau pouvoir, en fait une idole, une mascotte, une icône. Le chroniqueur Philippoff assure qu'il est le seul nageur français à pouvoir prétendre à une médaille olympique en brasse papillon. Son physique et ses capacités athlétiques, autant que l'énergie qu'il développe pour repousser les records, l'impressionnent. Athlète complet dans tous les sens du terme, il est le sportif idéal, celui que l'on peut donner en modèle aux jeunes générations de la nouvelle France qui s'annonce. À ceci près qu'à Paris la presse collaborationniste ne comprend pas que lui soit ainsi déroulé le tapis rouge de l'héroïsme français dans le sport, que les plus hautes instances flattent ainsi son endurance à l'effort, son moral de lutteur, sa volonté de vaincre alors qu'il s'agit tout de même d'un Juif, qui plus est d'un Juif arabe qui vient de perdre sa citoyenneté française pour être justement renvoyé aux origines cosmopolites de ses aïeux et à leur qualité d'indigènes. Le fait est que les deux plus influentes personnalités du sport français sont bien décidées à en faire un héros, un champion français de dimension internationale. Elles le plébiscitent comme l'exemple à suivre, le promeuvent et bientôt le protègent contre les effets même de cette promotion appuyée.

Il y a d'abord Émile-Georges Drigny, le président de la Fédération française de natation mais également du Syndicat national de la presse sportive et le rédacteur en chef du très officiel *Tous les sports*. On dira qu'il est dans son rôle car si lui ne soutient pas, malgré tout, le numéro un de la natation française, qui le fera ? Un autre justement, et des plus inattendus eu égard au contexte : rien de moins que le commissaire général à l'Éducation physique et aux Sports du gouvernement de Vichy. Autrement dit : le ministre des Sports. Une prise de position et un engagement a priori surprenants, sauf pour ceux qui connaissent le caractère de Jean Borotra. Une célébrité puisque le joueur de tennis biarrot, surnommé « le Basque bondissant », qui fut l'un des « Quatre Mousquetaires » de légende qui remportèrent six fois la Coupe Davis (1927-1932), détient à titre individuel un palmarès impressionnant. Un peu partout, on voit depuis l'été 1940 des notables succéder aux élus sans pour autant les remplacer – et pour cause : ils n'ont guère de légitimité. Ce qui n'est pas son cas.

Patriote avant tout, se voulant à distance des antisémites autant que des collaborationnistes, animé de sentiments antiallemands depuis l'invasion du territoire français, commensal régulier à la table de Philippe Pétain, il voit en lui le vainqueur de Verdun et rien d'autre. Fidèlement soudé à sa personne voire à son culte, il tient qu'un général de brigade (entendez : de Gaulle) ne peut avoir raison contre un maréchal de France. Fermez le ban ! Le même homme a poussé son tropisme anglophile, ce qui n'est pas de saison, jusqu'à épouser Mabel de Forest-Bischoffsheim, fille d'un parlementaire britannique du parti libéral ; d'ailleurs, dans un premier temps, il a cherché à gagner l'Angleterre avant d'être détourné de son projet par la destruction de l'escadre française à Mers el-Kébir par la flotte anglaise le 3 juillet 1940. Dix jours plus tard, il est nommé responsable des sports… C'est un mondain à réseaux, représentant d'une « noblesse de court », ce qui lui permet de disputer chaque année quelques parties de tennis avec Gustave V, roi de Suède.

À Vichy, ses bureaux sont logés successivement à l'hôtel des Célestins, au Grand Casino, à l'hôtel de la Cloche, enfin au Plaza Hôtel. À Paris, on les trouve rue de Tilsitt et rue Auber. Son passage aux affaires laisse deux traces. La première n'est autre que son invention de la prestation de serment de l'athlète ; la cérémonie, mise en scène de manière grandiose, lyrique et quelque peu martiale sur la pelouse d'un vaste stade, convoque de nombreux sportifs de toutes les disciplines afin qu'ils prononcent tous ensemble les mots : « Je promets sur l'honneur de pratiquer le sport avec désintéressement, discipline et loyauté pour devenir meilleur et pour servir ma patrie. » Puis ils se mettent tous au garde-à-vous avant de tendre le bras en accompagnant leur geste d'un solennel « Je le promets ! ». Rien de compromettant. Qui peut être contre ?

Le 29 mars 1941, Toulouse reçoit le ministre des Sports. Il ne le dissimule pas, sa priorité est de visiter les installations du TOEC et d'en profiter pour assister aux démonstrations des nageurs. Surtout les deux frères ennemis, Nakache et Cartonnet, à croire que l'un ne va plus sans l'autre. Et il y a foule ! Quand les bals populaires sont interdits, quoi de mieux en effet qu'un match, un défi, une manifestation sportive tenue pour un spectacle, dont on pourrait croire en observant les gradins que leur seul but est de permettre à des garçons de retrouver des filles ?

Cela dit, la journée à la piscine n'était pas l'unique but de sa visite. Il est venu à la rencontre d'Alfred avec en poche une invitation à se joindre à une délégation de cent cinquante athlètes pour une tournée de trois semaines en Afrique du Nord. Un voyage tout ce qu'il y a d'officiel, dans lequel la propagande pour le nouveau régime se fera pour la plus grande gloire du sport français – et réciproquement. Le film qui y est tourné, *Les Messagers du sport en Afrique du Nord*, soutient clairement une vision : une seule fraternité unit toute la France sur les deux rives de la Méditerranée. Nul n'en est dupe. Bien peu refuseraient. Mais depuis le piège des Jeux de Berlin, Nakache hésite : y aller ou pas ? Après tout il n'est pas le premier à se poser un tel cas de conscience. Le baron Umberto Louis de Morpurgo, issu d'une grande famille israélite de Trieste, joueur de classe internationale, avait bien été enrôlé en 1928 par Mussolini comme commissaire au tennis. Or Artem ne se veut pas différent des autres sportifs de haut niveau pour qui le sport est la valeur morale absolue, le régime politique venant bien après. Il n'y a pas de cause supérieure à celle du sport jusqu'au jour où la ligne rouge est franchie. Encore faut-il savoir où la placent les uns et les autres, étant entendu que chacun a ses propres critères.

La tournée, baptisée Quinzaine impériale afin que nul n'en ignore, s'étend sur trois semaines entre les mois d'avril et de mai 1941 ; elle remporte un franc succès de Casablanca à Bizerte. Le plus souvent à l'honneur, d'autant qu'il est un « pays », Alfred a pour mission de hisser les couleurs lors de l'étape d'Oran ainsi qu'au stade municipal d'Alger aux côtés du ministre Borotra, en présence du général Weygand nommé par Vichy délégué général pour l'Afrique du Nord. Le fameux « serment de l'athlète » y est d'ailleurs prononcé pour la première fois à cette occasion, assorti de l'ambigu salut olympique le bras tendu.

Enhardi par cette réussite, le ministre bondissant lance une seconde tournée à la mi-septembre 1942, toujours en Afrique du Nord ; mais à la différence de la première, elle oppose vingt-six nageurs de la métropole à autant de nageurs locaux. Cette fois, l'opinion publique s'y étant préparée, l'initiative suscite de virulentes manifestations maréchalistes et antisémites. Puisque Jean Borotra a voulu constamment s'afficher avec le sportif dont il entend faire un modèle pour la jeunesse, érigé en symbole de la réussite de notre empire colonial, il doit en payer le prix. Si en Tunisie et au Maroc cela fait du bruit, en Algérie cela fait carrément scandale. D'aucuns tentent même de l'empêcher de nager. Aussi l'équipe fait-elle bloc autour de lui et menace-t-elle de boycotter les épreuves si la pression augmente encore. Mais le ministre a beau le protéger, les insultes sont si violentes qu'Artem renonce à nager, attitude qui fait école, plusieurs de ses camarades choisissant de se solidariser. Dans *Tous les sports*, Drigny, le président de la Fédération, qui sait parfaitement de quoi il en retourne, commente : « Absence inexpliquée et inexplicable de Nakache qui a gâché la fête. »

Ce qui n'annonce rien de bon. Ce n'est pas sur lui qu'il faudra compter si la situation devait empirer. À son retour en métropole, le ministre est convoqué par les Allemands : non seulement ils lui reprochent un nombre disproportionné d'officiers dans son administration, mais aussi le caractère trop « tapageur » de sa tournée.

Pendant ce temps-là, bien installé à Toulouse, Alfred a repris l'entraînement. Mais comme cela ne suffit pas à assurer le bien-être des siens – une petite Annie leur est née au début de l'été 1941 lors d'un séjour à Constantine – et qu'il n'a pas le droit d'enseigner, un admirateur lui offre une solution d'attente. Ce Toulousain du nom de Mauran met à sa disposition, et à celle d'un rééducateur en gymnastique, un local réaménagé en gymnase et rebaptisé solennellement Académie afin qu'il puisse continuer à y enseigner. Dans cette ville, il se sent protégé et pas seulement parce qu'elle se situe en zone libre. De quoi le pousser à se risquer plus avant au-delà de son engagement purement sportif.

Des Juifs, on en compte déjà dans les rangs encore clairsemés de la Résistance, même si, au début, ils ne sont pas tous les bienvenus. À l'automne 1940, les premiers résistants du Mouvement de libération nationale sont encore si perméables à l'air du temps (le statut des Juifs édicté par Vichy) et à une certaine culture partagée avant-guerre (le maurrassisme) qu'ils diffusent sans sourciller leur manifeste ; il y est précisé que tous les « Français authentiques » sont appelés à rejoindre leurs rangs pour se dresser contre l'occupant mais que, s'agissant des israélites, seuls seront admis ceux qui ont effectivement combattu dans l'une des deux guerres…

Au même moment, une résistance spécifiquement juive s'ébauche à Toulouse. La situation particulière de la ville, centrale dans la zone sud et pivotante dans une région couverte de camps d'internement administratif (Rivesaltes, Noé, Gurs, Récébédou), la prédestine pour devenir la capitale de la résistance juive. Au départ, un groupuscule s'y constitue clandestinement en réaction aux mesures d'exclusion raciale sous le nom de La Main forte, par allusion au *Yad haHazaka*, code de la loi juive composé au Moyen Âge par le philosophe Maïmonide. Une nuit, Nakache reçoit la visite d'activistes qui en sont à l'origine à son gymnase de la rue du Languedoc.

« On m'appelle Maurice Ferrer, dit leur chef.

— Allons, je me doute bien que ce n'est pas votre nom. D'ailleurs je ne vous le demande pas.

— Notre groupe a besoin de vous. Mais on ne peut vous en dire plus sur notre organisation. Vous avez peut-être entendu parler de La Main forte ? »

Alfred se lève, marche autour du trio de visiteurs du soir qui reste assis, les dévisage longuement sans un mot, ce qui alourdit l'atmosphère. Ils ne manquent pas d'audace, ces jeunes gens qui risquent deux fois leur vie en raison de leurs origines et de leur engagement. Probable que la police les recherche à double titre. Il les écoute. Puis il s'assoit face à eux :

« *Yad haHazaka ?* J'en ai entendu parler. Il paraît qu'ils doivent prêter serment et qu'ils ont même des grades militaires. Mais je ne cherche pas à en savoir plus. Vous êtes juifs, ça me suffit. Qu'attendez-vous de moi ?

— Que vous entraîniez nos jeunes recrues, ici, le soir, avant qu'on les lance dans l'action clandestine, répond leur chef. »

Alfred l'a reconnu mais n'en dit mot : ce militant sioniste est ingénieur électricien en ville et s'appelle en réalité Abraham Polonski, un nom à ne pas traîner dehors ; il est le seul à prendre la parole, avant de lui tendre une main qu'Alfred serre aussitôt avec fermeté.

La confiance est immédiate et réciproque. La prudence, plutôt qu'un manque de curiosité, l'incite à en savoir le moins possible. L'idée même d'une autodéfense juive séduit dans l'instant l'ancien athlète des Maccabiades. Sympathisant mais pas adhérent. Il n'est pas de ces réfugiés qui débarquent à Toulouse à la faveur des événements et augmentent une communauté de quelque trois mille personnes à seule fin de se rapprocher de la frontière espagnole dans l'espoir de passer un jour de l'autre côté. Il a bien l'intention de rester.

S'il les aide, c'est par une réaction instinctive dictée par sa conscience. Une pure question de morale, celle-ci s'entendant comme la rectitude du raisonnement. La politique n'y a aucune part.

Ces juifs qui s'organisent et se structurent à Toulouse,

très tôt dans l'ombre, il apprend à les connaître. Ce sont les cousins de ceux qui se réunissent en groupe d'autodéfense, depuis l'été 1940 à Alger, sous le couvert de l'association sportive Géo Gras, en prévision de pogroms arabes et d'attaques de militants fascistes du PPF.

À mesure que les entraînements des futurs maquisards de La Main forte s'intensifient, des amitiés se nouent et les langues se délient, un peu. Un parfum d'amateurisme mêlé à un romantisme de l'action flotte sur les premiers résistants, forcément. Rien ni personne ne les y avait préparés. Ils apprennent sur le tas. Seuls les plus anciens, ceux qui ont déjà connu l'expérience du feu entre 1914 et 1918, ou même il y a quelques mois lors de l'invasion de 1940, sont suffisamment aguerris pour les encadrer et réprimer parfois leur ardeur. Des noms circulent, parfois imprudemment, là où les nouveaux membres à peine débarqués de Paris ou d'ailleurs se retrouvent pour une prise de contact, au café Le Garapon ou au Café de la Paix sous les arcades du Capitole, dans les squares, près de l'université. Malgré l'interdiction faite aux Juifs de se réunir, on dit qu'un cercle d'études se tient régulièrement la nuit tous rideaux tirés dans une arrière-salle de la synagogue Palaprat, à l'angle de la rue du même nom et de la rue de la Colombette, dans le quartier Saint-Aubin. Pour l'instant, les étudiants qui le constituent se contentent d'échanger à bas bruit des idées et des opinions, pas des armes ou des munitions, pas encore. Le rabbin Moïse Cassorla laisse faire et les couvre quand il ne participe pas lui-même en leur donnant des cours d'histoire. Immanquablement, le cas de Flavius Josèphe, le fameux historien officiel romain et juif du Iᵉʳ siècle, vient à l'ordre du jour. L'air du temps l'exige.

« Un traître ! lance une voix. L'homme du double jeu.

— Attention, il voulait arrêter le massacre. N'en faites pas un collabo !

— Vous avez lu son livre la *Guerre des Juifs* ? Alors transposez la résistance juive contre les Romains à nos jours. Demandez-vous ce que nous devons faire face à Vichy et aux nazis. Il y a une véritable analogie entre notre situation et celle des nôtres assiégés à Massada en 74. Et si nous traînions Flavius Josèphe en justice ? Mais oui, parfaitement, jugeons-le ici et maintenant. Le tribunal, c'est nous... »

Et la controverse de durer toute la nuit. C'est parmi eux, ces têtes pensantes qui brûlent d'en découdre frontalement avec l'occupant et ses supplétifs, que l'« Armée juive », c'est son nom à la suite de La Main forte, commence à recruter. Bientôt elle fournit en armes, argent et matériel les maquis juifs dans la montagne Noire qui surplombe Mazamet, dans le Tarn, et devient la plaque tournante pour le sauvetage des enfants. Alfred Nakache entend murmurer des noms de responsables, David Knout, Jacques Lazarus, les frères Cohen, Pierre Loeb, ou encore David Elbaz, l'un des rares notables de la communauté à être originaire d'Afrique du Nord, plus précisément de la petite ville berbère de Frenda dans la wilaya de Tiaret, en Algérie, comme lui et comme sa femme Paule dont il est l'homonyme, mais Alfred s'efforce de les oublier aussitôt par mesure de sécurité. Plus il rencontre leurs discrets délégués, plus il s'intègre à eux.

« Presque partout ailleurs on ne se sent pas complètement en confiance. Entre membres de l'Armée juive, au moins, on est tranquilles, on peut parler », reconnaissent-ils.

On trouve à Albert Cohen, dit Bébé, une place de caissier au Comptoir des pièces détachées, l'affaire de TSF du 17 rue des Remparts ; des postes de radio, c'est idéal pour y dissimuler des revolvers ; dans l'arrière-boutique, on fabrique de faux papiers pour ceux qui partent en Espagne, en Suisse ou au maquis, on prépare leur camouflage et leur exfiltration. Bonne couverture d'autant que le magasin se situe juste en face de la police. À mesure qu'il rencontre Nakache, « Bébé », chargé de l'instruction militaire des recrues, se réjouit qu'il soit « très sympathisant de la cause » et qu'il se dépense sans compter pour entraîner leurs jeunes ; Simon, son frère, se dit quant à lui frappé par la douceur de l'expression et du ton du nageur contrastant avec sa carrure. On se fait des idées, parfois. Il est vrai que sa maîtrise et son calme impressionnent quand partout l'atmosphère paraît si crispée.

S'il est effectivement si présent dès les premières heures pour aider l'Armée juive à se lancer, il n'en est pas moins sensible aux appels du pied d'une petite organisation de résistance non juive, les Légions françaises anti-Axe, qui l'enregistre dans ses rangs sous le numéro 6. Un nageur l'y a amené, son ami André Foucher-Créteau, car Roger, son propre frère, dirige ce réseau dont le but principal est moins l'action violente que la mise en alerte des Français afin qu'ils prennent conscience du danger nazi. Un militant qui a de la suite dans les idées, ce Roger Foucher-Créteau. Avant d'être journaliste à *Paris-*

Midi et à *L'Intransigeant*, il a publié dès 1933, malgré les menaces de procès de l'éditeur allemand, des extraits de *Mein Kampf* dans *Holàhée !*, un journal de jeunes, afin de les mobiliser face à la montée des périls. Désormais, il fabrique et diffuse de la propagande antiallemande clandestinement : tracts, journal, papillons, etc. Avec ses camarades, ils harcèlent moralement des collabos notoires tels que le journaliste de Radio-Paris Jean Hérold-Paquis.

Alfred n'en demeure pas moins prudent, ne se considérant jamais comme enrôlé pour autant, jaloux de sa liberté d'action et de son indépendance d'esprit. Simplement, il ne peut concevoir de ne pas s'engager car il est des situations où il serait indigne pour un homme de demeurer au-dessus de la mêlée – et l'occupation de son pays par une armée étrangère en est une, indiscutablement.

D'une lucidité sans faille, Alfred Nakache sait qu'il se tient en équilibre instable sur une ligne de crête. Le jour, il s'entraîne au vu de tous ; le soir, il se produit officiellement ; la nuit il résiste clandestinement. Combien de temps peut-il tenir ainsi sans que le fil rompe, nul ne le sait. En ville, il se dit que le pouvoir le protège, de même que Mgr Saliège, l'archevêque de Toulouse. Les résistants avec lesquels il est en contact permanent se félicitent d'une telle couverture. Mais tous se demandent comment il peut continuer à nager alors que cette activité est interdite aux Juifs ; comment il peut même livrer des compétitions au nom de la France ; comment les autorités sportives, policières, militaires tolèrent tout ça de lui et de lui seul.

Comment est-ce possible pour cet homme-là à cette époque-là dans cette France-là ?

Des signes l'alertent car il est aux aguets depuis qu'il s'est mis en tête d'obtenir un certificat de baptême pour Annie : « … ayant renoncé à l'aveuglement des juifs et reconnu Notre-Seigneur Jésus-Christ pour le Messie promis par les Saintes Écritures de l'Ancien Testament, de sa propre volonté et sans aucune contrainte a fait profession de religion catholique, apostolique et romaine et a reçu le baptême avec l'autorisation de Monseigneur l'archevêque… ». Or ce sésame est devenu de plus en plus difficile à se procurer. Tant de faux sont en circulation que Xavier Vallat, le commissaire général aux Questions juives, s'en inquiète auprès des préfets. Il exige désormais que le document ait au moins un an d'ancienneté et que la signature de l'autorité ecclésiastique soit dûment légalisée.

Toulouse a beau être située de l'autre côté de la ligne de démarcation qui sépare la France en deux, la loi de Vichy sévit partout. Il suffit de se laisser porter par ses pas en pleine ville pour constater que l'aryanisation économique est lancée. Sous cette appellation qui écorche les oreilles se dissimule à peine un processus *légal* de spoliation des entreprises et magasins juifs. Des commerces ordinaires se voient dotés d'administrateurs provisoires. Leurs propriétaires sont dépossédés de leurs biens, de leur maison, de leurs appartements et immeubles de rapport. Guekenhein de la boucherie Darquier avenue de Muret, les Haymann de Paris-Couture rue Sainte-Ursule, la boucherie Médioni place Dupuy, la Maison de Paris rue d'Alsace-Lorraine, Pasternak de Radio-Jip, et aussi ceux d'Aster Radio et de Weiss Radio, Au meilleur marché rue Bayard tenu par Jakob Moritz. Maurice Kalfon et Samuel Kaplan sont également dépouillés, et Kempf de Place Fourrures rue d'Alsace-Lorraine, et les maisons Acirex ou Hartog. Et la cantine des établissements Dewoitine ! Et même Monoprix et Etam !

À Vichy, près de seize mois après avoir été évincé par le chef de l'État de son poste de vice-président du conseil, Pierre Laval revient aux affaires auréolé cette fois du titre de chef du gouvernement. Jean Borotra est de ceux qui font les frais du remaniement qui s'ensuit, ce qui n'étonne personne : tout maréchaliste qu'il fut et d'une fidélité à toute épreuve, il n'était vraiment pas en odeur de sainteté auprès des Allemands, qui le soupçonnent d'une volonté de revanche, et des ultras de la collaboration qui le jugent trop complaisant avec Alfred Nakache. Son successeur à la tête du sport français n'est autre que son adjoint le colonel Joseph Pascot, bien connu de l'ovalie sous le diminutif de Jep pour avoir été demi d'ouverture de l'équipe de France de rugby. Leurs objectifs sont les mêmes, seule la manière diffère. Dès sa prise de fonction, il se révèle plus autoritaire, plus radical et d'imprégnation fasciste jusque dans sa mystique du sport. Un militaire qui s'entoure de militaires. Dans son esprit, le statut du sport amateur ne doit souffrir aucune exception ; rien ne doit entacher sa pureté ; tout soupçon de professionnalisation, jusqu'à la moindre rémunération pour des compétitions et des exhibitions, doit être sévèrement sanctionné.

À condition qu'ils soient dûment recensés, les jeunes

israélites ont le droit de pratiquer des sports mais uniquement entre eux, dans une salle où il n'y a pas de non-juifs. Si c'est dans un stade ils doivent être éloignés afin de ne pas entrer en contact avec des non-juifs et doivent éviter de s'offrir au regard de spectateurs non juifs.

Ça se durcit encore. Une ordonnance allemande précise et renforce l'interdiction faite aux israélites d'accéder aux piscines en zone occupée et de participer aux manifestations sportives, qu'il s'agisse d'y concourir ou simplement d'y assister, au stade des Sept-Deniers comme partout en France. De toute façon, en vertu de la loi du 2 juin 1941 portant une fois de plus statut des Juifs, ils n'ont plus droit de nager dès lors qu'ils sont issus de deux grands-parents « de race juive ». Tout futur adhérent d'un club nautique doit jurer sur l'honneur ne pas être concerné et signer un papier en ce sens.

Jusqu'à quand Alfred Nakache jouira-t-il de son incertain statut d'intouchable ? Nul ne se risque à donner une réponse tant elle serait aléatoire, à l'image de l'époque. Un rien pourrait le faire chuter. En attendant, il continue à avancer dans ses records en se tenant sur un fil d'équilibriste. Sa célèbre silhouette se détache parmi les nageurs de la délégation française qui se rend à Lisbonne pour une rencontre France-Portugal. Un mois après, en juin 1942, le recordman d'Europe du 100 mètres brasse participe à une démonstration devant le chef de l'État en visite à Toulouse, juste après un défilé du Service d'ordre légionnaire en son honneur dans les grandes artères de la ville. Lorsque le ministre des Sports le présente au maréchal Pétain, celui-ci, évoquant la destitution de l'Allemand Balke de son record du monde, le félicite : « Vous leur avez flanqué une belle gifle ! »

Difficile de lui reprocher une quelconque protection officielle alors qu'il a été interdit d'enseignement au lycée Janson-de-Sailly en raison de ses origines et qu'il est rejeté comme Français par les lois raciales tout en étant acclamé comme une gloire nationale. Et pourtant, protégé, il l'a incontestablement été par Jean Borotra... Étrange situation en vérité que l'on dirait proprement kafkaïenne – et pour une fois, *stricto sensu*.

Une brève nouvelle de Franz Kafka, lui-même nageur passionné en habitué des bains installés le long de la Moldau, est intitulée « Le grand nageur » et datée de 1920. Elle raconte l'aventure d'un champion olympique de natation qui, de retour dans sa ville d'origine, doit prononcer un discours dans la salle de cérémonie de ce qui ressemble fort à une mairie, avec son lot de notables, d'abonnés aux banquets, sa noria de serveurs, toute une population qu'il a du mal à déchiffrer ; l'allocution du responsable n'arrange rien car non seulement elle est prononcée dans une langue incompréhensible, mais ce qu'il dit semble si triste qu'il n'a de cesse d'essuyer discrètement ses larmes avec son mouchoir. Lorsqu'on lui passe la parole, le champion confirme bien qu'il a battu un record mondial là-bas au loin mais, quant au reste, il confie ne pas savoir nager...

Artem, comme lui, doit se sentir apatride, sollicité aussitôt que rejeté et ainsi de suite. On lui remet même la médaille officielle sur laquelle sont gravés « Famille patrie travail » ainsi que « Offert par le maréchal à Alfred Nakache recordman du monde des 200 m brasse » et ornée de la francisque, alors que l'État dont Philippe Pétain est le chef bannit les Juifs des bassins afin qu'ils ne souillent pas l'eau des vrais Français…

Dans une situation aussi absurde, le héros de la nouvelle de Kafka est dès lors envahi d'un étrange sentiment : « Je sais nager comme les autres, c'est seulement que j'ai une meilleure mémoire que les autres, je n'ai pas oublié les temps où je ne savais pas nager. Mais comme je ne les ai pas oubliés, il ne me sert à rien de savoir nager et en fin de compte, je ne sais pas nager. »

Les événements se précipitent au cœur de l'été 1942. Quelque treize mille Juifs sont raflés à Paris et parqués au vélodrome d'Hiver avant d'être déportés, prélude à une accélération des convois de Drancy et de Pithiviers vers le camp d'Auschwitz.

À Toulouse, le grand panneau au-dessus de l'entrée du cinéma Les Variétés annonçant la projection des *Inconnus dans la maison* a été remplacé par un nouveau qui attire autant de monde : *L'assassin habite au 21*. Mais chacun sait qu'il se tapit partout. Qui osera le dénoncer ?

On guette les réactions de l'archevêque, Mgr Saliège. On le dit ondoyant car, s'il s'était réjoui de la volonté du nouveau régime de rechristianiser la France, ses proches le disent harcelé par sa conscience. Les catholiques toulousains se souviennent que, dès l'arrivée d'Adolf Hitler au pouvoir, le prélat avait tenu à exprimer sa solidarité avec les Juifs lors d'une réunion publique au Théâtre du Capitole : « Comment voulez-vous que je ne me sente pas lié à Israël comme la branche au tronc qui l'a portée ! » s'était-il exclamé. Dans les mots qu'il employait déjà, on comprenait qu'il réagissait autant en chrétien qu'en humain offensé dans sa morale. Le 23 août 1942, il donne donc l'ordre de faire lire dans toutes les paroisses de son diocèse une lettre pastorale « sur la personne humaine » intitulée *Et clamor Jerusalem ascendit*.

Mes très chers Frères,

Il y a une morale chrétienne, il y a une morale humaine qui impose des devoirs et reconnaît des droits. Ces devoirs et ces droits tiennent à la nature de l'homme. Ils viennent de Dieu. On peut les violer. Il n'est au pouvoir d'aucun mortel de les supprimer.

Que des enfants, des femmes, des hommes, des pères et des mères soient traités comme un vil troupeau, que les membres d'une même famille soient séparés les uns des autres et embarqués pour une destination inconnue, il était réservé à notre temps de voir ce triste spectacle.

Pourquoi le droit d'asile dans nos églises n'existe-t-il plus ?
Pourquoi sommes-nous des vaincus ?

Seigneur, ayez pitié de nous.
Notre-Dame, priez pour la France.

Dans notre diocèse, des scènes émouvantes [*il avait écrit « d'épouvante » mais cela a été modifié à la suite de pressions du préfet de région Chéneaux de Leyritz*] ont eu lieu dans les camps de Noé et de Récébédou. Les Juifs sont des hommes, les Juives sont des femmes. Tout n'est pas permis contre eux, contre ces hommes, contre ces femmes, contre ces pères et mères de famille. Ils font partie du genre humain. Ils sont nos Frères comme tant d'autres. Un chrétien ne peut l'oublier.

France, patrie bien-aimée France qui portes dans la conscience de tous tes enfants la tradition du respect de la personne humaine. France chevaleresque et généreuse, je n'en doute pas, tu n'es pas responsable de ces erreurs [*il avait écrit « horreurs » mais… idem*].

Recevez, mes chers Frères, l'assurance de mon respectueux dévouement.

Prétextant la relative autonomie de la zone libre et son souci de la protéger, Pierre Laval fait interdire la publication de cette lettre pastorale. Les préfets s'activent en ce sens, ce qui n'empêche pas sa diffusion dans quelques paroisses. La préfecture échoue à obtenir des maires et des curés de la région qu'ils s'opposent à la lecture de cette lettre. Elle n'en connaît pas moins un grand retentissement, jusqu'à encourager trois jours après Mgr Théas à Montauban à lancer sa propre lettre dénonçant les rafles sur un ton plus radical encore. Il est suivi par Mgr Gerlier à Lyon, Mgr Delay à Marseille et Mgr Moussaron à Albi. Cinq prélats en tout, cinq prélats à peine, sur la centaine d'évêques que compte l'épiscopat français, ont alors le courage d'en faire autant.

Une année s'écoule. Alfred se partage entre son entraînement quotidien, des tentatives de records intra-muros faute de pouvoir voyager à l'étranger et la préparation clandestine des jeunes maquisards de l'Armée juive.

Le reste du temps est consacré à la vie de famille, avec Paule et leur petite Annie. Rien ne change de son emploi du temps à mesure que l'on se rapproche de la période fatidique de la mi-août 1943. Celle du championnat de France.

Il a lieu sauf exception à la piscine des Tourelles à Paris depuis 1925. Or non seulement sa qualité de Juif ne lui permettrait pas d'y participer, mais il ne possède pas d'*ausweis* l'autorisant à passer la ligne de démarcation pour se rendre dans la capitale. Un championnat de France en l'absence du champion de France retenu contre sa volonté à l'autre bout du pays, cela n'aurait aucun sens. Ou plutôt si : cela rappellerait au public que l'emprise allemande se resserre de plus en plus fortement sur leur vie quotidienne.

Des délégués des instances fédérales lui conseillent alors de s'abstenir « en bon père de famille ». C'est mal le connaître. Il ne recule pas. La situation s'envenime mais il tient bon. Outre ses propres principes, l'exemple de Marcel Cerdan l'inspire.

Un peu moins d'un an avant, « le bombardier marocain » ou « l'homme aux mains d'argile », comme les chroniqueurs aiment appeler le boxeur, avait accepté d'affronter l'Espagnol José Ferrer, champion d'Europe des poids mi-moyens, pour le titre européen des welters ; cela se passait au vélodrome d'Hiver, le fameux Vél d'Hiv où quelques semaines plus tôt des milliers de juifs avaient été parqués en attendant d'être déportés. Les autorités, tant celles de Vichy que celles de l'ambassade d'Allemagne à Paris, s'étaient beaucoup agitées pour l'organisation de cette soirée, leur champion ayant fait son entrée sur le ring enveloppé d'un peignoir à croix gammée et encadré de gardes du corps en uniforme phalangiste, le bras tendu en un salut qui n'avait rien d'olympique. Contre du droit et remise immédiate de crochets courts alors que Ferrer continuait à tituber. Il fut mis K.-O. en quatre-vingt-trois secondes. On somma le vainqueur de tendre le bras en un salut nazi en direction des pontes en uniforme occupant les premiers rangs. Il s'y refusa. Puis, dans les vestiaires, on lui enjoignit de se rendre à la soirée par eux organisée exprès. Il s'y refusa tout autant. Marcel Cerdan, champion d'Europe, savoura alors le bonheur de faire retentir *La Marseillaise* pour sceller sa victoire, et d'en faire reprendre les couplets par une foule surexcitée dans sa fierté retrouvée, événement des plus rares sous l'Occupation car l'hymne national était interdit.

Pour apprendre à dire non aussi, il faut de l'entraînement.

Tenir, se tenir, résister. En toutes circonstances et plus encore par mauvais temps.

C'est alors que Drigny, soucieux de débloquer la situation tout en assurant la tenue du championnat et de sortir de la crise par le haut, propose de déplacer les épreuves à Toulouse, comme cela a déjà été le cas dans un passé récent à Marseille puis Bordeaux. Juste pour qu'Artem puisse y participer. Mais la chancellerie allemande s'obstine et refuse qu'il nage où que ce soit. Pas de Juifs dans l'eau ! Comme en Allemagne ! Nakache ne doit pas nager, il ne faut pas, il doit être suspendu. Ernst Achenbach, le bras droit de l'ambassadeur Otto Abetz, s'en charge et il est connu pour avoir de la suite dans les idées. Quelques mois avant, en représailles à un attentat commis contre deux officiers d'occupation, il avait œuvré à la déportation de quelque deux mille juifs à Auschwitz. Cette fois, il lui suffit de ressortir la photo de la rencontre de Wembley où Artem avait été le seul à baisser ostensiblement la tête et les yeux pendant que les nageurs allemands tendaient le bras à l'annonce de l'hymne nazi. Une humiliation qui ne s'oublie pas et se paie un jour ou l'autre.

De fiévreuses réunions se tiennent dans les arrière-salles des bistros proches du Capitole. Faut-il être solidaire de l'exclu ? Ceux qui s'y refusent avancent que toute cette agitation, et l'annulation qui risque de s'ensuivre, risque par contrecoup de lui porter préjudice, mais ils sont minoritaires. Une large majorité se dégage rapidement, à la mesure de son immense popularité tant chez les nageurs toulousains que dans le public. Elle s'explique autant par ses victoires et ses records que par ses qualités humaines. Ce sentiment immédiat d'avoir affaire à un homme sur lequel on peut compter. Un type à qui on peut faire confiance. Le genre d'ami à qui l'on peut demander à minuit de vous aider à transporter un cadavre et qui accepte sans hésitation. Quelqu'un de bien en somme. Question de franchise dans la parole donnée, le regard, la poignée de main. On le retrouve même dessiné en nageur s'élançant au départ d'une course à l'intérieur des chewing-gums Manar-Gum fabriqués à Oran et diffusés en Algérie !

Sans hésiter, les membres du TOEC, qui est tout de même le meilleur club de France, se solidarisent avec lui, aussitôt imités par d'autres nageurs de haut niveau tel Lucien Zins. Finalement, vingt-cinq nageurs et huit nageuses, dont sept appartiennent à un autre club que le sien, annoncent qu'ils boycottent le championnat de France de 1943 par empathie avec le proscrit. Un exceptionnel témoignage de solidarité dans le sport français sous la botte. Quant aux Légions françaises anti-Axe, le petit réseau de résistance animé par Roger Foucher-Créteau, elles assurent les représailles en envoyant des menaces de mort aux responsables français de cette exclusion, lesquels portent plainte.

Le scandale éclate. Le commandant Branca, délégué du commissariat aux Sports pour la région de Toulouse, envoie son adjoint M. Bayard accompagné de M. Yolant, de la Fédération de natation, tenter une démarche auprès du chef de la police allemande, le capitaine Retzek, au siège de la Gestapo, 2 rue Jean-Baptiste-Maignac, en l'hôtel Besaucèle dit le Petit Château, spolié à une famille juive « en voyage ». Celui-ci les accueille sèchement :

« Il est inadmissible qu'un israélite soit appelé à être le porte-drapeau de la natation française. Il faut lui interdire de participer aux épreuves.

— Mais nous n'avons pas reçu de notre ministère à Paris d'instructions gouvernementales à ce sujet, avance M. Bayard en tentant de faire le dos rond. De plus, sur un plan strictement sportif, la non-participation de ce nageur enlèverait aux réunions un intérêt certain… »

Le petit groupe plaide en pure perte. Le capitaine Retzek ne se montre plus seulement inflexible, mais cassant et menaçant.

« Si ce nageur participait aux épreuves, ce serait à ses risques et périls. »

Aussitôt convoqué chez le commandant Branca, Alfred reçoit une mise en garde :

« Je ne vous interdis nullement la participation aux championnats. Je vous laisse seul juge de la conduite à tenir. Mais il est de mon devoir de ne rien vous cacher de la gravité de la menace qui paraît peser sur vous. »

Puis les deux hommes quittent ensemble son bureau pour se rendre à une convocation au cabinet du préfet de la Haute-Garonne. M. Bezagu va droit au but :

« Vous savez bien, Nakache, les sentiments amicaux que je témoigne en toute occasion aux sportifs et à vous en particulier. Cela m'autorise à vous inciter à la prudence, vraiment...

— J'ai compris. Je ne participerai pas aux championnats de France ni à aucune compétition. C'est ma décision et je m'y tiendrai. D'ailleurs, j'ai l'intention de quitter bientôt Toulouse pour m'installer à la campagne avec ma famille. »

Ils respirent. Mais ces épreuves vont paraître tout de même baroques en l'absence de celui que la presse présente comme le favori. La fête de la natation va se dérouler, cela seul leur importe. Elle se déroule donc avec la participation de nageurs expérimentés tels que Pallard, toujours entraîné par son père, Hatot, Gibel, Blanc... Une façon négative de se distinguer, car qui a envie d'être sacré champion dans de telles conditions ? Faut-il avoir abdiqué sa fierté pour se jeter ainsi à l'eau, toute honte bue, en l'absence de ses principaux concurrents ?

Les premiers rangs des tribunes sont remplis de notables. Des huiles de la ville, du département, de la région, de la Fédération. La Fédération jugeant leur forfait injustifié, les boycotteurs reçoivent des pénalités. Elle estime qu'Alfred Nakache fait du tort à la cause sportive alors qu'il en sauve l'honneur. Drigny se lâche dans un article : « Les absents ont eu tort. » C'est bien connu. Il n'a pas été jusqu'à clamer : les meilleurs sont là ! Et s'il évoque, tout de même, « les circonstances », il s'abstient de préciser lesquelles. Prévenus par la rumeur, les lecteurs de son journal doivent en être secoués de rires tant il fait assaut d'euphémismes : « absences »… « tenus éloignés de nous »… Et pourquoi pas « retenus à l'étranger » tant qu'à faire !

Inscrit au critérium de France, ravi d'y participer, puis désinscrit, Artem, interrogé par *La Dépêche du midi*, doit s'expliquer : « Vous m'en voyez désolé mais je ne pourrai pas défendre dimanche mes titres de champion de France. J'aurais tant voulu nager ce 400 et les battre. Je suis en si bonne condition. »

La campagne anti-Nakache bat son plein. L'idée qu'il ait pu recevoir la coupe du Maréchal s'il avait été à nouveau champion de France en insupporte plus d'un. Ses origines juives sont constamment mises en avant et dénoncées par les ultras de la presse à Paris, ce qui contraste avec la discrétion dont il a toujours témoigné à ce sujet, la religion relevant selon lui du domaine strictement privé. Il ne répond pas aux diffamateurs et fait le dos rond. En s'entraînant plus que jamais. De toute façon, que peut-on bien répondre à un hebdomadaire tel que *Je suis partout* lorsqu'il vous désigne à la vindicte publique comme le plus indéfendable des Juifs et, au cas où on ne l'aurait pas compris, comme « le youtre le plus spécifiquement youtre de la youtrerie » ?

Cette presse-là a définitivement franchi la ligne rouge : désormais, lorsqu'elle traite d'Alfred Nakache, « ce vil personnage qui relève pour le moins du camp de concentration », il n'est plus question de sport ni de près ni de loin. Il y en a vraiment qui s'étranglent à l'idée qu'il puisse à nouveau représenter la France, fût-ce pour la faire gagner.

On dit que la Milice a reçu l'ordre d'arrêter les boycotteurs du TOEC, club qui a à Toulouse la réputation d'être un nid de résistants. Si la menace est réelle, plusieurs nageurs peuvent en témoigner, elle ne dépasse pas le stade de la rumeur. Néanmoins les représailles pleuvent, comme on pouvait s'y attendre : blâmes, avertissements, suspensions, radiations à vie, chacun en prend pour son grade. Seuls les garçons de cabine de la piscine y échappent. Le pire est que ces mesures de rétorsion sont justifiées par des arguments ridicules invoquant le règlement alors qu'il s'agit d'une question de principe et de valeurs morales. Et comme si cela ne suffisait pas, le ministère des Sports, ou ce qui en fait office sous le nom de commissariat aux Sports, instrumentalise le nom d'Artem sans lui demander son avis dans son matériel de propagande et de réclame : « le Français Nakache », nageur aux multiples records internationaux, est montré en exemple comme modèle d'intégration alors que Vichy l'a déchu de sa nationalité, le renvoyant au statut de ses aïeux d'avant le décret Crémieux : indigène israélite… Mais le régime n'est pas à une contradiction près.

Pendant ce temps, Alfred continue à s'entraîner comme si de rien n'était. S'entraîner contre vents et marées, biner son jardin avec obstination sans s'inquiéter de la météo. Il s'offre même le luxe de pulvériser le record de France du 400 mètres brasse. Sa manière de narguer ceux qui aimeraient tant lui maintenir la tête sous l'eau de la piscine jusqu'à ce qu'il ne bouge plus.

Sport libre, seul hebdomadaire de la clandestinité dédié aux sports, fait de lui le héros du sport résistant. Il n'en demande pas tant. Pas sûr qu'ils lui rendent service en demandant à tous les sportifs d'imposer Nakache dans les compétitions. Ce n'est pas sans danger d'y être promu, d'autant que les sportifs ont la réputation de faire profil bas, à l'exception notoire de Jacques Cartonnet, naturellement. Mais cet organe de presse a une audience si étroite qu'il ne compense en rien les pages sportives des journaux qui ont pignon sur rue. Et à Paris, où la virulence va crescendo dans ce qu'il faut bien appeler une campagne de presse, ils sont quelques-uns parmi les plus ultras de la collaboration à hausser le ton contre Alfred. À croire que le limogeage de Jean Borotra les a libérés. Ils s'étranglent à la pensée qu'un tel homme ait eu l'arrogance de représenter la France dans des compétitions internationales. Il n'est plus un nageur mais un Juif. Qui plus est en liberté.

Mais si lui parvient à les mettre à distance, eux ne le lâchent pas.

La photo de la quatrième de couverture d'un numéro de *Paris-Match*, celui du 21 juillet 1938, si rieuse, espiègle et insolente, sur laquelle il tire la langue et la tord vers la droite en grimaçant, est reproduite en pleine page de *Revivre* pour illustrer la dégénérescence de la race. Dans les colonnes de ce magazine publié par l'Institut d'étude des questions juives et ethnoraciales, le journaliste Jean Dauven explique que, vu qu'il n'y a aucun profit à réaliser dans le sport, l'effort y étant gratuit par définition, on n'y trouve de Juifs qu'accidentellement. À titre exceptionnel en quelque sorte, tel le coureur britannique Harold Abrahams, vainqueur du 100 mètres aux Jeux olympiques de Paris 1924, ou l'escrimeuse Helene Mayer et, on y vient, Alfred Nakache. Encore celui-ci est-il moins à blâmer que la Fédération française de natation et le public qui l'encouragent à nager. Tout sportif juif est suspect d'un amateurisme de mauvais aloi. S'ils aiment tant la boxe, c'est qu'elle rapporte, il n'y a pas de doute. Pour cette presse-là, Nakache est avant tout le juif qui pollue les bassins, celui qui ose souiller l'eau française. Sa puissante témérité dans l'enchaînement des victoires est offensante en ce qu'elle détruit les vieux stéréotypes antisémites. L'hebdomadaire *Je suis partout* dénonce une affaire Dreyfus mais en réduction, tout de même. « Que l'on condamne un capitaine Dupont tout le monde s'en fiche. Si le capitaine s'appelle Dreyfus c'est une guerre civile. De même dans le sport on peut suspendre un Ladoumègue sans que ça tire à conséquence. Mais dès qu'il s'agit d'un Nakache, tous les imbéciles et tous les juifs se mettent à hurler. »

L'été 1943 s'annonce meurtrier. Jusqu'au 8 septembre, le sud-est de la France, de Grenoble à Nice, a fait partie de la zone d'occupation italienne. Ses autorités refusaient d'appliquer les mesures antijuives et de procéder à des arrestations. Les Juifs traqués en France la considéraient à raison comme un refuge, fût-il relatif et temporaire. C'est fini : à Nice, des rafles ont lieu prioritairement dans les meublés et les hôtels, la circoncision vaut certificat de judéité, autant que le faciès puisque des physionomistes de casino sont recrutés et installés dans des voiturettes afin de repérer les Juifs dans les rues pour les dénoncer. Désormais, la Gestapo, la Milice et la police les arrêtent sans distinction, qu'ils soient étrangers, apatrides ou français.

À Toulouse comme ailleurs dans le pays.

Depuis l'affaire du boycott, le vent tourne. Émile-Georges Drigny évite de citer le nom de Nakache dans ses articles ou ses prises de parole. C'est devenu trop dangereux. Dès lors, le nageur sent qu'il a perdu son dernier protecteur, après Jean Borotra déporté au camp de Sachsenhausen puis détenu au château-prison d'Itter avec les égards dus à une personnalité, et Mgr Saliège dans l'œil du cyclone en raison de son activisme en faveur des réfugiés, des traqués et des persécutés. Même les journaux évitent de parler d'Alfred ou de donner la parole au sportif en lui. Une censure qui ne dit pas son nom.

Sans son trio de protecteurs qui lui avait permis de continuer à nager et à gagner depuis trois ans malgré les lois raciales, Alfred Nakache n'est plus désormais qu'un juif comme un autre.

Un déporté en sursis.

Lors d'une grande soirée organisée durant l'été en présence d'André Haon, maire de la ville, avocat, ancien président du Stade toulousain, et des huiles régionales de la Milice, on honore les nouvelles sections sportives de cette organisation politique et paramilitaire créée par Vichy afin d'aider la Gestapo dans ses basses besognes.

Jacques Cartonnet en est, en majesté. Inutile de tenter de le raisonner, ni même de lui parler. Nul ne peut lui faire comprendre que les Juifs sont comme tout le monde, seulement un peu plus. Et qu'un Nakache vaut un Cartonnet seulement un peu plus car on lui demandera toujours d'en faire un peu plus que les autres ; et même si ce n'est pas le cas, il se l'imposera de lui-même car il sait qu'un jour ou l'autre cela lui sera demandé. Juste un peu plus et cela fera toute la différence qui distingue le vainqueur du défait.

Rien ni personne ne freine Cartonnet. Il parade en uniforme de milicien à la piscine, porte une arme au ceinturon et un insigne de son organisation sur son slip de bain. Comme il se sait à raison menacé de mort par Libération-Sud qui lui envoie de temps en temps des couronnes de deuil pour se rappeler à son bon souvenir, il a obtenu un permis de port d'arme.

En compagnie de quelques nervis avec qui il se promène en ville, il lui arrive de briser les vitrines des magasins juifs au passage : Etam, Bouchara, Marie-Claire Gaspy... Une bruyante équipée qui passe mal. Elle est d'autant plus vaine que les entreprises en question ont été aryanisées ! Il en profite au passage pour régler des comptes avec un ancien responsable fédéral de natation qui se trouve être cogérant de la maison Fauré. La police l'arrête. Lorsqu'elle l'interroge, il reconnaît les faits et les dit motivés par l'antisémitisme, tout simplement. Il a plus de mal à justifier de s'être publiquement vanté d'avoir assassiné trois israélites pour les dépouiller, d'avoir dénoncé un certain Bitman et d'avoir écouté la radio anglaise chez des Juifs pour mieux les faire arrêter. Partout, il se présente comme l'inspecteur général des sports de la Milice.

Ou encore comme délégué départemental aux sports de la Milice française de Haute-Garonne. Il a effectivement ses entrées rue Alexandre-Fourtanier, au siège de l'organisation, dans le quartier Saint-Georges. Soit, mais comment expliquer le détournement de trente-huit mille francs destinés aux prisonniers de guerre à l'issue d'une fête donnée à leur profit ? Et le vol commis à Forgues avec d'autres miliciens ? Il paie ses exactions d'un mois d'internement au camp de Noé, au sud de Toulouse, parmi des Juifs en instance de déportation et des républicains espagnols.

À Toulouse, capitale de la Résistance dans le Sud, la Milice est partout. L'un de ses commandos a même attaqué la synagogue de la rue Palaprat. Sous la menace d'un incendie, il a exigé des fidèles qu'ils dénoncent les résistants de leur communauté. Il faudra l'intervention du préfet de région et de l'intendant de police pour les obliger à lever le siège.

Comme s'il était pris dans des sables mouvants, Cartonnet s'enfonce à mesure qu'il s'agite. On croirait le nageur du Racing olympique lancé dans une course folle vers son autodestruction. Quelle fuite en avant ! La compétition l'effraie. L'affrontement direct le fait reculer. Il préfère tenter de battre des records. Seul face au chronomètre. Ceux qui l'aiment le disent psychologiquement fragile, facilement manipulable, par sa femme notamment, encore plus extrémiste que lui. Sur un mur de la pâtisserie Cartonnet, elle a apposé l'affichette : « Établissement réservé aux Aryens ». En français et en allemand afin que nul n'en ignore. N'empêche : le statut de victime va mal au champion ; il ne cadre pas avec son image conquérante ni avec ses repas avec les Allemands à l'hostellerie La Réserve des seigneurs, dans l'ancien château de Fondeyre.

À plusieurs reprises, la Résistance tente de l'assassiner. En vain. Il est vrai qu'il est rarement seul et que son entourage est souvent armé.

Son profil d'entrepreneur détonne parmi les sportifs. Outre la pâtisserie qui porte son nom, il possède un bar en ville ainsi qu'une fabrique de colle ; en association avec d'autres, il a également monté les Joutes sétoises, le Gala du prisonnier et la Société des pédalos ; pour autant, il ne paraît pas très doué en affaires, car cela ne suffit pas à soutenir un train de vie dispendieux. Il a ses à-côtés. Considéré comme un agent de la police allemande, il arrondit ses fins de mois en revendant des sauf-conduits pour passer la frontière par les Pyrénées que ses relations lui procurent. On le croise souvent rue de la Poste, entrant ou sortant du magasin d'appareils de TSF ; c'est un lieu de rencontres familier du capitaine Retzeck et de Schweitzer, deux hauts responsables allemands à Toulouse, qui y entretiennent une relation suivie avec le propriétaire, un certain Rouget connu comme indicateur. Pas étonnant que Combat, le plus important des huit grands mouvements de la Résistance, ait inscrit Cartonnet sur une liste d'agents de la Gestapo.

Autour de Nakache, les dénonciations pleuvent et les arrestations suivent. Marcel Langer, qui dirige la 35e brigade des FTP-MOI de Toulouse, est guillotiné. L'ami Roger Foucher-Créteau, le chef des Légions françaises anti-Axe, repéré par la Gestapo à Nice, est déporté.

La tension est si forte, le danger si pressant et la menace si rapprochée qu'Alfred se résout aux arguments de son entourage. Sous la menace on fait des cauchemars encore plus absurdes. On croit qu'on va être expulsé pour n'avoir pas payé la facture de l'air.

Il faut partir. Il active ses réseaux afin de passer au plus tôt en Espagne avec sa femme et leur petite fille, bien que la police n'ait jamais autant ratissé les vallées des Hautes-Pyrénées. On lui indique l'adresse de Mme Gisèle qui, à Toulouse, est chargée des transports et convois d'enfants en liaison, de l'autre côté de la frontière, avec M. Antonio et Mme Figueras. D'autre part, on lui communique les coordonnées d'un certain Joseph C., secrétaire du bureau militaire de l'Armée juive, qui est passé en Espagne pour y organiser la réception d'enfants de déportés ; il se charge également d'activités destinées à renforcer les bataillons juifs en Palestine, après avoir contacté puis convaincu, non sans mal, des responsables à Barcelone et Madrid. Son correspondant français à Toulouse s'appelle Jacques Morel.

Alfred note, s'informe, écoute, mais il sait que le temps ne joue pas en sa faveur. Il lui faut hâter leur départ bien qu'on lui signale l'arrestation de nombreux agents de passage à Tarascon et de résistants à Foix. La chasse aux passeurs redouble de vigilance dans la vallée de Bethmale. Quel gibier !

Mon Dieu, les Pyrénées... C'est beau, c'est haut, c'est majestueux mais, aux yeux d'un nageur, ça manque de grands lacs. De mémoire d'homme, ces montagnes ont toujours été un axe de passage. Une planche de salut. Il doit bien y avoir un moyen de se faufiler dans les

435 kilomètres de frontière commune avec l'Espagne. Là où un mulet peut passer sur les sentiers un homme peut passer. Heureusement que, comme on dit dans le pays, les Pyrénées sont une muraille percée. Les « paquetaires », ainsi que l'on nomme en Catalogne les contrebandiers habitués des lieux, en savent quelque chose.

Nuit après nuit, il prépare son expédition car il faut s'informer de la pente, de l'altitude et surtout de la météo : « À montagne basse voyageurs nombreux et multiplication des postes et des patrouilles, à montagne élevée surveillance relâchée en hiver. » Proverbe de saison. Car en réalité, la nature monte la garde et elle peut être plus terrible encore que les polices ou les gendarmeries. Jusqu'au 15 décembre il fait beau ; après, ça se gâte, il neige ; à la veille de Noël, c'est du sérieux car la neige ne fond pas : 25 centimètres au pic…

Un soir, Alfred est prévenu qu'ils ont une heure pour se préparer en se chargeant le moins possible. On vient les chercher et on les emmène rejoindre un petit groupe. Nul ne sait précisément où ils sont ni où ils vont. Il faut faire confiance aux passeurs. Une fois à pied d'œuvre, ils sont menés dans la montagne. Au bout de quelques heures, ils doivent se cacher car une patrouille est signalée non loin. La Milice probablement en soutien de la police allemande. Alfred, qui porte la petite Annie dans ses bras depuis le début, pose une main sur sa bouche. Elle s'agite. Il craint qu'elle ne se manifeste et même qu'elle ne crie. Ce qui ne manque pas d'arriver. La patrouille passe. Pour cette fois, ça va. Mais si ça se reproduit ? L'enfant met tout le groupe en danger. Alfred décide aussitôt de renoncer, du moins momentanément.

Ils rebroussent chemin et rentrent à Toulouse avant la levée du jour.

On parle beaucoup de l'arrivée d'israélites « par cars entiers » à Cerbère. Tous espèrent, comme les Nakache. Depuis l'invasion de la zone libre, la 10ᵉ division d'infanterie allemande a quitté Bordeaux où elle était stationnée pour se déployer dans les Pyrénées. Pour les fuyards, ils ne représentent pas le seul danger. Car il arrive que les passeurs plantent leurs clients au pied du col frontalier sans leur préciser qu'au-delà le sentier se prolonge dans la vallée. Alfred écoute des récits venus de partout. Certains sont ahurissants : « Tu as entendu parler de l'évasion ratée de la famille Konkier ? Des Juifs, bien sûr ; ça s'est passé dans les Basses-Pyrénées ; ça leur a coûté cher car ils avaient payé le prix fort mais ils ont été dénoncés et arrêtés. Eh bien, imagine-toi que, n'ayant plus rien à perdre, ils se sont permis de traîner les escrocs devant les tribunaux. Et il n'y a pas qu'eux : les Krushel aussi. » Cela dit, les Juifs ne représentent que dix pour cent des évadés. Le gros des bataillons est constitué de résistants, d'aviateurs britanniques.

Aucune autorité ne peut empêcher Artem de participer à la traditionnelle traversée de Toulouse à la nage, mais cette fois le cœur n'y est pas. De nouveaux signaux, plus inquiétants encore, lui parviennent. Ça se durcit. Le nouveau rabbin de Toulouse, Nathan Hosanski, originaire de Pologne, est aumônier de la prison Saint-Michel et dans la clandestinité agent de liaison de l'Organisation juive de combat (OJC). Dénoncé par la Milice, il sera bientôt arrêté, torturé, déporté et disparaîtra dans la nuit et le brouillard pour avoir mené la résistance lors de l'attaque de la synagogue et refusé de livrer les noms des fidèles. Dans les premiers jours de décembre 1943, Maurice Sarraut, le directeur de *La Dépêche du Midi*, est exécuté devant sa villa dans le quartier Saint-Simon par des nervis de la Milice agissant pour le compte de la SS de Paris. C'est l'engrenage.

Rafles, arrestations, assassinats se multiplient. La Résistance fait sauter des pylônes de la ligne principale de haute tension place de Bayonne, ce qui démolit une bonne partie du lieu. Treize locomotives électriques sont détruites à la gare. Parfois, les attentats échouent, comme les engins placés dans les fauteuils du cinéma Les Variétés qui devaient sauter et incendier l'endroit pendant la conférence « Serons-nous bolchevisés ? » – mais ils ont été découverts avant. Une professeure d'allemand du lycée, soupçonnée d'espionnage au profit de l'occupant, est exécutée. Un restaurant réservé aux officiers et sous-officiers allemands est attaqué à la grenade à l'heure du déjeuner. L'abbé Sorel, milicien et président du groupe Collaboration à Toulouse, reçoit quatre balles dans la tête. Un attentat fait exploser un tramway plein de soldats allemands sur l'avenue du Muret, la mort de cinq d'entre eux entraînant aussitôt une rafle chez les israélites. Toutes choses auxquelles le nouveau chef local de la Gestapo, le lieutenant-colonel Suhr, compte bien mettre un terme en lançant sur Toulouse les filets d'une grande rafle tous azimuts.

L'étau de la répression se resserre brusquement.

Dans la matinée du 21 décembre 1943, vers 9 heures, la Gestapo débarque au gymnase de la rue Philippe-

Féral, où Alfred Nakache commence une séance de gymnastique avec un groupe ; au même moment, d'autres agents de la police allemande se présentent à son domicile de la rue des Cimetières-Saint-Cyprien. Alfred et Paule sont emmenés à leur siège. Ils y aperçoivent de loin de discrètes silhouettes qu'ils croient reconnaître. Celles de Cartonnet et d'un autre nageur sous son influence, Gibel. Le coup de filet n'est pas complet : quelqu'un fait remarquer qu'il manque la petite. La Gestapo retourne en vain chez eux. Elle fait pression sur un voisin nommé Izac, patronyme dangereusement ambigu en ce temps-là, le menace du pire. Peu après elle surgit au couvent Sainte-Lucie où l'enfant avait été confiée aux sœurs de la Maison des mères.

Lorsque commence son interrogatoire, Alfred comprend vite que l'ordre vient de haut. Une réflexion de Franz Kafka le dit bien : « Les chaînes de l'humanité torturée sont faites en papier de ministère. »

À ceci près qu'Alfred n'en veut pas au colonel Pascot. Il est sûr qu'il n'y est pour rien même s'il lui reproche de l'avoir interdit de compétition – ce que l'intéressé dément. Qui alors ? Car il ne fait guère de doute qu'il a été dénoncé. On l'imagine, n'importe quel Toulousain connaît son adresse et ses origines ne sont un secret pour personne. En revanche, ses activités clandestines sont confidentielles. Au fil des questions, Alfred se demande si, outre Jacques Cartonnet dont la jalousie n'a pas faibli et qui est bien capable de commettre un acte de délation, un autre champion, Roland Pallard, l'un des rares à ne s'être pas solidarisé avec lui lors de l'affaire du boycott, n'est pas derrière son arrestation. Or on vient d'apprendre qu'il a été exclu de son club. Sans autre explication. Son père est également mis en cause.

« Vous êtes accusé de propagande antiallemande », lui dit-on.

Ce qui veut tout dire et rien dire. Sur quoi se fondent-ils ? Le dossier paraît à peu près vide. Surtout ne pas céder à l'intimidation. Alors ils font monter la pression :

« Vous êtes le chef de la propagande gaulliste à Toulouse, vous vous livrez au trafic d'or et de diamants ainsi qu'au passage de dissidents de la France vers l'Espagne. »

Du pur délire. Des prétextes servant à masquer un règlement de comptes. Au fil de l'interrogatoire, il comprend que les Allemands ne lui pardonnent pas de continuer à battre les records de leurs nageurs. De plus, il leur faut donner des gages aux collaborationnistes qui n'ont eu de cesse de réclamer sa tête lorsqu'il était protégé et plus encore depuis qu'il ne l'est plus. Parmi eux, on trouve aussi des nageurs français animés par la jalousie et son conservatoire de haine pure.

Après avoir passé quarante-huit heures au siège de la Gestapo, Alfred et Paule sont transférés à la prison Saint-Michel. Troisième quartier, chambre 14, premier étage. Avec Manuel Puig, leur entraîneur de water-polo qui habite à côté, les nageurs du TOEC se rendent régulièrement au bistro en face, fréquenté par des employés de l'administration pénitentiaire. Ils espèrent glaner des informations. « Oh là là ! la Gestapo est là, on n'a aucun contact avec les prisonniers et encore moins avec les israélites... »

Rien à faire. Impossible même de leur faire porter un

colis. Au même moment, l'appartement des Nakache rue Philippe-Féral est pillé. Il y en a qui ne perdent pas de temps.

La famille Puig a récupéré Annie. Puis, par sécurité, elle l'a confiée à Simone Faulon qui la garde au couvent Sainte-Lucie. Jusqu'à ce que, à cause d'un indicateur, la police allemande vienne l'y chercher : « L'accusation par dénonciation portée contre Nakache est tellement grave que je suis obligé de reprendre l'enfant comme otage », justifie le capitaine Kressecker.

Lorsqu'elle apprend que les Nakache vont être transférés au camp de Drancy, près de Paris, cette femme dévouée court, à ses risques et périls, à la gare de Portet-sur-Garonne pour donner à Annie son chien en peluche, mais l'officier de la Gestapo demeure inflexible. Que l'on arrête un activiste, juif de surcroît, cela se conçoit. Sa femme tout autant puisqu'elle est supposée l'avoir aidé. Mais une enfant de deux ans et demi ? À quelques années près, elle eût connu la grâce d'une naissance tardive. Alfred sait qu'il est inutile d'implorer une fois que l'on s'engouffre dans le trou noir de l'Occupation. Les fonctionnaires de police s'abritent derrière le droit. *Dura lex sed lex*. Inutile de guetter la possibilité d'une larme dans l'œil de la loi.

Les enfants juifs, c'est le point de non-retour. On n'arrête pas les enfants de résistants.

Jamais un voyage en train de Toulouse vers la capitale ne lui avait paru aussi long et inconfortable. Ce n'est rien par rapport à ce qui l'attend. Mais qui peut imaginer, au cours de ces jours improbables, ce qui l'attend ?

Alfred découvre des camps de travail en plein Paris : Austerlitz, au cœur de la gare, dans les anciens entrepôts généraux des Moulins de Paris ; Lévitan, dans leurs magasins de meubles près de la gare de l'Est ; Bassano, entre les avenues d'Iéna et des Champs-Élysées. Y sont enfermés des juifs conjoints d'Aryens, des juives épouses de prisonniers de guerre, et d'autres, ni juifs ni chrétiens. Parmi eux, Jacqueline Delmas née Jacob. Elle est à Austerlitz. Aux premier, deuxième et troisième étages sont entreposées des marchandises volées. Ce qui donne à la gare un côté Galeries Lafayette. Au rez-de-chaussée, on trie. Les prisonniers, les hommes comme les femmes, sont chargés de remettre à neuf les objets qui seront choisis plus tard par des visiteurs français et allemands venus faire leurs courses. Et là, Jacqueline Delmas voit Alfred Nakache en compagnie du célèbre compositeur de musiques de films Marcel Lattès : « Ils font des signes de la main à leurs femmes à travers une fenêtre qui donne sur une ruelle où des proches viennent guetter un geste. Soudain le chef du camp, l'Allemand Korane, les surprend. D'un coup de crosse de revolver, il fracasse le crâne de Lattès et assomme Nakache. Pendant une heure, le premier a la tête en sang et le second est K.-O. »

Après Austerlitz, Drancy. À peine un avant-goût du sort qu'on leur réserve. Un camp de détention qui est l'antichambre d'un camp de la mort. Des « personnalités » interviennent en faveur d'Artem, ce qui n'a rien d'étonnant eu égard à sa notoriété. Le SS-Hauptsturmführer Alois Brunner, commandant du camp, lui propose de le libérer mais lui seul. Sans sa femme et leur enfant. L'offre est si abjecte dans sa perversité calculée que son silence vaut refus. Tout sauf l'honneur d'une réponse. Imaginer qu'un tel homme puisse hésiter, c'est déjà l'abaisser.

Pitchipoï. Ce mot circule avec insistance parmi les détenus du camp. Il ne l'avait jamais entendu auparavant. Et pour cause : c'est du yiddish, la langue des Juifs d'Europe centrale et orientale. Dans leur conversation courante, il désigne un trou perdu, si déshérité qu'il n'a même pas de rabbin, village mythique où la légende dit que depuis deux mille ans le Juif errant fait halte. Autant dire un non-lieu au milieu de nulle part. Ce qui n'est guère rassurant, à ceci près que ceux qui l'emploient le font avec un sourire d'autodérision. Après, c'est une étape, pas une destination terminale. Mais s'il fait florès dans les travées du camp de Drancy, c'est que les gardes SS ont reçu l'ordre de maintenir les détenus dans l'incertitude de leur destination finale afin de désamorcer toute velléité de résistance face au danger redouté. Jour après jour, la peur gagne en intensité. Ne pas savoir, c'est pire que tout. Dans les chambrées on discute, on s'inquiète. Ils savent juste qu'ils sont parqués là dans l'attente d'être expédiés ailleurs, hors de France. La rumeur assure qu'ils vont être déportés dans un camp de travail. Au vrai ils n'ont aucune idée de ce qui les attend. *Pitchipoï* devient synonyme de lieu innommable quelque part vers l'est. Leur propre *anus mundi,* le trou du cul du monde.

Le 20 janvier 1944, les Nakache sont poussés dans le convoi numéro 66 à destination de nulle part. Il emmène plus d'un millier de Juifs de toutes conditions et de tous âges auxquels on veut faire payer le seul crime d'être nés. Plus de la moitié sont de nationalité française. Il est 6 heures du matin.

Pour se délivrer de l'angoisse qui les ronge, certains éprouvent le besoin de parler. De tenir une conversation comme s'il restait encore un peu de la vraie vie des humains du dehors à l'intérieur de ce huis clos conçu pour des bêtes. Ceux qui se connaissent se reconnaissent, on entend des noms circuler : docteur Kindberg, les Miltsztayn, Chaja Winograd, Léon Lehrer, les Samuel, Suzanne Birnbaum, Mme Klein, la famille Avran, les trois frères Borne, les frères Berg, toute la famille Torrès (le couple et ses neuf enfants), des Cohen et des Lévy, les Jessua, les Ducas, Berthe Berinstain, Michel Dray, Janine Haddad, Samuel Halber, Jacques Sfart, Nathan Kesztenbaum, Sima Vaisman, Estera Karyo, Marcel Flaster, René Kornberg... Beaucoup ont été raflés dans la région parisienne ou en Gironde.

On s'interpelle d'un wagon l'autre quand on a été séparés. Certains se reconnaissent dans l'adversité, Jacob Partouche, le directeur des Grands Moulins de la Saigne à Chamalières, une majorité de tailleurs, et puis des commerçants, des artisans, tous les métiers en vérité. Certains sont déportés en qualité de résistants, d'autres comme appartenant à la résistance juive, et dans ce cas on a embarqué leur famille avec eux, certains pour activités antiallemandes, beaucoup en raison de leurs origines. Il y a même quelques non-juifs parmi eux, une erreur disent-ils, des Bordelais qui n'ont pas reçu à temps leur certificat de non-appartenance à ladite race juive à Drancy. Il suffit d'un rien : une dénonciation même non étayée, un soupçon au faciès dans la rue, une étoile jaune mal épinglée sur la poitrine. Tellement de noms entendus depuis le départ qu'Alfred ne peut en retenir que quelques-uns. Certains les lancent à travers les meurtrières à chaque arrêt dans une gare comme on jetterait une bouteille à la mer. Sait-on jamais.

Dans chacun de ces wagons à bestiaux, où la plupart doivent rester debout pendant des heures afin que quelques-uns puissent se tenir assis sur un sol dépourvu de paille, une centaine d'êtres humains s'entassent à la place de dix-huit chevaux. Un lumignon au pétrole pour s'éclairer d'une lueur faiblarde, du pain, trois seaux d'eau, deux baquets pour soulager les besoins de tous. Une souffrance dans laquelle l'offense faite à la pudeur a sa part. L'odeur est insoutenable. Ils manquent de tout. De nourriture, d'eau, de sommeil, d'air. Et de silence car les enfants ne cessent de pleurer ou de crier, les vieillards de se plaindre. Ils sont déjà à bout de nerfs alors que le convoi n'a pas encore quitté la France. La promiscuité a tôt fait d'entamer la solidarité née d'une communauté de destin. Le corps peut se priver de beaucoup de choses, l'esprit aussi, mais pas de boire. De quoi perdre la raison lorsqu'on en est réduit à sucer la neige.

Deux wagons ont été aménagés en infirmeries de campagne. On y mène en priorité les malades, les femmes enceintes, les vieillards à bout de forces. Les SS ont même pensé à y affecter quelques médecins juifs. Mais que peuvent-ils alors qu'ils sont dépourvus du moindre moyen pour les soigner ?

Certains s'effondrent de fatigue. On les retrouve morts au petit matin. Dans le reste du convoi, on dénombre déjà des cadavres. Il en est pour croire qu'ils vont pouvoir s'évader en route. Ou rêver qu'on les emmène en Alsace y cultiver des fraises. Ils ne récoltent le plus souvent qu'un haussement d'épaules et un commentaire lapidaire prononcé d'un ton résigné :

« *Pitchipoï...* »

Certains sont prêts à prendre tous les risques parce qu'ils n'en peuvent plus tout simplement. Ils croient qu'ils ont touché le fond, que ça ne peut pas être pire, même le travail dans un camp à l'air libre. Si au moins on pouvait vider à l'extérieur les baquets qui débordent d'urine et d'excréments, mais non, les sentinelles ne veulent rien savoir, les plus proches continueront à en être aspergés. Ils veulent juste arriver à bon port même si Pitchipoï devait s'avérer être un enfer. Y parvenir pour se sortir de là car beaucoup craignent de ne pas tenir un jour de plus tant ils se sentent proches du point de rupture.

Le convoi numéro 66 s'arrête en pleine nuit trois jours après avoir quitté Drancy. Trois jours et deux nuits de cauchemar. On entend une masse frapper lourdement deux coups contre la portière. Un long sifflement précède un brusque coup de frein, signe qu'ils sont probablement arrivés à destination. Ce doit être une gare très animée si l'on en juge par le bruit au loin. Soudain un silence pesant emplit le wagon.

Les panneaux coulissent avec fracas, laissant entrer l'air autrement que par des meurtrières. Transis de froid, les rescapés de cette odyssée respirent enfin. Elle fut si éprouvante que beaucoup sont persuadés que le pire est derrière eux. Leur soulagement n'est que de courte durée. À peine ont-ils repris leur souffle qu'ils sont aveuglés par les rayons des projecteurs braqués sur leurs visages, paniqués par les aboiements des bergers allemands prêts à se jeter sur eux, désorientés par des ordres incompréhensibles hurlés par des SS qui leur font une haie d'horreur.

« *Alle runter ! Alles raus, aber schnell !* »

Bienvenue à Auschwitz.

7

AUSCHWITZ

« Ne gardez pas la petite ! »

Une voix venue de nulle part. Il faut sauter car le wagon est en hauteur et le terrain pentu. Le quai est noir d'ombres indistinctes. Des hommes vêtus de tenues rayées et coiffés de calots informes également rayés s'affairent autour d'eux. Des prisonniers, manifestement. La tête baissée, le regard au sol, ils prennent leurs sacs et leurs valises. Non pour les aider mais pour les en délester. Et l'un d'eux, un Français, de prévenir Paule plusieurs fois à mots couverts, de crainte d'être repéré :

« Lâchez la main de la petite ! Donnez-la à une vieille femme sinon... »

Son ton est devenu de plus en plus pressant. Comme s'il savait son sort. Et si c'était un piège ? Un garde SS le fait taire d'un grand coup de crosse dans la nuque. Cet inconnu a pris des risques pour la prévenir, mais de quoi ? De toute façon, il est hors de question de laisser Annie. Ils ne lui donnent guère le temps de réfléchir. On serait déboussolé à moins.

Les hommes et les femmes sont répartis en deux files

distinctes. Posté sur la rampe du camp le long de la voie de chemin de fer, un officier allemand les dévisage, s'attarde parfois à en regarder de haut en bas. D'un mouvement de menton, il indique des ordres aussitôt hurlés et exécutés par ses subordonnés. « *Links, rechts, rechts, links…* » Il fait le tri avec l'assurance d'un physionomiste. À gauche, à droite, à droite, à gauche…

Paule et sa fille sont envoyées dans la file de gauche pour être embarquées dans un camion avec d'autres mères, des infirmes, des vieux. Alfred dans celle de droite avec des hommes valides, robustes, ainsi que quelques femmes qui le paraissent tout autant et même le vieux Ruben Job, qui a tout de même soixante-quinze ans, mais qui est médecin. En toute logique, Paule devrait en être. Il doit y avoir erreur. Il ne la voit pas le rejoindre. C'est une athlète, comme lui. Elle est jeune, forte, son corps est musclé ; forcément, une professeure de gymnastique. Cela n'a pas pu leur échapper. Une athlète, certes, mais une mère. Le camion a dû les emmener dans un camp pour femmes.

Pas de sentiment d'horreur, de dégoût, de colère ni de haine. Pas encore.

La peur prend toute la place.

À peine le temps d'échanger un dernier regard dans le chaos de cette gare du bout du monde avant de les voir disparaître au loin, avalées par une effrayante bouche d'ombre. Dieu les ait en sa sainte garde.

Tout ici menace l'ordre naturel des choses.

Auschwitz n'est pas un camp mais un complexe industriel et concentrationnaire, le plus grand du IIIe Reich, dans la province de Silésie, à une cinquantaine de kilomètres de Cracovie, dans la Pologne sous la botte. Il est divisé en trois camps : Auschwitz I, Auschwitz II dit Birkenau, situé à trois kilomètres de là, et Auschwitz III dit Monowitz, une dizaine de kilomètres plus loin. Une quarantaine de kommandos constituent un agrégat de petits camps à l'intérieur de l'ensemble.

Le camp ne ressemble à rien de ce qu'il connaît. Même la prison Saint-Michel et Drancy n'ont rien à voir avec cet endroit. Les *pitchipoï* de la vieille Pologne la plus reculée devaient être moins sinistres. On dirait que la couleur du temps a changé. L'événement est ressenti avec une telle intensité qu'il semble irréel. Comme un impensable. Alfred Nakache pénètre dans un monde inconnu où chaque heure de vie est une heure de gagnée.

Dès le premier rassemblement sur la place d'appel recouverte de neige, centre névralgique du camp, il leur faut attendre, debout dans le froid, le ventre vide, sans un mot. Une attente interminable sous un ciel enténébré. Un temps mort bien vivant où il ne se passe rien mais où à tout instant on peut passer de vie à trépas sans savoir pourquoi. Ils se cherchent les uns les autres. À croire que les trois jours et deux nuits passés ensemble côte à côte ont créé une solidarité dans la souffrance. Entre les rangs, on entend encore circuler à bas bruit des noms du convoi 66 : Jacques Abravanel, Semtob Benasouly, Étienne Franses, Lazard Rosenblatt, Leib Breiman, Avram Vogel, Salomon Calderon, Adalbert Hertzfeld…

Le sien ne circule pas encore. Il s'est fait délibérément enregistrer sous un faux nom, se jugeant mieux protégé par l'anonymat. Une illusion éphémère, qui ne tient pas compte de l'implacable organisation militaire allemande. Sa fiche est rapidement corrigée.

Regarder alentour, découvrir cet outre-monde, écouter ce bruit incessant mêlé de mille sons venus de partout, il n'y a que cela à faire. La passivité ambiante est inouïe. Nul ne réagit. Tous semblent résignés à la situation et à la sourde terreur qui y règne. Même le paysage qui apparaît à travers les clôtures de barbelés électrifiés à haute tension. On dit parfois que la guerre, c'est le paysage qui vous tire dessus. Ici, les arbres ont des allures de potences.

Certains vacillent déjà. On voit des silhouettes se dissoudre petit à petit jusqu'à la chute qui annonce une exécution sur place comme on n'oserait pas achever une bête. Les gardes SS prennent leur temps. L'un d'eux apporte enfin une table, la pose au centre face à eux et s'assoit après avoir disposé des fiches devant lui. On les fait défiler un par un.

« Ton métier ? »

Dans la file d'attente, il a perçu des conseils d'anciens qui soufflent aux uns et aux autres « chaudronnier... électricien... mécanicien... et même horloger tiens, ils en ont besoin à Buna !... », mais il décide de ne pas en tenir compte.

« Professeur de gymnastique. »

Alfred n'allait tout de même pas répondre « maçon » ou « menuisier » comme on le lui a conseillé en arrivant ; ce serait suspect, une ou deux corporations surreprésentées dans un convoi. L'officier derrière le soldat s'approche de lui, le dévisage de près, sourit puis glisse un mot à l'oreille du scripteur. Un intellectuel longiligne correspond à tout ce que les sélectionneurs détestent. Artem en est l'archétype inversé. Après quoi il doit regagner sa place et attendre encore parmi les autres pendant des heures. Quoi ? Nul ne sait. L'incertitude est l'arme absolue des dictatures. Elle ravive l'angoisse qui ronge, corrompt et finit par tuer de l'intérieur, à petit feu. Des déportés, qui doivent habiter là depuis un certain temps déjà si l'on en juge par leur maigreur et leur teint, s'affairent dans la cour. En s'attardant sur leur tenue, Alfred esquisse un sourire vite réprimé : les rayures bleues sur fond blanc lui rappellent celles portées sur le maillot de son ancien club, le Racing Club de France, à ceci près qu'elles ne sont pas horizontales mais verticales.

Un ordre est hurlé. Manifestement, il n'est pas intelligible pour tout le monde puisque seuls quelques-uns se déshabillent complètement malgré le froid. Autant agir comme eux. Puis on les dirige vers les douches. Là les corps sont rasés, désinfectés, nettoyés du crâne aux doigts de pied sans oublier les parties génitales. Une fois séchés à la hâte, ils reçoivent leur propre tenue de mauvaise toile, souvent sale, dépareillée, de bric et de broc, la veste parfois trop petite, le pantalon souvent trop grand. Aux pieds de lourds souliers à semelles de bois. Des galoches si mal ajustées et si rêches qu'elles ont dû être conçues comme un instrument de torture permanent.

On leur a tout pris. Rien n'est humiliant comme la tonte des cheveux. En les ramenant au niveau de poulets déplumés, on achève de les déposséder de leur appartenance au genre humain – du moins le vivent-ils ainsi. Pour parachever cet avilissement, il ne reste plus qu'à leur retirer leur bien le plus précieux : le nom. C'est le passage au tatouage, une épreuve morale qui ramène l'humain à son origine animale.

« Ton nom désormais. Ne touche pas ton bras et laisse sécher une demi-heure. »

De cet instant, Alfred Nakache n'est plus lui-même ni même Artem, mais juste le matricule 172763. Six chiffres sur la face externe de l'avant-bras gauche en forme de pointillés pour tout état civil. Rayés, son histoire, ses aïeux. Un numéro n'a pas de passé. Et celui-ci, c'est pour la vie.

Le rituel est entre les mains des détenus. Les comptables qui assistent le tatoueur n'attribuent pas les numéros au hasard car ils leur permettent d'identifier le pays d'origine, le convoi, la date d'arrivée du tatoué. Un certain respect se lit sur le visage des derniers arrivés pour les « petits numéros », ces anciens suffisamment costauds ou chanceux pour avoir résisté pendant tant de temps. Après l'avoir fait voyager comme un animal, on le marque comme une bête. Son matricule tatoué sur l'avant-bras, c'est son nom désormais. Mais la rumeur court déjà à travers le camp chez certains SS qu'il est bien le fameux Nakache, le champion qui nous a humiliés.

Par les récits des uns et des autres, le soir dans les baraquements où ils s'entassent à deux dans des châlits superposés sur trois étages, paillasses remplies de copeaux de bois et munies de couvertures pourries jamais désinfectées, il découvre la géographie des lieux. Ils font déjà figure d'anciens alors qu'ils ne sont là que depuis moins d'un an. À croire qu'on ne tient pas davantage sous le ciel d'Auschwitz. Forcément, à ce régime-là :

deux cents grammes de pain et une gamelle d'eau chaude pour quinze heures de travail par jour…

Ses camarades d'infortune lui enseignent les règles, en vrac, chacun privilégiant ce qui lui paraît prioritaire. Colligées, elles composeraient un manuel de savoir-survivre. Rester neutre, gris, invisible… Surtout ne pas boire à cause des risques de typhus, l'eau n'étant pas potable… Ne compter que sur la soupe aux épluchures de rutabagas pour s'hydrater… En toutes circonstances, dès que l'on se trouve en présence d'un officier, d'un soldat, d'un garde, d'un kapo : se mettre au garde-à-vous, hurler son matricule, retirer son calot, baisser le regard… Le minimum pour espérer s'en sortir au jour le jour car les perspectives ne dépassent guère le lendemain. L'avenir passe au large mais semble insaisissable. La notion de « reste à vivre », comme disent les assureurs, n'existe plus ici. Du moins s'est-elle rétrécie pour ne plus être comptabilisée qu'en jours et en nuits sinon en minutes. Toute une population empêchée de persévérer dans son être, retranchée de l'humanité commune et privée de destin.

Lors d'une de ces conversations de dortoir, un homme qui semble avoir tout lu les entretient d'un livre que lui seul connaît.

« Vous avez lu *In der Strafkolonie*, pardon, *La Colonie pénitentiaire* si vous préférez ? C'est une nouvelle de Franz Kafka. Imaginez une colonie pénitentiaire on ne sait où mais loin de l'Europe ; un détenu y est condamné à mort sans le moindre jugement par un commandant sadique et tout-puissant, pour rébellion et pour s'être endormi ; un expert est invité dans ce bagne pour y approuver la machine de mort mise au point par le commandant : elle consiste à inscrire en toutes lettres au moyen d'un instrument au mécanisme complexe, dans la chair même du condamné, le principe qu'il a enfreint, de sorte que le rappel de la Loi le pénètre lentement jusqu'à son dernier souffle… Nous non plus, on ne sait pas pourquoi on est punis. Rien de pire qu'un châtiment à la recherche de sa faute. Pensez-y la prochaine fois que vous vous plaindrez de vos six petits numéros sur l'avant-bras… »

Dans cette tour de Babel à l'horizontale, il faut comprendre et se faire comprendre. Autant l'Artem des piscines était un sportif expansif, amical, chaleureux, drôle, boute-en-train, autant le matricule 172763 se mue en un taiseux sombre et en retrait. Incroyable tout ce que la langue peut receler de douleur tue. Il écoute. Une voix de fin silence, comme venue du fond des âges, soudain fait taire toutes les autres :

« En ce temps-là, en cours de route, un homme dit à Jésus : “Je te suivrai partout où tu iras.” Jésus lui déclara : “Les renards ont des terriers, les oiseaux du ciel ont des nids ; mais le Fils de l'homme n'a pas d'endroit où reposer la tête”…

— Évangile selon saint Luc, 9 ou 10…

— Non, c'est dans Matthieu. “Pas une pierre où reposer sa tête”… Ce n'est pas parce qu'on est juifs qu'on ne connaît rien au Nouveau Testament !

— Moi non plus, je n'ai pas d'oreiller », conclut un autre d'un ton qui anéantit la poésie de l'instant afin que nul n'y revienne.

L'argot du camp lui devient vite familier. Chaque

chose porte un nom particulier. À commencer par les hommes qui sont justement des choses, réifiées par les gardes qui les désignent comme des *stücke*, des morceaux. Quant à ces déambulants dont la survie ne tient qu'à un fil, un souffle, ombres errantes devenues des fantômes si ordinaires qu'on n'y prête plus attention, ils finiront par tomber, ils tombent déjà ; beaucoup sont des rescapés de la punition suprême qui consiste à rester enfermé debout à trois dans une cellule verticale d'un mètre carré plongée dans le noir pendant des semaines ; on les appelle des « musulmans » alors que pour la plupart ils sont juifs de toute évidence. Mais pourquoi des « musulmans » ? Nul n'en sait rien. Et pourquoi désigne-t-on l'entrepôt où sont entassés les effets des nouveaux arrivants comme étant « le Canada » ? Tous l'ignorent. Alfred saisit vite qu'il ne faut jamais demander ni se demander pourquoi. C'est préférable pour l'équilibre psychique. Et puis quelle importance après tout, l'essentiel est de se comprendre. Lui aussi apprend vite à « organiser » – de manière intransitive. *Organisieren*, disent-ils. Autrement dit échanger, troquer, trafiquer. Se débrouiller, quoi ! Ou voler, mais légalement.

L'argot s'assimile sans mal. Il en va tout autrement de l'allemand. Surtout lorsqu'il est hurlé. De cette langue, Alfred ne connaît que des bribes glanées lors de son séjour à Berlin. Un lexique sportif qui n'est d'aucun usage au camp. Ne pas comprendre un ordre est vite interprété comme une marque de désobéissance, et celle-ci comme une insolence aussitôt châtiée de vingt-cinq coups de goumi, un boudin de caoutchouc rempli de sable. Apprendre dans l'urgence le vocabulaire de base est un impératif. Le soir, d'un châlit l'autre, les anciens s'y mettent à plusieurs pour combler les lacunes des nouveaux.

« Vous, les *zugänge*…

— Les quoi ?

— Les nouveaux venus. Écoutez-nous bien ! *Aufstehen* : debout ; *mützen ab* : retirer casquette ; *mützen auf* : remettre casquette… Plus qu'une dizaine de mots à vous rentrer dans le crâne… »

Puis ils leur apprennent à compter jusqu'à dix :

« *Eins, zwei, drei, vier, fünf, sechs, sieben*… Si vous êtes incapables de dire votre numéro de matricule en allemand, il y a danger. On vous sommera plusieurs fois par jour de le hurler. En allemand bien sûr. Parfois en polonais. Allez, répétez-le toutes les nuits si nécessaire ! »

Une voix les interrompt en une vocifération :

« *Lagerruhe ! Los, los !* »

Extinction des lumières, silence de rigueur. La nuit est là. Parfois, Alfred glane des mots qu'on ne lui a pas enseignés, au détour d'une conversation entre les maîtres malgré la présence des esclaves, des mots échappés à leurs destinataires. *Stehen* est de ceux-là. Un mot puissant qui a la vertu de signifier à la fois tenir, se tenir, résister. Un mode de survie dans une usine de mort. Un poète en ferait son miel. Mais pour un homme comme lui, nul besoin de l'écrire. Il le conserve dans un coin de sa mémoire, un territoire où ses geôliers n'auront jamais accès et où il retrouve sans cesse Paule et Annie, ses deux êtres les plus chers dont il est sans nouvelles. De quoi lui donner presque envie d'être plutôt interné à Birkenau où le camp des femmes jouxte celui des hommes. Presque…

Tenir, se tenir, résister : c'est tout lui depuis qu'il s'est jeté à l'eau pour la première fois dans l'espoir de gagner une course. Sûr que *stehen* murmuré l'aidera à tenir. Ce sera son mot de passe d'une nuit à l'autre, il l'aidera à guetter le point de rupture, l'anticiper, le désamorcer. Juste pour survivre un jour de plus en espérant que demain sera un autre jour. En attendant, il passe des nuits à espérer que le sommeil morde enfin. Ce mot d'allemand l'aide à livrer sa guerre secrète : une guerre d'attrition qui consiste à user l'ennemi. Le camarade de châlit auprès de qui il s'en ouvre lui confie à son tour non le mot mais la phrase qui le retient de lâcher prise :

« Tu vas rire mais c'est dans *La Chèvre de Monsieur Seguin*, tu connais bien sûr : "Mon Dieu, pourvu que je tienne jusqu'à l'aube." Eh bien vois-tu, Blanquette et moi, on attend la mort mais on espère quand même… »

Il y en a un autre, un Italien parfaitement instruit et polyglotte, qui veut absolument leur traduire des vers de l'*Enfer* de Dante. Lui, ce n'est pas un mot ou une phrase qui l'empêche de basculer de l'autre côté, mais tout un livre. Lorsqu'il s'y met, comme ça sans manière et pour tous, le silence s'installe dans le block au creux de l'infracassable noyau de nuit. Enfin, un certain silence tout relatif. Le jour, le bruit permanent ajoute au sentiment d'oppression. Impossible de faire silence pour s'y retrouver, s'y recueillir, y écouter le chant de son âme. Y règne une atmosphère de chaos malgré la loi d'airain de l'ordre SS.

Un autre mot lui revient naturellement en mémoire tant il correspond à la situation. Une réminiscence de ses années adolescentes lorsqu'il étudiait au Talmud Torah pour la préparation de sa bar-mitsva, à la synagogue de Constantine : « tohu-bohu ». Car au début du livre de la Genèse, il est dit qu'à la création du monde, avant même l'apparition de la lumière, la terre n'était pas seulement vide mais informe, en hébreu *tohou-vavohou*, d'où l'on a dérivé « tohu-bohu ». Ici, on y est, jour et nuit.

L'argot des camps, l'allemand des SS, l'hébreu de son enfance, tout se mélange dans sa tête. Mais s'il est une langue qui n'y pénètre pas, c'est bien le yiddish parlé autour de lui par ses coreligionnaires originaires d'Europe centrale. Ils en usent parfois pour communiquer entre eux à ses dépens, dût-il en souffrir.

Les voilà projetés dans le sixième cercle de l'enfer avec les hérétiques, ou dans la dernière zone du neuvième cercle où sont punis les traîtres ayant trompé leurs maîtres, complètement congelés, comme eux le sont dans ce lieu et ce moment maudits dans les interstices du temps.

Dante n'avait rien vu.

Un homme, ça tient encore même quand ça tient à peu. Faut-il avoir l'âme indomptable dans la vie ordinaire comme au camp, au cœur de la zone d'ombre du Mal. Ici, tout est fait pour abattre l'homme. Mais Alfred Nakache ne peut se résigner à une chute sans relève. Il sait comment affronter des hommes car il a été éduqué à cela, pas à un système qui vise à l'annihiler. Personne n'a été formé à cela. Il n'est pas armé pour défier la face obscure de la raison. Mais qui l'est ? Son éducation l'a préparé à affronter l'âge d'homme, y compris les épreuves ordinaires de la maturité, mais rien ni personne ne l'a prédisposé à vivre ça. Ce qu'il découvre au camp place l'Allemagne hors de toute rédemption ; et le fait qu'Auschwitz soit situé en Pologne n'y change rien.

Mais il n'y a pas que les ordres et les mots. Il y a autre chose de tout à fait intraduisible : la notion de temps. Ici le temps n'est pas le même qu'au-delà des barbelés. Parfois il presse le pas, *schnell, schnell !*, parfois il le ralentit comme si la vie était suspendue. Il ne s'écoule pas à la même vitesse qu'au-dehors. Le rythme varie soudainement sans aucune explication et rien n'est prévisible. À mesure que passent les jours, et qu'Alfred et ses camarades rentrent exténués de leurs kommandos de travail où ils auront passé la journée à transporter des blocs de pierre ou des câbles, à décharger d'un train des sacs de ciment ou des poutrelles, le sentiment les gagne qu'ils se trouvent dans un angle mort du temps, dans une zone retranchée du monde ordinaire dont nul ne pourra jamais les délivrer. Quand l'Histoire sort de ses gonds, le temps se disloque.

L'un de ses codétenus raconte qu'à son arrivée il a eu droit à un discours de bienvenue d'un officier SS, ce qui ne fut pas le cas de tous : « Vous arrivez dans le camp modèle du IIIe Reich. Ici, nous faisons travailler tous ceux, parasites et profiteurs, qui ont vécu à la charge des autres sans jamais avoir souffert de leur vie. Vous y apprendrez comment être utile et contribuer à l'effort de guerre du Reich. »

Et dire que Hitler promet le Reich pour mille ans… Au fond une guerre sans fin. Auschwitz, terminus. C'est ici que la vie s'achève. Ici l'homme déshumanise l'homme. Ainsi donc la nation la plus civilisée d'Europe a pu inventer et imaginer un lieu où règne une telle hostilité au genre humain. Autour d'Alfred, tous ne meurent pas de maladies. Certains s'éteignent en perdant peu à peu leur force vitale, s'abandonnent. La mort est si proche et si familière que chacun est à tout instant en mesure de relire sa vie sans en oublier une seule ligne, d'en dérouler mentalement le parchemin des souvenirs.

Un jour, il croit vraiment que c'en est fini pour lui. Il interprète différents signaux donnant à penser qu'on vient le chercher pour l'envoyer à la chambre à gaz de Birkenau. Dès que la visite de son block est annoncée, il court s'enfermer aux toilettes et y reste sept heures sans bouger. Lorsqu'il en sort, constatant que son nom n'est pas mentionné sur la feuille, un SS le rosse copieusement. Qu'importe puisque, par sa seule volonté, il a réussi à mettre la mort à distance un jour de plus.

La nuit, dans la semi-clarté, on entend les cris étouffés du poing dans la bouche. Il y en a un, musicien dans le civil, qui ne peut s'empêcher de fredonner ; il dit que ça l'aide et nul ne s'en plaindrait car il fredonne juste. Cette nuit-là, l'« Ode à la joie », finale de la *Neuvième Symphonie* de Beethoven. « Tous les hommes deviennent frères là où plane ton aile douce… » Alfred est intrigué comme on peut l'être par une réminiscence inattendue. Ça lui revient, le défilé de la délégation allemande aux Jeux de Berlin… Il faut malgré tout essayer de trouver le sommeil et attendre que la lumière vienne. Qui saura jamais dire de quelle étoffe sont faits les rêves de ceux qui vivent un cauchemar éveillé ? Eux seuls peut-être, s'ils en sortent. Un jour, attablé à une terrasse de café sur la place du Capitole à Toulouse,

Alfred avait écouté le récit d'un prisonnier évadé d'un stalag, un certain Cartier.

« Mais comment vous vous y êtes pris ? lui demandait-on.

— J'ai imaginé une porte à la place de chaque mur. Et derrière le rideau de barbelés, un paysage. Ce fut le plus difficile. Après... »

Sauf qu'un prisonnier n'a pas le même statut qu'un déporté, que les conditions de vie dans un stalag ne sont pas celles d'un camp de concentration et qu'Auschwitz ne ressemble à rien de ce qu'on peut imaginer. De certains paysages, on dit qu'ils peuvent emporter tous les chagrins. Ici, c'est l'inverse absolu. Non que la forêt alentour soit laide, inhospitalière, rétive à la promenade. Mais le paysage est barré de barbelés et de miradors.

Même dans son intime solitude, encore tassé dans les relents de sa nuit intérieure, le déporté n'est pas assuré d'avoir enfin la paix fût-ce pour quelques heures. L'appel, impromptu et brutal, à 4 heures du matin revient les harceler au cas où certains auraient osé s'échapper dans leurs rêves. En guise de punition, il arrive que le chef de block les réveille bruyamment à grand renfort d'*Aufstehen !* et les fasse aligner juste pour s'aviser de leur bonne compréhension du commandement du béret.

« *Mützen !...* »

Et tous de s'en saisir de la main droite sur la tête où il est posé et d'attendre l'ordre suivant :

« *Ab !* »

Dans un bel ensemble ils le rabattent sur la cuisse droite afin que cela produise un seul claquement, et gare à ceux qui troublent la cadence. La schlague s'abat implacablement à coups redoublés.

« *Mützen !... auf !* »

Chacun le replace sur sa tête, encore et encore, avant d'espérer achever sa misérable nuit ou ce qu'il en reste et de marcher à nouveau librement dans le territoire de ses rêves anciens. Il s'agit d'écraser toute velléité de résistance et d'annihiler toute volonté. Autant d'épreuves initiatiques qui peuvent durer. Avec d'autres de son convoi, Alfred est affecté aux mines de sel pour y couler du ciment destiné à des usines souterraines. Une fois, l'un d'eux ayant glissé à l'intérieur d'une cheminée, ils courent à son secours pour l'en dégager en lui tendant des planches. Les SS sortent aussitôt leurs armes pour les obliger à enterrer leur camarade vivant dans le ciment frais.

Cela dure des semaines. Jusqu'à l'affectation des relégués à l'un des trois camps. Soit Auschwitz I, soit Birkenau, soit Monowitz.

Qu'Alfred Nakache ait été reconnu, cela ne fait guère de doute. Par des déportés comme par les gardes SS et leurs supérieurs. De même qu'il fut *d'une certaine manière* protégé dans la France de Vichy jusqu'à ce qu'il subisse le sort commun, il l'est à nouveau au camp d'*une certaine manière* mais après avoir subi le sort commun. Ce qui l'a sauvé un temps et le sauve à nouveau pour un temps, ce n'est pas seulement d'être le fameux Nakache, mais d'être un sportif de haut niveau.

Un champion, cela impose le respect. Plus encore s'il jouit d'une incontestable popularité, que sa réputation dépasse largement les frontières de l'Europe et que son palmarès atteste de sa domination dans sa spécialité. Non seulement on l'envoie rejoindre les douze mille déportés de Monowitz – que des hommes dans ce camp de travail qui se révèle être aussi un camp d'extermination –, mais il y est affecté au *revier*, l'infirmerie qui en tient lieu d'hôpital, si l'on peut dire. L'espoir de tous et chacun dans cet univers de cauchemar. On y travaille dans un lieu fermé et chauffé, on y bénéficie d'un surplus de nourriture, on y reçoit des vêtements moins abîmés, on n'y prend pas des coups toute la journée. Des privilégiés à n'en pas douter au sein d'une misère partagée. Leurs avantages ont beau être sans commune mesure avec ceux des chefs de block et kapos dont bon nombre sont des criminels de droit commun, les employés du *revier* en font profiter leurs camarades moins chanceux. Beaucoup en témoignent, même si cela ne les empêche pas de se montrer envieux sinon jaloux. Comment pourrait-il en être autrement dans un univers où tout est à tout instant une question de vie ou de mort ?

Auschwitz III, dit encore Monowitz ou même Buna. La construction d'une future usine de caoutchouc synthétique entre ses barbelés justifie la familiarité de cet acronyme formé par le début de *Butadien* (« butadiène ») et *Natrium* (« sodium »). Toujours en chantier, elle appartient à IG Farben, l'empire industriel spécialisé dans la chimie.

L'immense majorité des détenus est juive. Alfred y retrouve des rescapés du convoi numéro 66, ceux avec qui il avait voyagé depuis Drancy, les frères Borne, Léon

Lehrer, Philippe Vovk, Anatole Slobodanski… On leur a dit de s'inventer une compétence utile, un métier nécessaire, alors l'un s'est dit peintre en bâtiment, l'autre électricien, tous jouant sur une expertise imaginaire qui leur a sauvé la vie en les dirigeant vers Buna. Car ceux qui sont affectés au transport des câbles ou des rails de chemin de fer ou au pavement des routes y laisseront vite leur peau, par épuisement, sinon en raison des coups assenés dans un froid insupportable.

S'il s'agit d'un camp auxiliaire, la mortalité n'y est pas moins élevée. Difficile d'échapper à une maladie, à un virus, à une épidémie quand on ne meurt pas à la tâche ou sous les coups. Et dire que l'endroit crée des envieux dans les autres camps du complexe d'Auschwitz-Birkenau… Ici comme là-bas, les séances debout dans le froid coupant sur la place d'appel dès 5 h 30 en hiver peuvent durer des heures. Ils comptent et recomptent encore tandis que les détenus se soutiennent les uns les autres pour ne pas tomber et risquer d'être achevés sur place. On repousse tous les jours les limites du possible. La mort rôde et peut frapper n'importe qui à tout instant. Enfin, presque…

Il y a deux catégories de privilégiés, des *prominents* comme on les appelle : les ouvriers qui travaillent à l'édification de l'usine, et ceux du *revier*, que les Français prononcent « revir », à la française. Alfred y est affecté en qualité d'infirmier-secouriste. On y trouve bien de faux médecins, pourquoi n'y aurait-il pas de faux infirmiers ? Une chose est sûre : le responsable, Robert Élie Waitz, lui, est un vrai. C'est à lui qu'Alfred doit cette protection inattendue. De quinze ans son aîné, c'est un homme très respecté dans sa profession, et pas seulement en France puisqu'il a été reconnu par les officiers SS dès son arrivée. Professeur agrégé à Strasbourg, coauteur d'un fameux *Atlas d'hématologie*, chef adjoint des Mouvements unis de Résistance d'Auvergne depuis Clermont-Ferrand, où il s'était replié après sa démobilisation, arrêté comme résistant et déporté comme juif, il est entré à Auschwitz trois mois avant la famille Nakache. Son matricule 157261 n'y fait rien : pour tous, il demeure le respecté docteur Waitz, un homme qui dégage une autorité sans égale, nommé second médecin du camp. Parmi tous ces jeunes, il jouit de la considération due à un grand et « vieux » praticien de quarante-quatre ans.

Dès son arrivée, il présente Alfred à ceux avec qui celui-ci fera équipe :

« Voici Georges Wellers, qui a étudié la biologie à l'université de Moscou, *pfleger* comme vous…

— Comment ?

— *Pfleger*, infirmier, il faudra vous y faire ! Et là Jacques Feldbau, professeur agrégé de mathématiques dans la même université que moi, ce qui le destinait à devenir présentement secrétaire au bloc de chirurgie, et aussi, cela devrait vous toucher, champion universitaire de brasse papillon 1938, n'est-ce pas ! Et voici Léon Staslak, et là… »

Alfred n'a pas besoin qu'on lui présente le docteur Michel Léon-Kindberg, un Toulousain qui se trouvait dans le même wagon que lui. Pas plus hétérogène que cette équipe. Ils viennent de partout et exercent tous les métiers, sauf que les Français sont les plus souvent cooptés. Mais ils partagent un trait de caractère avec

Herr Doktor Waitz, comme on l'appelle : c'est moins leur salut que celui des autres qui les préoccupe tant. Au *revier*, on est d'abord là pour aider sinon pour sauver. Tenter d'empêcher que les malades soient achevés par les SS. Une manière de sabotage à laquelle tous se prêtent en connaissance de cause et en parfaite conscience des risques encourus.

« Plusieurs centaines de personnes défilent chaque jour entre ces murs à cause de la dysenterie et plus encore en période de diphtérie, gale, tuberculose, typhus, etc., reprend-il.

— Mais... il vous reste des médicaments, docteur ? J'ai vu tout à l'heure que vous comptiez des pilules sorties de votre poche...

— Presque pas... Et de toute façon, pas de sulfamides. Il ne faut pas se mentir : ici on pratique plutôt les premiers secours. Vous savez, dans bien des cas, un morceau de pain ferait mieux l'affaire. On est là pour leur éviter de paraître trop *häftlinge*, trop faibles. Si on les déclare inaptes au travail, ils sont aussitôt envoyés à la mort. Voilà notre responsabilité. »

Ce n'est pas une vue de l'esprit. Le docteur Waitz et ses collaborateurs se retrouvent en permanence confrontés à un dilemme : qui sauver et qui laisser ? Car ils ne peuvent secourir tous les malades et doivent opérer une sélection, eux aussi. Une hiérarchie dans l'altruisme. À la première consultation d'un détenu arrivé depuis une dizaine de jours, le docteur sait s'il tiendra le coup ou pas à raison d'un millier de calories par jour. Il le devine à son timbre de voix, son parler, son comportement, son attitude générale. La présence d'œdèmes aux jambes est déjà un symptôme de dénutrition avancée. Un principe est érigé en valeur absolue : seuls seront aidés ceux qui ont des chances de se remonter physiquement et moralement. Les gens du *revier* se retrouvent dans cette circonstance, individuellement et collectivement, face à leur conscience. À s'y tenir on ne se fait pas que des amis. Certaines rancœurs ne s'éteindront jamais.

Le *revier* de Monowitz a la sinistre réputation d'être une antichambre de la mort. Le bruit circule que régulièrement des médecins SS viennent y faire leur marché en choisissant quelques malades qui leur serviront de cobayes pour des expériences, mais il y a tant de rumeurs. N'empêche que le 17 octobre 1944, deux mille malades de Buna-Monowitz sont sélectionnés pour être envoyés dans la chambre à gaz du crématoire III de Birkenau. Et ce n'est pas une rumeur. König et Neubert, deux médecins SS, ont fait leur tournée en jugeant de l'amaigrissement uniquement par l'inspection des fesses, implacable reflet de l'état général.

Un regard circulaire sur les étagères à moitié vides suffit à Alfred pour faire le point. Des pots de crème de toutes les couleurs pour l'essentiel. Des bandages en papier, un peu d'eau oxygénée, de la pommade pour soulager les détenus meurtris par les phlegmons ; les plaies les condamnent en cas de sélection pour une injection intracardiaque de phénol ou pour être gazés ; quand des médecins SS constatent au hasard d'une visite qu'un détenu a les pieds enflés, ils marmonnent un « *dicke Füsse* » qui résonne comme la sentence de la peine capitale. Des sabots aux semelles en bois, c'est la mort annoncée. Les souliers, c'est la vie. Le camp dépouille l'homme qui se retrouve mis à nu comme jamais. Son statut de malade à qui l'on pose des questions et dont on écoute les réponses, que le consciencieux et si attentionné docteur Waitz et ses adjoints prennent le temps de conseiller pour atténuer sa souffrance, le restaure dans son humanité. Car pour le reste, le système concentrationnaire est parfaitement au point : l'annihilation de toute volonté de résistance, et même de tout désir, par la lassitude, l'abrutissement, l'exténuation tant physique que morale.

Quatre médecins français sont à pied d'œuvre en permanence dans cette sorte d'hôpital de bric et de broc, dont le matériel plutôt primitif (table d'opération, instruments chirurgicaux, boîte à électrochocs, lampes de couleur...) provient du bricolage, du vol, de la fraude, du troc et de la débrouillardise. *Organisieren !* Ce qu'ils ne doivent pas à l'aide d'ouvriers de Buna sort des mains de deux techniciens hors pair : Serge Kaplan, un ingénieur hollandais de chez Philips, et Alexandre Bloch, un ingénieur mécanicien français. Ils ont même un laboratoire d'analyse de sang (prélevé en faible quantité, 25 cm^3), d'urine et de crachats. Certes sommaire, il est constitué d'un petit réchaud électrique, de deux lampes à alcool, d'un microscope, d'une petite centrifugeuse, d'une balance et de quelques colorants.

Voilà le matricule 172763 enrôlé parmi les soixante-cinq déportés constituant le personnel auxiliaire et administratif employé à l'hôpital de Monowitz. À tout instant, il est appelé à fournir clandestinement aux codétenus de la nourriture volée aux SS et des médicaments. Ou à les placer dans de « bons » kommandos, ceux où l'on ne meurt pas systématiquement à briser ou transporter d'énormes pierres douze heures par jour. Ou encore à assister le docteur Waitz lorsque celui-ci, soucieux d'empêcher un pilote soviétique d'être transféré pour motifs disciplinaires à Flossenbürg, lui fait une piqûre invalidante. Parfois, ses talents de masseur et son expérience de sportif de haut niveau sont sollicités pour soulager les douleurs les plus intolérables. Mais il ne peut rien pour ceux qui souffrent de *noma*, ces ulcères de la bouche dus à la malnutrition.

Il s'intègre et s'adapte vite. Certains reçoivent les soins avec la même passivité que lorsqu'ils reçoivent les coups. Ceux qui ont des plaies à la tête ou aux membres consécutives aux attaques de goumi, la matraque en caoutchouc des kapos. Ceux qui ont l'étrange sensation de maigrir même des os. Il reconnaît les abonnés, ceux qui viennent et reviennent, encore faut-il le pouvoir. Il retrouve même avec force effusions des copains d'avant, tel le nageur André Krakowski dit « Krako », vainqueur en 1938 de la coupe de Noël :

« L'eau était à zéro degré ! Et mon chrono de 2 minutes 19 secondes devant vingt-deux nageurs et deux nageuses, tu t'en souviens ?

— Bien sûr ! Je me rappelle aussi que cette coupe-là, Cartonnet l'avait remportée à quatre reprises avant toi. »

« Cartonnet... », répète Alfred songeur, son regard dur soudain perdu dans le vague.

Son ami se tait car, comme tous les nageurs, *il sait*.

Alfred se lie d'amitié avec quelques-uns que les hasards de la vie ne lui auraient jamais fait rencontrer en temps normal. Ainsi de Willy Holt, un garçon plus jeune que lui de quelques années, qui était lycéen à Fermat à Toulouse et n'en convoyait pas moins des fonds pour le maquis du Vercors jusqu'à ce qu'il soit dénoncé, arrêté, déporté :

« Vois-tu, bien que je sois circoncis, je ne suis pas juif car je suis né de père américain aux États-Unis, et là-bas c'est courant. Ici je me sens, comment dire, déplacé. Résistant, oui, sans aucun doute, mais sans plus ! Normal que je sois déporté mais peut-être pas ici...

— Mais je te vois tout le temps en train de peindre ou de dessiner. Comment tu fais ?

— C'est grâce à un kapo qui apprécie mon œuvre ! lance-t-il dans un éclat de rire. Alors il m'en donne les moyens. Une chance...

— Sérieux ?

— Sérieux ! »

Et son ami de lui montrer l'étrange scène qu'il vient de dessiner puis de peindre d'une main fine et précise : Alfred le crâne rasé, reconnaissable à ses épais sourcils, vêtu du pyjama rayé sur lequel apparaît le numéro 172, début de son matricule, à cheval sur une niche de chien et pagayant au moyen d'une grande cuillère dans une étendue liquide d'où deux têtes de déportés émergent ; à gauche un panneau où l'on peut lire « Buna-Soupe » ; à droite un autre sur lequel est écrit « Bain de lumière-Bdden Meister » ; et c'est signé « Willy 44 »... Comprenne qui pourra.

La présence d'un autre abonné du *revier* l'intrigue car elle lui rappelle quelqu'un. Il l'a vu quelque part en photo, probablement dans les gazettes sportives. Il interpelle Jean Zelick Gotfryd, un jeune apprenti tailleur polonais naturalisé français à la veille de la guerre, qui vient souvent faire des retouches pour le chef de block ou ses adjoints :

« Le petit là-bas, tout frêle et maigre, c'est qui ?

— Viens, je te le présente... »

Les deux hommes se rapprochent de lui :

« Young Perez, Alfred Nakache... Alfred Nakache, Young Perez...

— Le boxeur de Tunis, vraiment ?

— Artem de Constantine ? » le reprend l'homme en souriant.

Victor Messaoud Haï Perez dit Young Perez, champion du monde des poids mouches 1931, est affecté aux cuisines de Monowitz. Il est entré au camp trois mois avant Alfred. Les deux font partie des *prominents*. Des gens importants, des personnalités. Ils savent que, sans leur prestige, ils ne seraient pas de ceux qui échappent à l'épreuve des attentes interminables dans la cour d'appel où le froid fige les silhouettes en statues de glace. Ni de ceux dont la ration alimentaire est le double de celle des autres – et souvent cela suffit à sauver une vie. Ni de ceux qui reçoivent des colis de denrées du comité international de la Croix-Rouge. Un *prominent*, c'est quelqu'un. Il s'en dégage une étrange sensation de se croire *malgré tout* à l'abri au sein de l'enfer.

« Moi, c'est grâce à Paul Steinberg que j'en suis sorti et que je suis là, lui confie le boxeur. Je me trouvais en quarantaine, à l'isolement quoi, et comme il parle bien l'allemand, il leur a expliqué qui on était, Robert Lévy, un poids coq, et moi. De grands boxeurs ! Et voilà... »

Un infirmier d'origine polonaise intervient :

« Après tout, ils n'ont pas agi autrement dans le ghetto de Varsovie : lorsqu'ils ont reconnu Stanislaw Rotholc, le premier boxeur juif à être devenu champion de Pologne, ils lui ont proposé d'intégrer la police juive.

— J'ai une bonne planque à la popote, reprend Perez. Je me retape un peu... Heureusement, parce que si je travaillais comme les gars de la Buna, je serais mort depuis longtemps. »

À Auschwitz, on aime le sport. Cela paraît impensable. Et pourtant... *Sportmachen !* hurlent-ils. Les autorités du camp en sont si pénétrées, et de manière si primaire, qu'elles forcent les détenus à courir en permanence. On marche un peu, on court beaucoup, ne fût-ce que pour se rendre d'un point à un autre. La gymnastique est le plus sain des exercices physiques lorsqu'on est en bon état. Sinon c'est une souffrance sans nom : courir à s'essouffler, marcher en canard, se redresser, courir encore, sauter comme des grenouilles, s'allonger à même le sol, se redresser, courir plus vite, courir encore, courir toujours, s'accroupir pour marcher, le tout sous les coups au retour d'une journée de travail exténuante. La douleur est telle qu'elle en fait oublier l'humiliation qu'il y a à ramper. Lorsque le *sportmachen* est utilisé en représailles collectives à la faute d'un seul, on dénombre facilement une cinquantaine de morts sur quelque six cents punis. Ceux qui n'ont pas pu suivre le rythme et dont l'organisme n'a pas pu supporter les coups de gourdin. Ils appellent cela la gymnastique punitive. Aussi vrai que le travail rend libre, comme il est annoncé au-dessus du portail à l'entrée du camp.

Dans le lexique nazi, *sport* est synonyme de chasse aux juifs dans les forêts. Ou de rituel du béret : enlever, plaquer contre la cuisse, remettre, enlever... Excellent pour la musculation du bras. *Sportmachen*, disent-ils. À la même époque, pour les plus anciens détenus de Monowitz, la situation s'améliore à tous égards par rapport à ce qu'elle était jusqu'au début de 1944, la nourriture est moins pire, la discipline plus relâchée, les punitions moins cruelles.

Les commandants successifs et les gardes SS sont passionnés de matchs et de combats. C'est la raison pour laquelle ils prennent soin de leurs sportifs juifs, surtout les boxeurs. Pour le spectacle bien sûr mais en espérant les voir souffrir et se faire humilier, si possible, pour mieux jouir de leurs défaites contre des Aryens. Car leurs états de santé respectifs ne laissent guère de doute sur l'issue des rencontres.

Tous se mêlent de la conversation et chacun y va de ses informations. On dit que le Polonais Alex Ehrlich, trois fois vice-champion du monde de tennis de table, est employé au déminage...

« Ah çà, ils aiment les matchs, c'est sûr ! lance le matricule 193143, un certain Joseph Bialot alias Souverbielle, un titi *yid* de Belleville. Mais attention, à leur façon : pas question d'Association sportive kapo contre Union olympique Krematorium, avec arbitre et juges de touche. C'est plus animé, plus vivant, enfin... façon de parler. »

Comme un échantillon typique du *Lagerdeutsch*, cette langue des camps qui produit une sorte de babélien mâtiné d'humour noir. À Dachau, la piscine s'appelle le « Lido ».

Il y a de tout venu de partout mais la boxe est le sport roi. On compte quelque quatre-vingts pugilistes juifs dans son enceinte. À ceux qui s'étonnent d'un tel nombre, les lecteurs les plus attentifs de la chronique sportive, ceux qui tiennent les comptes et mémorisent les noms des plus anciens pugilistes, assurent qu'entre 1910 et 1940 vingt-six champions du monde de boxe étaient juifs. Le SS-Hauptscharführer Heinrich Schwarz, commandant de Monowitz, ce maître des forges de l'enfer que chacun craint de croiser, n'a pas eu de mal à en recruter pour créer une équipe propre à son camp. Un kapo du nom de Kurt Magatanz, qui avait jadis boxé dans la catégorie des mi-lourds, l'entraîne dans un hangar chaque mercredi après-midi. C'est pris tellement au sérieux, malgré le contexte, qu'une salle d'entraînement est aménagée avec ce qu'il faut d'haltères, de cordes à sauter, de sacs de frappe et même de douches (!), sans oublier, bien entendu, les gants et le ring. Comme dans la vraie vie. En être, c'est l'assurance de bénéficier d'une journée d'entraînement par semaine et le soir même du combat d'une double ration de soupe et d'une triple ration de pain chez le chef de camp. Le pain, toujours. Pas de meilleur médicament pour cette population-là, va en répétant le docteur Waitz.

Deux poids légers originaires de Salonique, Jacques Razon et Salomon Aroch, champions de Grèce et des Balkans, sont régulièrement « invités » à participer, de même que Young Perez, auréolé par ses titres internationaux mais amoindri par ses quinze jours d'isolement total au cachot pour avoir tenté de s'évader. Le Romain Leone Efrati, dit « Lelletto », l'un des dix meilleurs poids plumes mondiaux à la veille de la guerre, est opposé à des poids lourds. Il s'en sort pour cette fois mais n'en est pas moins assassiné le 16 avril 1944. Les trois camps du complexe organisent des matchs. Des réputations s'établissent parmi ces misérables gladiateurs.

Le poids coq Tadeusz Pietrzykowski, champion de Varsovie à la veille de la guerre, déporté pour ses activités dans la Résistance, est un des premiers à faire parler de lui en obtenant un match nul contre le kapo Walter Dünning, vice-champion allemand des poids moyens qui pèse tout de même trente kilos de plus que lui. Herschel Haft, dit Hertzko, un gamin polonais de seize ans à qui sa stature vaut le surnom de « la bête juive » de la part des gardes, est la vedette du camp annexe de Jaworzno ; là-bas, le commandant l'oppose régulièrement à d'autres détenus dans des combats à mort *stricto sensu* ; il l'emporte toujours par K.-O., son adversaire ayant tout juste la force d'être traîné au poteau d'exécution. À Monowitz, un colosse du nom de Paul Kosmara, *Lagerältester*, autrement dit détenu responsable de la gestion interne du camp, n'est pas seulement un ancien criminel de droit commun qui a le gourdin facile ; fou de sports, il est aussi un vrai fan de boxe et particulièrement de Perez qu'il admire. Il aurait pu être entrepreneur de spectacles tant il sait mettre en scène les champions. Un arbitre, des soigneurs, comme avant et comme si on y était. Il invite même les gradés SS des deux autres camps d'Auschwitz à s'asseoir aux premiers rangs. De l'autre côté du ring, des kapos bien sagement assis, le goumi exceptionnellement au repos sur les genoux. Loin derrière eux, après une barrière, des déportés debout. Ce n'est pas tous les jours qu'un champion du monde tel que Young Perez fait une démonstration. Le décor est bien planté mais il reflète surtout la déloyauté de l'entreprise. Le Tunisien a eu beau s'entraîner au minimum, il est famélique tant il a enchaîné punitions, emprisonnements et malnutrition ; on lui oppose un adversaire loin de sa catégorie puisqu'il s'agit d'un soldat de la Wehrmacht de 1,80 mètre et de 75 kilos. Malgré ce handicap, il l'emporte par K.-O. et c'est le cas chaque fois à l'occasion de dizaines de rencontres contre des gardes ou des déportés.

Comment Young Perez ne se projetterait-il pas cinq ans en arrière lorsqu'il fit le voyage de Berlin pour honorer un engagement à la Deutschlandhalle ? C'était pendant la Nuit de cristal, au cours de laquelle un terrible pogrom ordonné par le chancelier Hitler enflamma l'Allemagne et provoqua la mort de centaines de Juifs. Sur le ring où il affrontait l'ancien champion d'Europe autrichien Ernst Weiss, Perez avait tenu à conserver gravée sur son short une étoile de David, ce qui lui valut insultes, crachats et jets de projectiles de la part d'un public au visage tordu par la haine.

À Monowitz, le plus important pour un boxeur est d'en sortir vivant, quitte à se tenir sur une fragile ligne de crête. Surtout ne pas humilier le vaincu, ne rien faire qui puisse inutilement offenser l'orgueil allemand, se contenter d'assurer le spectacle en sachant que rien ne les insulterait comme de feindre un combat. Et si l'adversaire est un autre juif, lui épargner le pire, les coups et blessures qui lui vaudraient une exécution immédiate. Il lui arrive de rechercher et d'obtenir le match nul ; mais face à un adversaire dont la faiblesse est évidente, il est impossible de se coucher. Young Perez donne tellement, il participe à tant de combats que ses réserves s'épuisent et sa volonté avec. Démis de son statut de favori, il est évincé des cuisines et envoyé dans un kommando de creusement de tranchées. La boxe continue mais sans son champion. À bout de forces, il s'estompe progressivement du paysage du camp.

Si ce n'est pas la boxe, c'est le football, le volley, le basket. Des terrains sont aménagés, des équipes constituées avec des *prominents* essentiellement, qui voient des Polonais s'opposer à des Tziganes au football. Mais certainement pas la natation ni le water-polo, les deux sports dans lesquels excelle Alfred Nakache. Aussi se fait-il oublier ; mais il en est parmi les SS qui ne l'ont pas oublié. Ceux qui l'ont reconnu dès les premiers jours. Des gardes qui l'emmènent un jour faire un tour. Il a entendu parler d'un « sport » apprécié d'eux par pure perversité : le crawl dans une piscine imaginaire, sur le sol, dans la poussière, la neige, ou mieux encore dans la boue. Ne pas oublier que ce style de nage doit son nom au verbe anglais *to crawl*, qui signifie « ramper ». Peut-être s'agit-il de cela, auquel cas il vaudrait mieux pour lui que cet exercice avilissant ait lieu le plus loin possible des regards. Mais non, manifestement, il s'agit d'autre chose.

Il y a bien une vraie piscine au camp mais elle se situe à Auschwitz I, derrière le block 6, non loin du crématorium. Elle est réservée aux SS et à quelques kapos triés sur le volet. Maurice Cling, quinze ans à peine, non seulement l'a vue mais a été de ceux qui l'ont construite tout en croyant qu'il s'agissait d'une fosse commune, ce qui l'a terrifié, d'autant qu'il savait le sort qui attendait ceux qui avaient creusé ; il lui en rapporte les dimensions : quinze mètres de long sur cinq mètres de large et deux mètres de profondeur. Ils ont même poussé la finition jusqu'à lui adjoindre des échelles, un plongeoir et des plots de départ. De quoi impressionner une délégation de la Croix-Rouge en visite à Auschwitz. Quand on pense qu'au même moment, à Toulouse, M. Lalanne, le directeur général de la Sûreté nationale, demande au préfet de Haute-Garonne de lancer une enquête sur le sort de Nakache en mettant à contribution notamment l'association d'aide humanitaire… Raphaël Esrail, un étudiant de l'École centrale de Lyon, et plusieurs de ses camarades déportés sont même requis pour se mettre en maillot et nager le sourire aux lèvres face à la caméra qui filme. Alfred l'a échappé belle. Une propagande à base de démonstrations sportives au moment où, un peu plus loin, près de dix mille déportés sont gazés et brûlés chaque jour.

Et malgré ses efforts, il est toujours sans nouvelles de sa femme et de leur fille.

Les gardes conduisent Alfred là où nul ne va, et pour cause : face au réservoir de rétention d'eau prévu pour y pomper en cas d'incendie. Une eau de pluie sale, chargée, épaisse, stagnante. Une première fois, ils y jettent un trousseau de clés :

« Va chercher, Artem ! lui lancent-ils comme on s'adresse à son chien. Allez, le grand nageur, ramène ! »

L'eau est froide et peu avenante, mais il n'a pas le choix. Il se déshabille, plonge jusqu'au fond et remonte avec le trophée. C'est alors que l'un d'eux sort son poignard de l'étui et le balance au fond du bassin.

« Encore, Artem ! Mais si tu ne le ramènes pas entre les dents, tu restes au fond, *hast du verstanden* ? »

Et Alfred de s'exécuter à nouveau. Comme une bête de cirque. Paradoxalement, en lui demandant de nager, les SS ne le considèrent plus comme une ombre abstraite. Qui plus est, ils le rendent à son statut d'excellence – ce qui est bien involontaire. C'est une épreuve qu'il doit subir à plusieurs reprises, ce petit jeu s'avérant être l'un des favoris de ses geôliers. On pourra toujours chercher la région obscure de l'âme où le mal absolu s'oppose à la fraternité, les chances de Lazare de survivre dans ce camp se réduisent au fil des jours. Mais pour ne plus vivre l'épreuve du bassin comme une brimade dégradante, il la retourne à son avantage. L'idée lui vient en bavardant avec Norbert Klieger, un Strasbourgeois de dix-huit ans qui force la sympathie, entré au camp un an avant lui mais que sa constitution de jeune sportif a maintenu en bon état. Il se présente comme un boxeur. Alfred a un doute :

« Depuis quand ? Allons !...

— J'ai demandé en arrivant à un vrai, il m'a montré comment faire, il m'a appris les rudiments, ça m'a sauvé...

— On dit que tu es un bon nageur. Ça te dirait de faire des longueurs avec moi dimanche dans l'un des bassins réservoirs ?

— Tu sais bien que c'est interdit, Alfred ! Si on se

fait choper par les SS ou les kapos, on est bons pour la cheminée. Et puis à quoi ça nous servirait de courir un tel risque ?

— Ça servira à nous prouver à nous-mêmes, puis aux copains et aux camarades du camp, que nous sommes encore des êtres dotés d'une identité, d'un cerveau et de volonté. Des humains, quoi, et non des bêtes qui subissent sans réagir. Alors, tu en es ?

— Je marche. »

Nakache ne peut mettre son projet à exécution qu'un dimanche, jour de repos, même à Auschwitz. Mais comme c'est à Auschwitz, le repos est relatif. Le nombre des kommandos de sortie pour le travail est plus limité. Il y a bien l'appel sur l'*Appellplatz*, mais à 11 heures. Puis c'est quartier libre. Certains en profitent pour dormir, récupérer. On ne travaille pas, mais on n'est pas désœuvré pour autant. La journée est consacrée à la douche hebdomadaire, à l'entretien des baraquements, au nettoyage des châlits infectés par les déjections nocturnes dues notamment à la dysenterie. On passe du temps à laver, le sol, les murs, car la crasse s'infiltre partout. D'autres assistent aux matchs. Il en est qui s'offrent le luxe suprême et inouï de ne rien faire. Ou de se promener comme dans leur vie d'avant (mais qui a bien pu donner l'ordre aux déportés juifs d'avoir désormais les poches cousues au motif que marcher les mains dans les poches leur donne l'air arrogant ?). Ou simplement d'écouter le silence, enfin, dans cet endroit où le bruit permanent ajoute au sentiment d'oppression, ce lieu coupé du monde où il est impossible de se recueillir et d'écouter le chant de son âme. Un bonheur sans nom et un privilège apprécié que de passer quelques heures à scruter l'infini trou muet du ciel, l'interroger encore et encore dans le fol espoir de comprendre ce que l'on fait là, sans qu'il réponde. Il s'en est passé du temps avant que le ciel ne veuille bien répondre à Job.

C'est à ceux-là, du moins les francophones, qu'Alfred demande un service : les accompagner, Klieger et lui, jusqu'au réservoir et se promener tout autour de manière à former un rideau protecteur de nature à obstruer la vue. Ils acceptent sans lui poser de questions. L'homme n'est pas toujours un loup pour l'homme. En l'observant un jour découper en plusieurs parties un colis de la Croix-Rouge qu'il venait de recevoir, et ne conserver pour lui que la plus petite part avant de donner les autres aux plus nécessiteux, Willy Holt lui avait fait cette réflexion.

Une fois parvenus à pied d'œuvre, alors que la majorité de la population du camp est accaparée par le spectacle des footballeurs ou celui des boxeurs, les deux hommes se déshabillent, plongent et nagent en brasse durant une dizaine de minutes. Si son entraîneur Alban Minville le voyait, que dirait-il, et ses camarades des Dauphins du TOEC ? Sûr qu'ils trouveraient ça pathétique et en seraient révoltés jusqu'à ce qu'ils se rendent à l'évidence : pour un nageur, c'est un moyen de survie que de retrouver l'eau, même cette eau-là. Après tout, le grand nageur australien Murray Rose s'entraînait dans sa jeunesse à Sydney au réservoir de Manly, dans le bassin naturel de Bondi Beach. Ne manquent que les grosses vagues qui viennent frapper les parois, et d'autres circonstances.

D'autres dimanches, à six ou sept reprises, il récidive seul mais bien entouré de sa garde prétorienne grâce à laquelle il n'y aura qu'une seule alerte, avant de s'extraire prestement de sa piscine de fortune, de se rhabiller et de se fondre dans la masse des zébrés. Il redevient alors le matricule 172763 après avoir été durant près d'un quart d'heure, mais un quart d'heure de grâce absolue, Alfred Nakache, dit « Artem », champion d'Europe. Et chaque fois, dans la semaine, il croise des détenus qui lui demandent : « Il y a natation dimanche prochain ? »

Qui sait, en profitant que l'attention soit détournée par les bombardements de l'aviation américaine sur l'usine Buna... Mais à son grand regret, il ne pourra proposer à son compagnon André Krakowski, avec qui il a si souvent nagé en compétition dans les piscines françaises, de l'accompagner : jugé trop maigre et donc inapte au travail, « Krako » a été gazé.

À mesure que les Alliés progressent, la remarquable organisation allemande qui fait l'orgueil des commandants de camps semble gagnée par le chaos. Non la panique, ils sont trop disciplinés pour ça, mais un dérèglement et une improvisation qui ne leur ressemblent pas. Alors ils recommencent à taper fort et dur, sans aucune limite. À croire qu'ils ont reçu l'ordre de ne pas laisser de témoins susceptibles de raconter et d'accuser. Mais qu'espèrent-ils donc : les effacer tous du visage de la terre ?

Janvier 1945. Les échos des débarquements alliés en Normandie puis en Provence et ceux de la Libération de Paris et de l'avancée de l'Armée rouge en Europe orientale parviennent dans les camps de manière assourdie – quand ils y parviennent. Les signaux sont plus crédibles que les informations. Il en est qui ne trompent pas les déportés d'Auschwitz : les SS qui brûlent des archives en toute hâte, les déportés à qui l'on ordonne dans la précipitation de combler avec de la terre les fosses communes pleines des cendres de cadavres, les fours crématoires qui sont pulvérisés à coups de masse, les baraquements incendiés, les fiches des malades détruites à l'infirmerie... Une priorité : ne pas laisser de traces. Considérée comme le Grand Secret du nazisme de guerre depuis la conférence de Wannsee, l'extermination en masse des Juifs doit demeurer un non-lieu de l'Histoire. Les Allemands s'efforcent d'effacer les stigmates de leurs crimes, mais ils ne peuvent en détruire toutes les preuves. Chaque tatouage sur chaque avant-bras de chaque rescapé en est une.

À la tête du *revier*, le docteur Waitz a compris. Il dissimule dans ses maigres affaires son précieux cahier de laboratoire. Depuis son arrivée à Auschwitz, aidé de Georges Wellers, il y a consigné ses observations cliniques consécutives aux nombreuses analyses hématologiques effectuées sur ses malades. Le détail a disparu, de même que les protocoles et les feuilles de température que tenait scrupuleusement le mathématicien Feldbau sur du papier millimétré volé aux thermographes de Buna par Primo Levi, un chimiste italien ; mais l'essentiel y est, de même que certaines données statistiques sur la morbidité des détenus. De quoi lui permettre de poursuivre ses recherches sur la dénutrition prolongée en milieu concentrationnaire quelle que soit sa prochaine destination. Un autre exemplaire en existe mais, par prudence, l'un de ses adjoints le dissimule dans les latrines.

Les attaques de l'aviation alliée se multiplient. Nul ne songerait à s'en plaindre parmi les détenus, malgré le risque d'être eux-mêmes touchés. Une fois, pendant un sévère bombardement semant la panique générale et jetant les détenus hors des baraquements, Alfred assiste à un spectacle intrigant : le docteur Waitz, seul en plein milieu de la cour, agenouillé et recroquevillé. Comme un musulman en prière, mais un vrai musulman et non un spectre de déporté, cachectique et décalcifié. Il s'approche pour le secourir et s'aperçoit que ce n'est pas la peur qui le cloue ainsi au sol. Une fois l'alerte passée, le médecin se redresse et découvre ce qu'il protégeait ainsi à l'égal d'un nouveau-né : le microscope du *revier*, son bien le plus précieux.

Le 18 janvier à 18 heures, alertés par la cloche, les détenus sont rassemblés dans la cour d'appel. L'attente paraît encore plus interminable que d'habitude.

« *Marschfähig !* »

Onze mille hommes sont déclarés aptes à la marche. L'évacuation du camp va pouvoir commencer par colonnes de mille hommes. Certains membres du *revier*, une quinzaine de médecins, en sont dispensés afin de soigner les quelque six cent cinquante malades et de veiller aux invalides intransportables en attendant l'arrivée des soldats soviétiques ; Alfred n'en est pas. On lui intime l'ordre de rejoindre la longue file qui s'ébroue sur la route en pleine nuit. Un petit groupe de médecins et d'infirmiers, sous la direction d'un Messin, le docteur Silbert, en prend la tête. Il y a là Hirschberg et Kindberg, deux Parisiens, Crémieux, un Marseillais, Drohocki… Le matériel de leur hôpital est chargé sur un traîneau tiré par deux chevaux. L'ambiance est à la débâcle générale. Alfred quitte enfin le camp, persuadé que jamais le camp ne le quittera tant il y a laissé de lui-même. Le thermomètre descend à vingt degrés en dessous de zéro.

À quelques jours près, il aura passé un an dans cette annexe terrestre de l'enfer. De quoi méditer la réflexion d'un officier SS que le docteur Waitz lui avait rapportée : « Tout détenu qui vit plus de six mois est un escroc car il vit aux dépens de ses camarades. »

Où vont-ils ? Nul ne le sait. Il est question de Breslau car IG Farben, principal commanditaire de Buna, y possède également une usine. Il faut marcher de plus en plus vite sous un vent de plus en plus glacial. À chacun un kilo de pain et une couverture. Les plus malins placent un sachet de ciment sous leur veste pour s'isoler du froid. Celui qui s'arrête, tombe ou s'écarte de la colonne est aussitôt abattu puis achevé sur place par un garde. Une balle tirée à bout portant suffit. De toute façon, leur état physique et psychique et leur délabrement général sont tels qu'il ne survivrait pas plus d'une poignée d'heures et n'aurait aucune chance d'en réchapper.

En apercevant un groupe de femmes et d'enfants qui se mêlent à la procession, Alfred cherche vainement les siens du regard.

Il se joint à un groupe de Français. Pour s'entraider dans l'adversité, il est préférable de se comprendre et donc de parler la même langue. C'est un secours inestimable, le bien le plus précieux que la langue en commun et tout ce qu'elle charrie, dans des moments de détresse absolue. Il retrouve ses copains de l'infirmerie, Georges Wellers et les autres, comme le dessinateur compulsif Willy Holt.

Alors qu'il marche dans la neige, il rumine ses victoires dans l'eau, souvent à l'arraché, où le public l'encourageait à tenir, où ses camarades du relais 4 × 100 mètres lui hurlaient « Tiens bon, Artem ! », où le lendemain la presse sportive louait une fois de plus sa capacité à compenser un manque de style par la volonté, l'ardeur, la puissance. Drigny notamment, dans plusieurs articles de 1941, avait eu ces mots qui ne s'oublient pas : « C'est le prototype de l'accrocheur qui lutte jusqu'à l'extrême limite de ses moyens... Les autres, plus jeunes, plus souples, mieux stylés, sont moins bien armés que lui pour la souffrance et pour la lutte. » Il se souvient de s'être demandé alors comment on pouvait dire et même écrire d'un sportif, et tout simplement d'un homme, qu'il est armé pour la souffrance. Maintenant il sait. Il lui faut tenir comme jamais. Pas pour le public, ni pour les journalistes, mais juste pour lui-même. Rester vivant.

Au bout de vingt-quatre heures de marche, les gardes les autorisent enfin à se reposer durant plusieurs heures à l'approche d'un village nommé Nikolai, ou Mikołůw, comme disent les Silésiens. La bande du *revier* s'installe dans une grange. Tous des condamnés à mort en sursis. Lui qui croyait avoir appris au camp à vivre contre tout espoir, qu'en sera-t-il désormais durant cette transhumance insensée ? Il pourrait se joindre à son chef au *revier*, le docteur Waitz, qui envisage de s'enfuir avec son ami Roger Forest à travers les bois recouverts de neige dans le fol espoir d'y attendre l'armée soviétique ; mais, sans pain ni vêtements appropriés par vingt degrés en dessous de zéro, ce serait insensé. Il voit des copains tomber, mourir. Parmi eux, le boxeur Young Perez, qui s'effondre dans ses bras à bout de forces en pleine forêt de Rahlanc. Cette marche est inhumaine. À croire que les Allemands se sont juré jusqu'au bout de repousser les limites de la cruauté que l'homme peut infliger à l'homme. Georges Wellers se retourne, observe son camarade Alfred Nakache et juge de son état de fatigue à un détail : il a beaucoup perdu de sa gaieté naturelle. Tenir ne suffit plus ; il lui faut résister à l'insupportable idée que son destin devienne sa destinée. Défier toute résignation au fatalisme. Sinon il va y rester comme il y serait resté s'il n'avait pas tenu bon au camp. Ma vie m'appartient, l'issue n'est pas fixée à l'avance.

Au bout de 76 kilomètres, la procession arrive enfin à Gleiwitz, l'un des nombreux satellites d'Auschwitz, où se trouvent les ateliers de réparation de la Reichsbahn, les chemins de fer allemands. Le chaos y règne. Breslau, il ne faut plus y compter : la ligne de chemin de fer est coupée et la ville serait déjà encerclée par les Russes. Trois jours plus tard, on les embarque dans un train. Surtout ne pas s'asseoir au risque d'être écrasé par les autres. Tous demeurent debout côte à côte. Il est impossible de bouger. Certains meurent en route mais leur cadavre reste debout jusqu'à la fin. Beaucoup en viennent aux mains, des coups sont échangés. Il faut lutter à nouveau contre la faim, la soif et le froid dans des wagons à bestiaux dépourvus de toit. Certains mangent de la neige. À leur passage dans des villages, ils voient des Polonais fermer leurs fenêtres, mus par la peur ou par un vieux réflexe antijuif. Leur convoi, ils l'appellent « le radeau de la Méduse », mais au-delà de la dérision, l'analogie est effrayante ; car les naufragés du tableau de Géricault se résignèrent au cannibalisme de survie pour s'en sortir tant ils se sentaient abandonnés de tous.

Une centaine d'hommes au départ par wagon, une dizaine encore en vie à l'arrivée le 26 janvier dans une autre planète du cauchemar concentrationnaire.

8

BUCHENWALD

L'endroit, à la fois camp de concentration et camp de travail, est situé en Allemagne cette fois, près de Weimar, à l'ombre du *Goethe-Eiche,* ce chêne auprès duquel le poète national aimait à bavarder avec son secrétaire Eckermann, ce qui ne semble pas avoir inspiré son commandant le SS-Oberführer Hermann Pister. Pulvérisé par une bombe alliée quelques mois avant leur arrivée, l'arbre éradiqué au centre de la place d'appel a valeur de symbole pour les détenus comme pour leurs geôliers ; il annonce la fin imminente de l'Allemagne nazie, mais pas celle des plus anciens remugles. Si beaucoup sont glacés d'effroi en découvrant l'état des détenus et l'épouvante qui se lit dans leur regard, l'arrivée des rescapés d'Auschwitz réveille chez d'autres, des Allemands, des Tchèques ou des Polonais, un sursaut d'antisémitisme qui se traduit par des injures et des échanges de coups. Ils étaient déjà six cents par block, ils vont se retrouver à plus d'un millier à cause de ces Juifs désignés comme des *muselmanner* qui ont à peine allure humaine.

Transféré avec les autres au Petit Camp, logé si l'on

peut dire au block 58, Alfred est à nouveau tatoué. Le voilà désormais matricule 122441. Ici aussi le décompte interminable des détenus est recommencé *ad nauseam* sur la place d'appel. La majorité d'entre eux parlent français. Mais Alfred, à qui le pyjama rayé est désormais épargné de même qu'aux autres détenus, ne porte plus d'étoile jaune cousue sur sa veste à la hauteur gauche de la poitrine au-dessus de son numéro. Considéré comme « pol. Franz », il reçoit le triangle rouge des résistants et déportés politiques. On transfère les nouveaux venus en quarantaine, ce qui n'est jamais bon signe. Y rester, c'est se condamner à très court terme. Ses camarades Israël Gourevitch, David Bally, Isidore Aron n'ont pas sa chance. Alfred compte sur le docteur Waitz, également rescapé de la longue marche, qui est déjà à pied d'œuvre à l'hôpital au block 46 assisté de Jacques Feldman, l'un de ses étudiants strasbourgeois, pour y soustraire les malades à des expériences sur la transmission du typhus exanthématique. Hasard ou providence, comme on nomme la grâce lorsqu'on ne sait pas comment la désigner, un déjà ancien de Buchenwald vient exfiltrer d'autorité Nakache de la quarantaine, ce lieu maudit, grâce à ses relations parmi ses codétenus affectés à l'administration. Cet homme l'a reconnu, et pour cause : il n'est autre que Roger Foucher-Créteau, le frère d'André, ami de Nakache qui l'avait connu jadis au Racing Club de France à Paris, et qui l'avait fait venir pour nager au Racing olympique Toulouse. Sa présence soudaine et si inattendue est comme un reflet du monde d'avant, un écho de l'humanité dont ils sont issus.

Non seulement Roger Foucher-Créteau le sort de là

énergiquement, mais il réussit à le transférer au Grand Camp pour le planquer au *revier* en qualité de *pfleger*, puisqu'il est devenu infirmier, de manière à lui épargner les kommandos de travail ; il a appris qu'on le destine notamment à celui d'Ohrdruf pour y creuser des galeries, à moins que ce ne soit dans les carrières de pierre ou les tunnels souterrains de l'usine de Dora-Mittelbau ; on y construit les fameux missiles V2 destinés à changer radicalement le cours de la guerre. Déporté en raison de ses activités de résistant à la tête du réseau des Légions françaises anti-Axe, Foucher-Créteau se débrouille d'autant mieux qu'il parle bien l'allemand ; son père, un ancien combattant épris de rapprochement franco-allemand après 1918, l'avait incité à l'étudier. Il affranchit Alfred sur les règles locales.

Les communistes français, à la tête desquels on trouve Marcel Paul et le colonel Manhès, ont la main haute sur la résistance clandestine à l'intérieur du camp. Ils l'ont organisée, structurée. L'afflux des rescapés des marches de la mort en provenance d'Auschwitz a transformé le Petit Camp en mouroir, même si ici l'extermination n'est pas programmée. On y meurt d'épidémies, de maladies, de travail forcené ou sous les coups, sans que cela prenne jamais un caractère industriel, prémédité et systématique comme ailleurs. La Résistance s'efforce de faire muter le plus de déportés possible du Petit au Grand Camp. Elle en a les moyens. Les communistes allemands et français la dominent. Ce qui n'a rien d'étonnant étant donné que, dès son ouverture en 1937, Buchenwald est le camp qui regroupe le plus grand nombre d'opposants politiques au nazisme. Le nouveau venu comprend vite l'intérêt qu'il a, comme les autres, à se placer sous leur protection. Cela n'a rien d'un enrôlement ou d'une soumission idéologique : si le constructeur aéronautique Marcel Bloch est toujours en vie, alors que ses origines, son isolement, son âge et sa faible constitution le condamnaient dès son arrivée, c'est à leur organisation qu'il le doit.

Un jour, Foucher-Créteau vient trouver Nakache à l'infirmerie où, une fois n'est pas coutume, il se fait soigner, avec les moyens du bord. La tête entourée d'un grand bandeau, il souffre d'une terrible mastoïdite, otite aiguë qui lui provoque une inflammation si violente qu'elle fait craindre aux médecins une complication intracrânienne. Son ami lui présente un grand cahier.

« Écris-y tes joies, tes peines, tes espoirs, tes pensées.

— Comment ?

— Comme ça te vient... »

Il le parcourt, découvre ce que ceux qui l'ont précédé y ont laissé, comme on le ferait par curiosité du livre d'or d'un prestigieux établissement. Sauf que celui-ci est un bloc d'abîme. Il écrit à son tour, avec ses mots à lui, ses confusions, son style plein d'euphémismes, sa mémoire des dates défaillante :

> Miracle ! Miracle !... Je retrouve à Buchenwald ce cher vieux Roger et ce après de multiples péripéties au cours d'un voyage d'évacuation de Buna-Monowitz (Hte Silésie) jusque dans les enceintes de notre nouvelle demeure... C'est la première fois que je prends la plume depuis quinze mois de détention. Que d'embûches furent

dressées sur notre chemin ! Notre convoi parti de France le 20 janvier 43 compte peu de rescapés, sur 1 200 je n'en connais qu'une cinquantaine. Me voici donc à mon tour l'hôte de Buchenwald et ô ironie dans le même Block qui te recevait il y a juste un an ! Souvent il m'arrivait de penser à toi, car ton frère André m'avait averti de ton arrestation et j'avais l'intuition que le hasard me conduirait un jour près de toi. Tu ne peux t'imaginer mon cher Roger combien fut grande ma joie de te revoir ; il me semblait revoir un peu de notre France, car j'étais horriblement seul dans ce camp de Pologne où nos « frères de race » nous martyrisaient parce que nous ignorions le « yiddish », ce jargon caractéristique.

Ma femme et ma fille qui avaient quitté Drancy et la France en même temps que moi sont peut-être encore quelque part. Que Dieu fasse que nous nous retrouvions un jour.

Cette dramatique aventure que nous vivons aujourd'hui est la suite logique de l'idéal commun pour lequel nous avons combattu. Et pourtant, au cours de nos rencontres à Toulouse et à Nice, avec tes frères Jean et André, aucun de nous ne pensait à l'arrestation pleine d'imprévus dont nous pouvions du jour au lendemain être les victimes.

Cependant la même épée de Damoclès entre les mains du même homme abject qui se prétendait être notre ami était suspendue sur nos têtes. Ah ! Jacques Cartonnet ! Sigmaringen peut le protéger !... Mais un jour viendra, « Inch' Allah » ; les souffrances, les tortures, les cendres des crématoires appellent la justice et une vengeance inexorable s'abattra alors sur les barbares.

Il nous reste encore des moments à passer mais c'est

plein de résolutions que nous aborderons le nouveau chemin que se sera tracé l'humanité nouvelle.

K.L.B. 26.1.45

A. Nakache

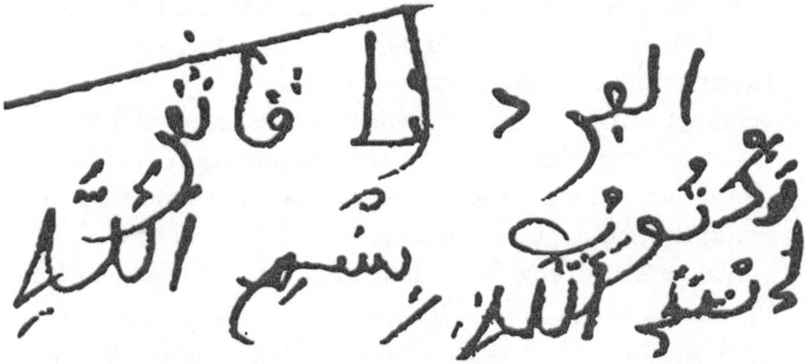

Si je le revois je le tue.

C'est écrit en filigrane. Car à qui pense-t-il après tout ce qu'il a vécu, quel nom s'impose sous sa plume dans ce monde hors du monde ? Un nom autrefois craint puis méprisé et désormais maudit, celui de Cartonnet, celui-là même avec qui il avait participé avant-guerre à un relais 3 × 100 mètres à l'occasion d'une rencontre France-Allemagne… Les deux nageaient alors solidairement pour la France, avant que l'un ne s'engage pour l'Allemagne.

Cartonnet est le délateur, sans l'ombre d'un doute. Celui à qui Nakache en veut à mort, avant tout pour le sort de sa femme et de sa fille qu'il ignore mais qu'il craint. Le sien peut encore se justifier par la jalousie, l'envie, la rivalité ; mais ce qui leur a été infligé à elles est impardonnable, quelle que soit leur situation. Elles qui jubilaient comme une fontaine d'or aux jours heureux à Toulouse, qui sait ce qu'elles sont devenues aujourd'hui ; peut-être ne sont-elles plus que cendres éparpillées dans le ciel de Pologne. Malgré tout, il espère encore... Nakache écrit quelques mots en arabe signifiant « Tout était écrit et nous en sortirons par la volonté de Dieu ». Ce n'est pas étonnant vu que c'est sa langue de cœur, celle de son enfance à Constantine. Et après tout, pourquoi pas : quelques pages avant dans ce même cahier-souvenirs, Pierre d'Harcourt, déporté avec son frère pour leur activisme dans la Résistance, a bien écrit en grec ancien...

Roger Foucher-Créteau lit ces trois pages avec émotion. Un de leurs camarades les photographie à cet instant. Alfred, la tête bandée et une cigarette aux lèvres, a le regard perdu dans le vague ; son ami assis à ses côtés, un béret basque vissé sur le chef et un brassard au bras gauche, regarde fixement l'objectif. L'exercice auquel il s'est finalement plié de bonne grâce lui permet de s'ouvrir un peu pour la première fois depuis leurs retrouvailles :

« Si je te raconte ce qu'on a vécu là-bas à Auschwitz, tu comprendras vite ta chance de n'avoir été envoyé qu'ici à Buchenwald », lui confie-t-il, conscient d'avoir atterri dans un endroit où il y a un espoir de s'en sortir.

Même dans l'horreur de la déshumanisation, il y a des degrés. Un certain relativisme. Si les communistes ne sont pas les seuls à s'entraider, à se préparer à une insurrection armée et à saboter avec leurs faibles moyens, ils pressentent que le reflux allemand sous la poussée des armées alliées va remplir le camp au-delà de ses capacités d'accueil. Aussi prennent-ils l'initiative de regrouper toutes les forces et toutes les obédiences au sein d'un unique Comité des intérêts français. Le 11 avril 1945, après qu'une alarme aux chars a succédé à une énième alerte aérienne, les détenus voient les SS se déployer dans la plaine. Le camp est coupé du reste du monde. Plus d'électricité, plus de radio. Un grand et long silence s'ensuit, fracassé au bout de quelques heures par des échanges de tirs et le vacarme des chenilles de la 6e division de la 3e armée américaine. Les déportés n'attendaient que ce signal pour prendre possession du camp, grimper en haut des miradors, s'emparer des armes abandonnées par les SS, les pourchasser et en faire prisonniers plus de soixante-dix. Avant même l'entrée effective des libérateurs derrière les barbelés, la Résistance communiste s'emploie à empêcher les fuites sauvages des détenus dans une nouvelle marche de la mort. Pour une bonne part d'entre eux, leur état les condamne à un effondrement imminent s'ils prenaient la route, d'autant qu'il y a parmi eux près d'un millier d'enfants de trois à quatorze ans.

Non seulement Alfred ne songe pas à s'enfuir et retient de toutes ses forces ceux qui seraient tentés de le faire, mais quelques jours après, alors que le camp commence à être évacué, il choisit de rester. Fort de son « expérience médicale » longue de seize mois, il s'empare avec quelques autres de l'hôpital réservé aux SS et l'aménage pour y recevoir et soigner des déportés intransportables. Il s'agit tout au moins de les remettre sur pied afin qu'ils supportent un voyage en camion puis en chemin de fer. Malgré les risques de contamination dus aux épidémies, il s'y dévoue. Avec une arrière-pensée : interroger sans relâche des femmes rescapées d'Auschwitz dans l'espoir d'obtenir des nouvelles de Paule et d'Annie.

En vain. Au bout de trois semaines, il se résigne enfin à être rapatrié en France. Sa présence est signalée à Weimar, où il attend.

9

PARIS

Qui a jamais vécu sa mort de son vivant ? C'est là un privilège de rescapé. Rare en temps de paix, lorsqu'un journal commet la négligence d'enterrer prématurément une personnalité, cela l'est moins à l'issue d'une guerre. La France de la Libération est pleine de colonels Chabert. Disparu, Alfred Nakache y est considéré comme probablement mort. Et déjà, on le célèbre *in memoriam*.

Le 30 août 1944, *France-Soir* annonce en titre : « Victime de la Gestapo, Alfred Nakache, le meilleur nageur français, a trouvé la mort en Pologne où il avait été déporté avec sa femme et son enfant. » Le lendemain, *L'Humanité* signale également sa mort, mais le quotidien communiste donne des précisions : il a été dénoncé par « le père du milicien Pallard » ; de plus, un survivant des camps assure avoir vu sa tombe ; et dans sa chute, l'article ajoute : « Nous signalons également que Cartonnet n'était pas un ami de Nakache », une façon de faire d'une pierre deux coups. Même son de cloche dans *L'Écho d'Alger* et ailleurs. Difficile de résister au courant, d'autant qu'une circulaire officielle enjoint aux clubs de rebaptiser stades, gymnases et piscines du nom de résistants disparus. Peu avant la Libération, des tracts de *Sport libre*, seul réseau sportif de résistance, appelaient les sportifs à se mobiliser en réclamant la libération de Nakache, « déporté dans une mine de sel de Haute-Silésie », de Young Perez, réduit à l'état de « loque humaine » par les Allemands, et d'Étienne Mattler, le footballeur le plus capé du FC Sochaux, également déporté, et à inscrire leurs noms sur les murs des piscines et des stades. Un tract dans lequel la résistance sportive dénonçait Cartonnet et Gibel.

Le Jeune Patriote commande à Monique Berlioux, championne de France du 100 mètres dos, un hommage publié sous le titre « Mon ami Nakache » ; pourtant, elle veut encore espérer le revoir un jour au bord d'une piscine alors qu'on est sans nouvelles de lui depuis qu'un camarade évadé l'a vu le dernier à Auschwitz le 14 août. Alors que Toulouse fête sa libération au stade municipal, suscitant une affluence record, la génération montante des jeunes nageurs, incarnée par Alex Jany, s'ébroue dans la piscine. En en rendant compte, un journaliste salue la mémoire de deux prestigieux absents comme si la ville ne devait plus jamais les revoir : Christian Talli, prisonnier depuis quatre ans dans un stalag, et Alfred Nakache, déporté en Silésie.

Malgré tout, alors que le général de Gaulle, chef du gouvernement provisoire, est en visite à Toulouse, certains se refusent à y croire. Il se dit que Nakache tiendra car c'est un *mentsch*. Il reviendra car il a en lui ce refus obstiné de passer du côté des ombres. Des témoignages se multiplient. Un nageur qui fut détenu en Allemagne assure dans une lettre à son père l'avoir croisé à Auschwitz. Un autre, chroniqueur sportif du nom de Boudey, soutient dans le journal *L'Espoir* que Nakache est vivant ; il tient cela d'un étudiant en médecine nommé Garrigues qui se trouve en Allemagne au titre de la relève ; celui-ci dit le tenir d'un inspecteur des camps, lequel lui a confié que le 16 août Nakache était à Auschwitz en bonne santé mais que son épouse supportait mal le climat, que son état lui inspirait quelques inquiétudes et qu'il avait la nette impression que Cartonnet l'avait vendu... Folle spirale de la rumeur.

Plusieurs mois se sont écoulés depuis la libération de Paris, qui n'est pas la libération de la France et encore moins la fin de la guerre. Ses plus proches sont toujours sans nouvelles. À Constantine, l'inquiétude monte chez les Nakache. Le père tente une démarche auprès du préfet. On l'oriente vers la recherche dans l'intérêt des familles. Le représentant du gouvernement se renseigne auprès du directeur général de la Sûreté à Paris, qui lui donne quelques indications administratives et une piste : « Il aurait été dirigé vers un camp israélite en Silésie... » Il faut attendre non la libération d'Auschwitz par l'Armée rouge mais celle de Buchenwald par l'armée américaine pour recommencer à y croire. *Combat* peut annoncer qu'il est en vie, citant un membre du Racing Club de France qui tient l'information d'un père blanc qui l'a vu au camp en chair et en os. À Constantine, chez les Nakache comme dans toutes les maisons juives de la ville, la famille est réunie pour le *Seder* de Pessah, le repas équivalant à la Pâque célébrant l'Exode d'Israël hors d'Égypte et l'émancipation de l'esclavage des Hébreux. Trois chaises restent inoccupées. Celle des absents. Soudain, une voix appelle du balcon d'en face : « Alfred est vivant ! Ils sont vivants ! » La voix de Mme Elbaze, la mère de Paule, précise même : « Ils l'ont annoncé à la radio ! »

Aussitôt, non seulement la famille Nakache, mais tout le quartier, descend dans la rue, oubliant les rituels, les prières et le reste pour fêter la nouvelle, tandis que David Nakache se précipite rue Georges-Clemenceau, au siège du journal *La Dépêche de Constantine et de l'Est algérien*, pour en avoir confirmation.

Il revient ! Cette fois, c'est officiel. Lorsque la date de son retour dans un train de grands malades est précisée, une foule se presse à la gare d'Orsay pour l'accueillir. Son ami Roger Foucher-Créteau en est, de même que Monique Berlioux, tenant à la main l'exemplaire du *Jeune Patriote* dans lequel est reproduite sa nécrologie afin qu'il ne la découvre pas grâce à un autre. En d'autres temps, Alfred aurait à coup sûr éclaté de rire en commentant : « L'annonce de ma mort est légèrement prématurée… »

Mais après seize mois passés dans les camps de la mort lente, que peut-il bien demeurer en lui de cet humour, ce sens de la dérision, ce goût des autres, cette joie de vivre qui le distinguaient plus que tout ?

Mille cent cinquante-trois êtres humains avaient été jetés de force dans le convoi numéro 66 qui quitta Drancy pour Auschwitz le 20 janvier 1944. Le plus jeune, né trois mois plus tôt, s'appelait Alain Gross ; à quatre-vingt-cinq ans, Fanny Neumann était la plus âgée. Les trois quarts d'entre eux y furent gazés puis brûlés ; les autres pour la plupart sont morts des coups, des exécutions, des mauvais traitements, des conditions de travail, des épidémies subis au cours de leur détention ; certains ont disparu. Huit pour cent des déportés de ce convoi reviennent en France vivants à la fin du printemps 1945. Alfred Nakache est l'un d'eux.

Le passage par l'hôtel Lutetia est obligatoire pour tous les déportés partis de France. La Croix-Rouge a réquisitionné, sur ordre du général de Gaulle, le seul palace de la rive gauche, situé au carrefour Sèvres-Babylone. Désinfection, radiologie, visite médicale, interrogatoire policier. Interdiction de les lâcher dans la nature. Un proche doit venir les chercher. Comme les petits à l'école maternelle. Ils n'ont pas de papiers, pas d'argent, rien. On leur donne des bons pour s'habiller gratuitement en face, au Bon Marché. Il en est qui refusent, tant leur tenue rayée leur est devenue une seconde peau. Impossible de la retirer sans un sentiment d'arrachement. Certains ont du mal à dormir dans de vrais lits, trop confortables, et passent la nuit allongés par terre. Le nageur André Foucher-Créteau écourte d'autorité l'étape. Il vient chercher son frère Roger et son ami Alfred pour les emmener à l'hôpital de la Pitié-Salpêtrière. Il trouve Alfred terriblement amaigri, déprimé, ce qui est bien le moins ; mais ses violentes douleurs à l'oreille l'inquiètent. Ce que le diagnostic des médecins confirme aussitôt : on l'opère d'urgence d'une mastoïdite.

Sur la fiche médicale accrochée au pied de son lit, on peut lire les initiales « D.P. » pour « Déporté Politique », suivi de « État général : mauvais. Bucco-pharynx : dentiste, Radioscopie à faire, Affaiblissement général ».

Aussitôt remis de son opération, il a le droit de recevoir des visites. Des sportifs de haut niveau tels Roger Le Morvan du Club des nageurs de Paris et le plongeur Raymond Mulinghausen, des amis, des journalistes. Tous ont la délicatesse de ne pas manifester leur stupeur face à sa métamorphose physique. Et pour cause : la dernière fois qu'ils l'avaient vu, il était le magnifique athlète qu'ils avaient toujours connu, doté d'une musculature impressionnante mais harmonieuse répartie sur 85 kilos ; désormais, les épaules se sont rapprochées, la carrure s'est rabougrie, il ne pèse plus que 61 kilos. Qu'auraient-ils dit s'ils l'avaient vu à l'issue de la marche de la mort avant son arrivée à Buchenwald – 45 kilos à peine… Lorsqu'il passe devant un miroir, il s'effraie à la vue de ce qu'il est devenu. Une carcasse d'homme. Mais il serait le dernier à se plaindre en songeant aux squelettes qui traînent dans les chambres alentour. Il a l'élégance de ne pas paraître sombre, évoque des projets pour revenir au plus haut niveau : « Je veux récupérer non en me gavant, mais en m'entraînant. L'eau sera pour moi le meilleur des remèdes. »

Pas question d'engloutir de la nourriture en quantité comme d'autres de ses camarades le font au risque de brusquer leur organisme. Il retrouvera son corps peu à peu, en mangeant normalement. Et en nageant. Peut-être veut-il y croire mais le cœur n'y est pas. Il n'y a que les journalistes qui soient assez directs dans leurs interviews pour le pousser plus avant ; les amis ne s'en sentent pas le droit. Il raconte sans en rajouter, la mémoire parfois un peu confuse. Mais à la fin, lorsqu'un reporter le relance sur ses projets, il réfléchit un instant, évoque sa sortie de l'hôpital et son souhait de récupérer son poste de professeur de gymnastique, puis lâche : « Et surtout, avoir des nouvelles de ma femme et de ma fille Annie. Dans les moments les plus difficiles, j'étais persuadé qu'un jour je reviendrais. Elles aussi reviendront. J'en suis sûr. »

À sa sortie de la Pitié, après s'être fait enregistrer au Centre d'accueil et d'entraide des déportés politiques de la rue d'Artois, il découvre le gîte qu'on lui a trouvé dans un bel immeuble Art déco au 17 avenue Mac-Mahon. Ce ne peut être que provisoire car il ne se voit pas rester à Paris bien qu'on lui ait proposé un poste de professeur de gymnastique dans un lycée pour la rentrée de septembre. Il brûle de retourner à Toulouse d'où on l'a arraché. Il rêve de rentrer enfin chez lui – même si personne ne l'y attend. Son entraîneur le sait bien, qui lui propose de l'héberger.

C'est aussi qu'à Paris il se sent encore plus décalé. Voire déplacé. Il est revenu, il a eu cette chance, mais une part de lui est encore là-bas – à supposer qu'elle revienne jamais. Il rentre dans un pays où tout le monde se découvre résistant après coup. Et ceux que la décence retient de le faire, l'État le fait pour eux en diffusant un récit national qui les englobe tous dans la geste héroïque.

La France qu'il retrouve a la tête aux élections. À peine sortie des législatives, elle s'apprête à voter pour les constituantes. Au lendemain de la guerre civile que fut aussi l'Occupation, les Français se divisent comme avant. Les politiciens rivalisent en démagogie, les électeurs sont sommés de choisir leur camp. Que nul ne s'avise de demander à Alfred lequel est le sien car il n'est désormais que d'un seul camp, non choisi mais assigné : le camp de concentration. Ceux qui n'y ont pas été n'y pénétreront jamais, ceux qui y ont été n'en sortiront jamais : c'est un lieu hors du monde. Mais ils sont peu nombreux alors à pouvoir sinon vouloir entendre cette vérité-là. Si les morts sont invisibles, les rescapés sont inaudibles. Il y aura toujours des gens pour faire d'un revenant le coauteur de son malheur.

10

TOULOUSE

Qui a envie de rentrer chez soi après une telle épreuve en sachant que celles qui doivent l'y attendre n'y sont pas ? Pas encore, du moins, car il n'a pas perdu espoir. Dès son retour dans sa ville d'adoption, il n'a qu'une idée en tête. Se rendre matin et soir avec son frère Prosper à la gare Matabiau pour y guetter le retour des derniers déportés. Il va au-devant de l'annonce comme on voudrait devancer le chagrin. Après tout, au cœur de l'été 1945, quelques mois après la fin de la guerre, il en est encore qui reviennent. Leur retard par rapport à la masse des rescapés s'explique par leur hospitalisation sur le chemin du retour, ou par des difficultés de rapatriement. D'ailleurs, un signe ne trompe pas : à Paris, l'accueil des déportés se poursuit à l'hôtel Lutetia. Jusqu'à ce qu'en septembre la Croix-Rouge y mette un terme, plie bagage et cède la place à l'armée américaine qui y installe son état-major. Ceux qui attendent encore sur les marches du palace comprennent et s'en vont.

On ne saurait mieux signifier à ceux qui espèrent qu'il n'y a plus rien à espérer. Une lettre de ministère le lui confirme officiellement. Cette fois, Alfred doit faire face : elles ne reviendront plus. D'autant que, par les récits des revenants publiés dans les journaux, il peut se faire une idée assez précise du sort de Paule, vingt-huit ans, et d'Annie, deux ans.

La mort. Y penser toujours, en parler jamais.

Dès le premier jour, lors de leur séparation sur la rampe d'Auschwitz, quand Paule a été dirigée vers la file de gauche pour ne pas avoir voulu lâcher la main de sa fille, elles ont été envoyées à la chambre à gaz puis leurs cadavres ont été brûlés dans les fours crématoires. Elles n'ont pas été tatouées ; leurs papiers d'identité ont été aussitôt brûlés. Non seulement elles n'existaient déjà plus, mais tout fut fait pour qu'elles n'aient jamais existé. Ce qui fut le sort de la majorité des déportés du convoi numéro 66. Pour la plupart, ils ont à peine pénétré dans le camp et y ont passé moins de deux heures.

Deux jeunes mortes sans sépulture dans un ciel de cendres.

Alfred a du mal à rentrer chez lui. Ce n'est pas tant le pillage opéré dès leur arrestation qui le gêne – « ce que je regrette le plus, ce sont les médailles », concède-t-il. Sa manière retenue d'éluder l'essentiel. Les absences que cet appartement lui rappelle. Il décline l'invitation de l'un de ses frères à rester avec lui ainsi que l'amicale proposition de son entraîneur et de la famille Jany – notamment Alex, le nageur, et Jules, son père, entraîneur – d'habiter dans le même immeuble, mais chez eux. Après une halte à l'hôtel Printania, rue Saint-Rome, il choisit de s'installer, sommairement mais seul, au-dessus de son gymnase, rue Philippe-Féral. Sa popularité est telle que la presse continue à lui rendre visite. Les lecteurs veulent savoir. Mais une certaine lassitude émerge déjà dans le grain de la voix : « Je ne peux rien dire de nouveau sur les camps, vous en avez déjà entendu parler. Déporté comme tous les autres parce que résistant et parce que juif, je suis de retour, c'est tout. »

Ils le connaissent bien, ces reporters de la presse locale, depuis le temps qu'ils couvrent ses exploits à la piscine ; ils ont pourtant du mal à le reconnaître et le dissimulent difficilement. Moralement déjà – lui d'ordinaire si jovial, facétieux, lyrique mais d'un lyrisme mat, dépourvu de clinquant. Lui qu'ils ont toujours connu si bienveillant semble animé par un sourd désir de vengeance. Autrefois, avant même de parler, il lui suffisait de sourire pour faire passer le sentiment de la vie. Ce qu'on appelle une présence. Qu'est devenu son fameux sourire ? Dès qu'ils insistent, il se tend, son visage s'assombrit sous le bandeau qui ceint sa tête depuis l'opération de la mastoïdite. Et, de sa voix grave sous les sourcils broussailleux, profonde et douce, une voix qui a la chaleur des histoires au coin du feu : « J'aurais brûlé dix fois. Dix fois ils m'ont mis de côté en disant : Attendez avec ce petit costaud, il marchera encore quelques semaines… J'ai marché. »

Ils s'adressent à l'homme car c'est lui qui a été déporté, mais c'est inévitablement vers le nageur que leur curiosité se dirige : « J'ai nagé, j'ai eu des victoires. À présent, à trente ans, je reviens avec le corps d'un garçonnet qui en aurait quinze. Ce que j'ai laissé à Auschwitz, à Buchenwald, ce sont quelque vingt-cinq kilos de bons muscles de nageur. »

Il n'en dira pas plus car le reste lui appartient, à lui

et à lui seul, la blessure étant encore trop intime et trop à vif pour être exposée. La pudeur Nakache derrière le masque d'indestructibilité.

Les Toulousains fêtent d'autant mieux son retour qu'ils le croyaient mort en déportation. Dans leur hâte de rendre hommage à leur cher disparu, ils avaient même baptisé le bassin d'hiver de la piscine de l'île du Ramier sur la Garonne du nom d'Alfred Nakache ; et à l'entrée de la piscine des Dauphins du TOEC, où il avait battu des records, ils avaient apposé une plaque gravée à sa mémoire ! On lui enjoint de décrire, mais qui saurait entendre un cri qui s'élance vers le ciel ? Il est déchiré entre l'impossibilité de parler et l'injonction de raconter. Prendre la parole publiquement n'est pas son mode d'expression favori. Il préfère nager. Ce n'est pas avec lui que l'on s'enfoncera dans la selve de multiples récits. Pourtant il s'y résout lorsque la proposition lui est faite de prononcer une conférence au cinéma Les Variétés, même si l'endroit, façade Art déco et hall paré de marbre, et son nom jurent durement avec son propos. Mais il ne saurait refuser une telle offre : un an avant, dans cette même salle, alors que le film de propagande allemande *Le Juif Süss* était à l'affiche, trois jeunes résistants de la 35e brigade FTP-MOI posaient une bombe qui allait exploser à l'issue de la séance en les tuant ou en les blessant grièvement…

Les deux mille cinq cents places de cet ancien théâtre légendaire se sont arrachées. Assis derrière une table, Alfred raconte. Choses vues et entendues. Pas seulement son expérience des camps, mais celle de ses camarades d'infortune. Les vivants et les morts. Des gens qui n'ont pas nécessairement la même mémoire bien qu'un destin funeste ait voulu qu'ils partagent à jamais la même histoire. Il est seul face au public mais il a du monde en lui. Les déportés, plus encore que les prisonniers de guerre, savent des choses qu'on ne trouve pas dans les livres. Des choses que seuls les morts connaissent. Parfois, il élude certaines questions en prétextant l'oubli ; or, ce dont on ne se souvient pas est souvent le plus fort car justement on ne veut pas se le rappeler. À la prison Saint-Michel et à celle de la gare d'Austerlitz comme à Drancy, son caractère a été mis à rude épreuve ; à Auschwitz et à Buchenwald, son âme était en jeu. Ses paroles sont trouées de longs silences que nul n'oserait interrompre. À la sortie, des auditeurs lui demandent :

« Monsieur Nakache, c'était la première fois que vous en parliez ?

— C'est aussi la dernière. »

Il le dit sans colère, mais sa détermination est entière. En parler, c'est prendre le risque d'injecter aux autres sa propre souffrance. Alors rideau ! Ce n'est pas seulement que les Français ont tourné la page. Ou qu'ils ne peuvent écouter ces vérités-là car elles demeurent inaccessibles à leur entendement. Nul besoin d'être juif pour compatir. Si l'empathie n'obéit pas à des sentiments universels et à des réflexes naturels, elle est inutile, vous pouvez vous la garder. De toute façon, il ne réclame rien de tel. Sa souffrance est privée. Comme d'autres rescapés, il se retrouve désormais dépourvu de mots. Impuissant à verbaliser le sentiment d'être passé de l'autre côté de la vie et d'en être revenu par extraordinaire. Au risque que ces mots refoulés s'en aillent hurler au fond de son âme.

Comme tous ceux qui ont subi un traumatisme, Alfred peut témoigner du comment mais il attend des autres qu'ils lui expliquent le pourquoi. Sinon à quoi bon. Et qu'on ne lui dise pas qu'il n'y a pas de pourquoi. *Hier ist kein warum*, c'était là-bas, à Auschwitz. Et comme personne n'est capable ici de lui fournir une explication rationnelle à l'assassinat de sa femme et de sa fille, il se mure. Quand un enfant meurt, c'est toute la famille qui meurt. Mais quand il n'y a plus de famille, plus qu'un père et un mari esseulé ? Sa résolution est telle qu'on ne l'imagine pas s'ouvrir un jour à nouveau. Nul ne prend à la légère la volonté d'un champion car tous la savent trempée dans l'acier.

Soudain, il paraît inadapté.

Désormais on l'appelle « le nageur d'Auschwitz ». Certains journaux n'hésitent pas à user et abuser de la formule dans leurs titres, en parfaite conscience de sa double puissance : racoleuse comme peut l'être l'exposition de l'horreur, mais aussi intrigante, tant le paradoxe saute aux yeux dans l'évocation de la natation au sein d'un camp d'extermination. On le réduit à ça : toute une vie d'exploits, de records et de joies ramenée au pire de ce qu'il a vécu. Une parenthèse de cauchemar. Avec cette étiquette qui va le poursuivre à n'en pas douter, il n'est pas seulement un ancien déporté, mais un ressuscité, un revenant, un rescapé. Comme si c'était sa dernière performance à jamais. Impossible d'y échapper. C'est peu dire qu'il le vit mal. D'autant que la Justice l'y ramène. Non pour dénoncer ses dénonciateurs mais pour témoigner. Même si, dans la circonstance, son témoignage vaut accusation.

Il y a d'abord l'affaire du colonel Pascot. Successeur de Jean Borotra à la tête du sport français lorsque Pierre Laval revint au pouvoir, il est accusé du crime d'indignité nationale. Dans le cadre de l'instruction de son procès, il lui est notamment reproché d'avoir sanctionné les nageurs et les dirigeants qui s'étaient solidarisés avec Artem lors du boycott des championnats de France. Interrogé par le commissaire Cantarel, il ne fait aucun doute aux yeux d'Alfred que le haut responsable qui a pris de telles mesures était proallemand. Et malgré les lettres en défense de l'accusé, il maintient son point de vue. Le milieu de la natation toulousaine pousse pour que les responsables de cette affaire, montrés du doigt pour leur passivité, soient sanctionnés ; mais à Paris la Fédération nationale de natation cherche l'apaisement ; ce clivage est à l'image de celui que suscite la politique générale d'épuration dans la France de l'après-guerre. Un mot d'ordre : on ne mélange pas le sport et la politique. Jugé pour l'ensemble de son œuvre lors de ses deux années passées à Vichy, le colonel Pascot sera condamné à cinq ans d'indignité nationale. Quant à Jean Borotra, dont la fidélité à la personne du maréchal Pétain ne faillira jamais jusqu'à son dernier souffle, il n'est pas poursuivi, faute de charges.

Il y a aussi l'affaire Roland Gibel. Le nageur du Racing olympique toulousain est interné à la maison d'arrêt de Fresnes. Cellule 92, 3e division, n° 778. Ce qui lui est reproché ? Avoir favorisé des intelligences avec l'ennemi et accompli intentionnellement des actes de nature à nuire à la défense nationale. Mais si le juge d'instruction Fayon obtient son extraction le 30 juin, c'est pour une affaire bien précise. Lorsque le détenu se présente à son cabinet de la rue Boissy-d'Anglas assisté de son avocat Me Albet Naud, le magistrat lui sort un article de *Paris-Presse* signé du nageur Jean-Baptiste Grosborne, lui-même champion de France du 200 mètres brasse cette année-là. Le nom de Gibel apparaît dans la bouche d'Alfred Nakache dans cet article sur son retour intitulé « Justice pour Nakache ! ». Et la citation est accablante. On fait lecture à Gibel du passage le plus incriminant, dans lequel Nakache est questionné sur l'identité de son délateur : « Il faudra que je sache mais je ne ferai rien avant d'être absolument sûr. Je sais trop ce que c'est pour courir le risque de faire emprisonner un innocent. Ce qui est certain, c'est que c'est Gibel qui a donné mon adresse à la Gestapo et est ainsi responsable de la déportation de ma femme et de la petite... »

Dur même si, ailleurs, il tempère en disant que, ne possédant aucune preuve, il préfère ne citer aucun nom bien que des soupçons pèsent de notoriété publique sur quelques-uns de ses ennemis. Alfred est présent ce jour-là dans le cabinet du juge dans le cadre d'une confrontation.

« J'avais quitté Toulouse depuis le 15 septembre, précise Gibel. Et j'ignorais tout du sort de Nakache.

— Vous étiez bien milicien ?

— J'ai revêtu l'uniforme des avant-gardes mais j'affirme n'avoir eu aucune activité milicienne. Je n'ai adhéré à la Milice que pour échapper au STO. Je me suis borné à y exercer les fonctions de moniteur d'éducation physique.

— C'est tout ?

— Il est exact qu'il m'est arrivé de suivre certains camarades qui collaient des papillons sur les murs de la ville. Je n'y voyais pour ma part qu'un amusement qui me permettait de jouer à cache-cache avec les agents. »

Le juge d'instruction se tourne alors vers Nakache et lui adresse un mouvement du menton pour lui donner la parole.

« Tel que je connais Gibel, je ne pense pas qu'il ait pu être l'auteur d'une dénonciation me concernant. Le contraire, si je l'apprenais, serait pour moi une surprise. »

Le greffier lui fait lecture de l'article de *Paris-Presse* que Nakache assure n'avoir pas lu. Il secoue la tête :

« Cet article est idiot. Il est possible que j'aie fait part au journaliste de mes soupçons sur Cartonnet, sans mettre en cause le nom de Gibel. Mais...

— Mais ? insiste le juge.

— J'affirme cependant avoir vu Gibel venir à la piscine à Toulouse en uniforme de milicien et muni d'un revolver. Il était le plus souvent accompagné de Cartonnet, qui lui-même était armé.

— C'est inexact. Mon uniforme ne comportait pas d'arme !

— Je maintiens », répète Nakache.

Peu après, condamné à un an de prison et dix mille francs d'amende, Roland Gibel sera remis en liberté.

Enfin, il y a l'affaire Cartonnet. Si je le revois... Au lendemain de la Libération, il s'est enfui dans les fourgons des collaborateurs, des miliciens et de leurs familles réfugiés à Sigmaringen, dans le Bade-Wurtemberg, à l'ombre du château des Hohenzollern réquisitionné par Berlin pour Pétain, Laval ainsi qu'un gouvernement fantoche. Baptisé Commission gouvernementale, celui-ci s'imaginait incarner la continuité du régime de Vichy avec apparat, conseil des ministres, voitures officielles et appartements de fonction. Il est vrai que le statut d'extraterritorialité accordé au château, devenu une enclave française en Allemagne avec drapeau tricolore au sommet et ambassadeurs accrédités, confortait l'illusion de la réalité à ce délire collectif qui dura huit mois. Jacques Cartonnet s'y inscrivit avec beaucoup de naturel. Il manœuvra assez habilement pour se faire nommer responsable des sports à la Commission gouvernementale – quasi-ministre, ce qui ne déparait guère de l'ambiance générale. On le voyait convoquer les représentants de la presse pour leur faire un discours sur l'avenir du sport en Europe. À la veille de la libération du château par la 1re armée du général de Lattre de Tassigny, il organisait encore un marathon dans la Forêt-Noire. Jusqu'au bout il a voulu y croire. Puis il a disparu. Volatilisé comme tant d'autres des réfugiés de Sigmaringen. Mais en France, on ne l'oublie pas. Le 19 mars 1945, la cour de justice de Toulouse, qui le juge pour trahison, le condamne par contumace à la peine de mort, la dégradation nationale et la confiscation de ses biens. Un mandat de recherche est lancé en Italie où l'on indique qu'il est, comme d'autres, caché par des religieux d'un couvent l'autre. Son dossier mentionne notamment la dénonciation d'Alfred Nakache aux Allemands.

Si je le revois je le tue.

Alfred croit en avoir fini avec la Justice mais elle n'en a pas fini avec lui. Cette fois, par un retour de balancier aussi imprévisible que choquant, il semble qu'elle en aurait après lui. De quoi en avoir la nausée. Une sale rumeur commence à serpenter en ville ; elle prétend qu'à Auschwitz il fallait être vraiment bien avec les Allemands pour avoir disposé d'un tel régime de faveur. Qui le dit au juste ? Nul n'en sait rien car personne n'a le courage de se découvrir, mais cela circule avec insistance. L'insinuation, cette saleté, toujours plus brûlante que l'accusation ou le grand air de la calomnie. La lâcheté incarnée. Qui dit faveur dit complicité. Qu'eût-on dit s'il avait été affecté au « Canada », le palais des merveilles, l'un des kommandos les plus recherchés d'Auschwitz, où l'on entreposait et triait les objets récupérés sur les déportés à leur arrivée, de leurs effets à leurs cheveux ? C'était le lieu de tous les trafics. Rien de tel que le poison de la rumeur pour instiller le doute et ronger les esprits les mieux armés. Jusqu'à ce qu'Alfred soit l'objet d'une inculpation en bonne et due forme pour complicité d'homicide volontaire. Il est accusé d'avoir frappé un ou des codétenus. Puisqu'une instruction est en cours, il produit deux témoignages de poids auprès du capitaine Desbrail du Portail, juge d'instruction au 2e tribunal permanent militaire. Deux lettres. L'une est signée de Robert Waitz. Le grand médecin strasbourgeois, résistant incontestable puisqu'il fut chef régional de Franc-Tireur pour l'Auvergne jusqu'à sa déportation, est également vice-président de l'Amicale d'Auschwitz. Ayant lui-même nommé Nakache à un poste à l'infirmerie et l'ayant côtoyé quotidiennement tant à Monowitz qu'à Buchenwald, il tombe des nues. Cette accusation lui paraît « incompréhensible » et relevant d'une personnalité particulièrement « imaginative » dont il aimerait bien, lui aussi, connaître l'identité.

L'autre lettre est de Roger Foucher-Créteau, son camarade de résistance et de déportation. Jugeant les accusations dénuées de tout fondement, il se porte garant sur le plan moral, non sans avoir dressé la liste de toutes les actions de Nakache qui attestent de son dévouement dans les deux camps où il fut interné et des risques qu'il prit pour aider ses camarades. Il va jusqu'à traiter l'accusateur de « détraqué ». Le dossier d'accusation est vide. N'y figure même pas l'incident pourtant rapporté par plusieurs anciens compagnons d'infortune, lorsque, un kapo ayant arraché par la force un gros morceau de pain à un mourant qu'Alfred venait de nourrir, celui-ci l'attrapa au collet et faillit le tuer en poussant loin l'étranglement. Alors, pas de fumée sans feu ? Vive ou molle, toute existence a des arêtes. L'affaire est classée sans suite mais, plusieurs journaux lui ayant donné écho, le mal est fait. La blessure sera longue à cicatriser.

Une amicale conjuration se fomente pour aider Alfred Nakache à revenir à la vie. L'Éducation nationale le réintègre à son poste de professeur de lycée en incluant rétroactivement dans son dossier son ancienneté à 1940. Le comité directeur de la Fédération française de natation décide de lui reverser le bénéfice de la grande parade du plongeon qui s'est tenue au début de l'été à la piscine des Tourelles. Un gala est organisé en son honneur. Jusqu'à Sili Mohamed Lamine Pacha Bey, possesseur du royaume de Tunis, dit le bey de Tunis, qui tient à le faire officier de l'ordre du Nichan Iftikhar. Tant de gens lui témoignent leur sollicitude et le pressent de retrouver son énergie alors que rien ne l'intéresse plus. Les encouragements à remonter la pente, les injonctions à se secouer, l'incitation à se battre, tout cela l'accable et produit l'inverse de l'effet escompté. Les gens n'imaginent pas ce qu'est la vie lorsque le désir la déserte. Il lui faut récupérer le goût, le rire et toute sensation du monde. Pour y parvenir, il a besoin de retourner à la source, chez ses parents, à Constantine. C'est là, parmi les siens et nulle part ailleurs, qu'il pourra se réapproprier les gestes naturels du quotidien. Retrouver l'insouciance et l'humeur vagabonde d'autrefois. Réapprendre à boire, à respirer, à se nourrir. Pas seulement à ingérer de la nourriture, mais à la partager à une table. À marcher la tête haute et le regard clair après avoir passé seize mois l'échine courbée. À nager aussi ? Inconcevable pour l'instant. Il lui faut d'abord reprendre par le début. Toute une vie à recommencer à la veille de ses trente ans.

Tourner la page ? Facile à dire car nul ne sait comment s'y prendre. Même une force de la nature se trouve désarmée face à une telle épreuve. Inutile d'expliquer à ceux qui ont la vie devant soi ce que c'est d'avoir le vide devant soi, ils ne comprendraient pas. Avoir croisé le regard de la Gorgone est une chose ; beaucoup n'en sont jamais revenus. Mais les autres : comment imaginer que partout où ils poseront leurs yeux y luira désormais l'éternel reflet d'une insondable tristesse ? En tout rescapé des camps, il restera toujours un personnage tragique.

Pour tout nageur d'un tel niveau, la lutte avec l'eau est sa lutte avec l'ange. Alfred se sent couler. Mais les siens, tant sa famille que ses amis et la foule anonyme des admirateurs, refusent cette image de naufragé. Tôt ou tard il devra retourner à l'eau car elle est son oxygène. C'est comme si Alban Minville avait lu la *Lettre à un jeune poète* de Rilke, qu'il l'avait transcrite et interprétée, et qu'il implorait Artem de nager comme on doit écrire : par une impérieuse nécessité.

S'il s'en sort, il sera un autre homme. Le même, mais plus fort. Le camp l'a rendu plus humain, plus sensible peut-être, plus solitaire mais aussi plus ferme sur ses principes. Ne dit-on pas que si les vivants ferment les yeux des morts, les morts ouvrent les yeux des vivants ? Il ne s'agit pas cette fois de résister mais de reprendre sa vie malgré les moments d'angoisse paralysants, et de redevenir acteur de son existence. Encore faut-il pouvoir chasser de ses nuits les monstres engendrés par le sommeil de la raison que Goya grava en taille-douce sur le métal de tant de mémoires.

Dans un numéro de *Paris-Soir* paru à l'été 1936, le poète et diplomate Paul Claudel évoquait la qualité qui l'avait le plus émerveillé lors d'un séjour dans l'Amérique du président Hoover : ce qu'il appelait la *resiliency,* en anglais dans le texte, faute de lui trouver un équivalent français, mélange d'élasticité, de ressort, de ressource et de bonne humeur. Même lorsqu'on lui rapportait que des financiers s'étaient jetés par la fenêtre de leur bureau de Wall Street au plus fort de la crise économique, il les imaginait « rebondir », eux aussi. Un verbe si déplacé lorsqu'il est associé à l'épreuve de la perte.

Surtout ne pas laisser Alfred s'envelopper seul dans sa nuit, loin du bruit de fond du monde dont le tissu peut être parfois si réconfortant. Le déprendre de la mélancolie dans laquelle il s'enfouit. Briser le bloc d'inertie dans lequel il s'enfonce. Ébranler le mur de son indifférence. À trop s'enfermer, on se donne déjà la sensation de la mort, l'eût-on frôlée de près jour et nuit pendant des mois. Mais on ne peut espérer de quiconque a fait face à une volonté massive d'anéantissement de retrouver sa confiance en l'humanité.

Il lui faut surmonter une double peine. Non seulement les traces ineffaçables de tout ce qu'il a subi en déportation, mais le rappel insupportable de l'extermination de sa femme et de leur enfant. Des personnes bien intentionnées autour de lui le pressent de retrouver ses anciens réflexes de sportif pour vaincre ce qui le menace. Le mental du grand nageur que l'objectif à atteindre et dépasser fait tenir envers et contre tout, cette puissance qui lui a si souvent permis de soulever des montagnes, cette volonté que l'on eût dite inhumaine à l'entraînement biquotidien avant même la pulvérisation des records. Mais imaginent-ils seulement que cette fois il s'agit de bien autre chose que de toucher en premier le mur au bout de la piscine ? Non plus de mettre un adversaire ou un chronomètre en point de mire, mais d'une résurrection. Ses amis aimeraient l'aider à retrouver le goût des étés en pente douce, les saisons qui ressemblent le plus à la vie d'avant, les mille et un détails du quotidien. Mais comment se reconstruire quand on ne sait pas quoi faire de sa douleur ?

Après avoir tant entendu les conseils les mieux intentionnés, il lui faut se rassembler pour se mettre à l'écoute de ce que lui dicte sa conscience, laisser libre cours à son instinct vital, vaincre sa culpabilité et avoir enfin de l'amitié pour lui-même. Mieux que quiconque, il sait que la voie que l'on trace vaut mieux que celle que l'on suit.

On le sollicite pour donner un coup de main à la Haganah, la principale organisation militaire juive en Palestine britannique. Ne l'a-t-il pas déjà fait à Toulouse sous la botte allemande avec les jeunes recrues de l'Armée juive destinées au maquis ? Cela se refuse d'autant moins qu'Abraham Polonski, qu'il avait connu à cette occasion dans la clandestinité, est une fois de plus à la manœuvre. Il reprend du service en acheminant des armes destinées aux activistes sionistes. Il a besoin du local de Nakache pour les y entreposer. Et une fois de plus, celui-ci accepte tout naturellement, la cave faisant l'affaire, quitte à se mettre dans l'illégalité : ce n'est rien de le faire dans un pays libre quand on l'a déjà fait dans un pays occupé.

Son entourage craint qu'il ne soit hanté par le suicide, même si l'on n'en sait rien car il se tait autant qu'il se terre. Nul ne sait comment on refait sa vie après *ça*. Il est vrai que d'autres, dans sa situation, tentent d'échapper au malheur des jours par la mort volontaire. Le judaïsme a tout prévu pour ne pas laisser l'endeuillé totalement seul dans son chagrin : celui-ci doit en effet prononcer le *kaddish*, une prière composée essentiellement en araméen afin de glorifier et de sanctifier le nom divin, trois fois par jour durant onze mois pour un parent ou un mois pour une épouse ou un enfant, mais toujours en présence de dix hommes juifs au moins. Sauf que les événements ont mis à rude épreuve l'héritage religieux qu'Alfred a reçu de son père. Un vendredi soir lors de son bref retour à Constantine, à l'issue de la prière du chabbat, il se retire de la salle à manger pour s'isoler un instant. Le père de famille envoie l'un de ses fils pour le ramener à la table. Lorsque celui-ci le retrouve, il est prostré sur le balcon du salon, la tête dans les mains, le corps secoué dans un long sanglot, le visage baigné de larmes. Comme il tente de le consoler avec l'aide du Tout-Puissant, Alfred réagit d'une question pleine de violence contenue :

« Mais il était où votre Dieu lorsque nous pourrissions à Auschwitz ? »

Un proverbe hongrois prétend que l'homme qui ne pleure pas est un lâche. Alfred pleure ce jour-là comme il pleurera le jour de l'enterrement de son père à Givat Shaul, le plus grand cimetière de Jérusalem, et à ceux d'Alban Minville et de Jules Jany, ses pères de substitution, de ceux qui l'ont empêché de couler au retour de déportation. Il en connaît, parmi ses camarades de déportation, qui répondent Dachau chaque fois qu'on leur parle de charité chrétienne. Il se souvient qu'au camp, lorsqu'ils n'étaient pas exterminés, les tout-petits étaient tatoués à la cuisse, plus charnue et moins étroite que l'avant-bras. On disait alors : « Dieu sait toujours qui il choisit, même s'il ne sait pas toujours qui il rejette. » Mais il est difficile de tenir longtemps avec ça. Il faudrait faire confiance à sa vie dès lors qu'elle en sait plus que soi sur soi. Si l'on se résout à ce qu'elle ne soit plus qu'une vallée de larmes, on a déjà rendu les armes et c'est fini. Heureux les croyants, mais les autres qui ne peuvent s'appuyer sur l'épaule de Dieu ? Alfred croit en son père qui croit en l'Éternel, même si le judaïsme ne demande pas de croire en Lui mais d'obéir à la Loi. Mais depuis son retour des camps, c'est fini. Toute tentative de le ramener à la foi paraît aussi vaine qu'indécente car elle revient à nier une souffrance qui défie la raison, l'explication, l'argumentation. Qu'on ne compte pas sur lui pour réparer le monde, bien qu'il n'ait rien oublié de tout ce qu'il a appris sur le *tikkoun olam*, l'un des concepts mystiques au centre de la Kabbale. Les eaux glacées de l'oubli suffisent à peine à éteindre une mémoire en feu.

De toute façon, son tatouage sur l'avant-bras le rappelle à l'ordre et il n'est pas de ceux qui le font effacer. Incrusté dans sa peau, il est devenu une partie de son corps à jamais. Aux yeux de ceux qui le découvrent stupéfaits au hasard de la conversation, il sonne comme un témoignage. Inutile d'ajouter des mots aux chiffres : le numéro parle de lui-même. Comme une carte d'identité. Un signe de reconnaissance. Un code secret qu'eux seuls peuvent déchiffrer. Comme une langue accessible uniquement aux initiés. Le stigmate de l'humiliation absolue devenu le symbole de la fierté retrouvée. Certains jurent qu'ils feront graver le leur sur leur pierre tombale.

Lorsqu'il est parmi les siens et qu'il demeure immobile quand tout et tous s'agitent, mutique et comme perdu dans ses pensées, chacun sait qu'il ne faut pas l'importuner car il revit ses jours heureux à Toulouse avec Paule et

Annie, ou la toute dernière image qu'il conserve d'elles sur la *Judenrampe* d'Auschwitz-Birkenau, lorsqu'elles se sont retournées pour échanger un dernier regard avant d'être embarquées avec d'autres dans un camion et disparaître.

Ce soir de chabbat à Constantine, une fois revenu à table, Alfred attend la fin du dîner pour faire signe à Rose, sa belle-mère qu'il considère comme sa mère, car les parents ont élevé les enfants des deux lits comme s'il n'y en avait eu qu'un ; il l'emmène dans une autre pièce de l'appartement. Durant toute la nuit, il lui raconte ce qu'il a vu et ce qu'il a vécu dans les camps. À l'aube, il conclut son récit : « Voilà. Et maintenant, je n'en reparlerai plus jamais. »

Plus tard, alors qu'il se trouve à Jérusalem avec tous les Nakache pour les obsèques de son père, il leur fausse compagnie, soudainement, le soir du 24 décembre :

« Mais où vas-tu, tonton ? lui demande Jeanie, une de ses nièces.

— À Bethléem ! »

Et il les laisse, interloqués. Le lendemain, à son retour, comme on lui demande des explications, il confie :

« Je voulais absolument voir quelqu'un, un prêtre, juste pour le remercier et lui dire que j'étais vivant. À Auschwitz, cet homme-là m'a donné un morceau de pain. »

Paule et Annie ne font plus partie de sa vie mais du puzzle de sa vie. Comment ne se sentirait-il pas coupable de leur disparition ? Comment un homme qui a toujours agi en conscience, n'a jamais dévié de ses valeurs morales ni évité les situations de responsabilité accrue lorsqu'elles se présentaient, ne ferait-il pas face à ce qu'il estime être sa faute ? Il ne cesse de le ruminer. D'avoir été effectivement protégé de 1940 à 1942 lui a *peut-être* donné l'illusion que cela pourrait continuer quand les chiens de la presse délatrice à Paris hurlaient à la mort contre lui. Lorsque la zone libre a été envahie, il a *peut-être* trop tardé à gagner l'Algérie où il aurait mieux réussi à se faire oublier. Il eût été *peut-être* plus prudent de tenir compte de l'alerte de l'été 1943 lorsque les nageurs se sont solidarisés avec lui. *Peut-être...* Il est vain de refaire l'histoire après coup. Mais dans quelque sens qu'il la retourne, il doit affronter le poids de sa notoriété qui a entraîné sa femme et sa fille vers leur destin tragique. Juives, elles étaient déjà des condamnées en sursis ; mais avec le nom de Nakache, elles avaient encore moins de chances d'y échapper. Ce qu'il ne se pardonne pas. Leurs photos dans le salon ne reflètent plus que les restes épars de vies brisées. Des amis peuvent bien lui citer un mot de Prévert (« Il faudrait essayer d'être heureux, ne serait-ce que pour donner l'exemple »), l'envie lui manque d'être exemplaire, lui qui a si souvent été cité en modèle.

Il y a quelque chose en lui de brisé qui le dépasse.

Pour retrouver ses esprits, il lui faudrait d'abord retrouver son corps. Car il ne veut plus marcher à l'ombre de celui qu'il était. Or un homme peut l'aider à habiter à nouveau son corps d'homme et de sportif. Le récupérer puis se le réapproprier. Ne plus le tenir à distance tant il lui fait honte. S'en rendre à nouveau solidaire. Lui apprendre à ne plus le trahir. Cet homme est le père de substitution de tant de nageurs. Son entraîneur.

Depuis son retour, Alban Minville voit Alfred se recroqueviller. Ses amis craignent que ne s'efface la créature sociale en lui. Un tel repli l'éloignerait à jamais des bassins. Or, Minville en est persuadé, cette retraite prématurée le tuerait à petit feu. Où puiser la force ? Dans la piscine, répond l'entraîneur. À croire que l'eau purifie jusqu'aux ténèbres intérieures. Encore faut-il en convaincre l'intéressé pour que l'impulsion vienne de lui. Ce qu'on fait pour vous mais sans vous, on le fait contre vous.

Nager pour ne pas couler. Considérer que c'est là une question de vie ou de mort. Il n'y a pas d'autre solution. Ce qui ne va pas de soi pour celui qui aura passé deux ans sans s'entraîner, hormis une parenthèse irréelle et brève qui n'eut rien d'enchanté. Depuis sa jeunesse, Artem a vécu plus souvent dans l'eau que sur terre. Le destin l'a séparé de son élément naturel depuis des mois qu'il foule cette terre haïssable. L'eau lui fait signe à nouveau.

Minville lui parle tous les jours davantage qu'il ne l'écoute car Artem est assez mutique. N'étant pas homme à se conforter dans le déni, il le juge en piteux état, et ses moyens physiques bien diminués. Mais si la puissance musculaire s'est estompée, il veut y croire car il perçoit que « son » champion est demeuré au fond inentamé, identique à lui-même, toujours armé d'une volonté de fer. Reste à en convaincre le principal intéressé. À le sortir de l'engourdissement émotionnel et de son incapacité à mettre des mots sur ses émotions. Ce à quoi il s'emploie sans relâche.

L'entraîneur se donne pour mission de le sortir de sa solitude. Artem aimerait tant revenir car il vit son retrait des bassins comme une perte d'identité. La mémoire du corps est effrayante. Il n'oublie rien. Le corps du nageur était couturé de ses triomphes ; celui du déporté est scarifié de ses victoires contre la haine faite homme. Le corps se souvient longtemps après quand l'esprit, lui, est paralysé par l'angoisse. La solidarité des Dauphins du TOEC, qui lui avait déjà mis du baume au cœur à l'été 1943, l'aide à revenir à la surface, de même que le soutien sans faille de la famille Jany. Au plus profond de sa nuit, Artem n'a pas besoin d'un guide, d'un maître ou d'un mentor qui l'éclaire dans l'obscurité. Juste de quelqu'un qui lui permette de mieux mesurer l'épaisseur de l'ombre et l'aide à ne pas trahir l'enfant qu'il a été. Par ses simples mots, Minville est ce porteur de torche. Il trouve ceux qui lui feront reprendre le chemin de l'eau. Lesquels au juste, on l'ignore et c'est tant mieux. Ils scellent plus fortement encore la relation d'estime mutuelle entre le nageur et son entraîneur. Il lui réapprend à marcher avant de lui réapprendre à nager. Marcher, c'est-à-dire nager dans le paysage. Minville, à qui rien n'échappe de ce qui est humain, le fait revenir par l'esprit du relais, cette entraide naturelle des gens du sport, une solidarité consubstantielle à cette discipline. La course de relais tient de l'esprit de famille.

S'entraîner encore et encore. Au fond, on dirait qu'il a nagé toute sa vie sous l'inspiration de Bach quand celui-ci disait : « Quiconque travaillera autant que moi fera aussi bien. » Avant-guerre, sa réputation le précédait ; désormais, c'est sa légende. Au champion succède le héros. Il vit le moment où, à défaut de nouveaux records, un grand sportif n'est plus connu que pour sa notoriété. Son passé devient une affiche. Puis on s'enflamme à nouveau pour lui, on veut y croire autant que lui, même si la nouvelle génération des nageurs, au premier rang de laquelle Vallerey et Jany, piaffe de détrôner son héros. On le voit hanter les bassins à nouveau, à Toulouse bien sûr mais aussi, lorsqu'il est à Paris, à la piscine du Racing à la Croix-Catelan.

« La forme revient peu à peu », concède-t-il à ceux qui l'interrogent.

Artem est de retour ! La comparaison avec le phénix fait florès dans les journaux. Nul n'a l'indélicatesse d'écrire que, tel l'oiseau de feu, il renaît de ses cendres. En 1946, Alban Minville l'estime prêt pour les championnats de France à la piscine des Tourelles à Paris. Certains observateurs jugent le pari osé tout en espérant être détrompés. Fidèle au papillon, il l'emporte dans le 200 mètres brasse en 2 minutes 51 secondes 1/10 et dans le relais 4 × 200 nage libre. Doublement champion ! Dans la foulée, avec ses mêmes coéquipiers du relais, il bat à Cannes le record d'Europe sur la même distance. Inoxydable, Artem. Le water-polo, discipline dans laquelle il excelle, lui redonne de la joie. Il forme même de grands projets pour les poloïstes du TOEC. Ce sport si ludique lui fait retrouver le goût de l'eau. Minville avait raison. Déjà il voit plus loin. L'entraîneur a son idée derrière la tête.

Alfred note certes des signes d'épuisement qui ne se manifestaient pas *avant*, sans qu'il soit jamais nécessaire de préciser avant quoi. Chacun comprend. Il a reconquis sa musculature et sa puissance. Sa volonté retrouvée l'autorise à penser aux miracles que seraient de nouveaux records. Mais rien n'indique que la machine du cœur suivra. Elle a subi des dommages irréparables. Comme cela ne l'a pas empêché de l'emporter, on passe outre. Mais lui connaît ses limites. À son départ pour Toulouse, un reporter de *France-Soir* l'interviewe sur le quai de la gare d'Austerlitz :

« Savez-vous, Artem, que le record du monde de l'Américain Verdeur en 200 mètres brasse vient d'être homologué ?

— Vous me l'apprenez... J'aurais pu abaisser mon record de quelques secondes lorsque j'ai réalisé 2 minutes 36 secondes 3/10 à Marseille. J'étais alors en pleine forme mais, depuis, vous connaissez les différents malheurs qui m'ont assailli. Jamais je ne redeviendrai recordman du monde... »

Malgré la pointe d'amertume, Minville le sait mieux que quiconque : Alfred a un besoin viscéral de nager, de concourir et de gagner. Ou à tout le moins de participer. Il se rend aux championnats internationaux d'Égypte, et qu'importe s'il échoue. Il participe à des exhibitions et des rencontres de peu d'importance. Son entraîneur, lui, vise plus haut et plus loin : les Jeux olympiques qui doivent se tenir à Londres en 1948. Pas moins !

Nul n'est dupe du choix de la ville par le Comité olympique international. Rien de mieux que la capitale symbolique de la résistance au nazisme pour se refaire une virginité. Pour que tout change, il faut que rien ne change. Les Français François Piétri et Melchior de Polignac, deux personnalités condamnées à la Libération à des peines d'indignité nationale, font partie du Comité international olympique ; et qu'importe si le second, qui appartint sous l'Occupation au comité d'honneur du groupe *Collaboration*, a été relevé de sa peine pour services rendus à la Résistance. D'ailleurs, René Massigli, l'ambassadeur de France à Londres, ne s'y trompe pas, qui menace de ne pas contrôler ses réflexes s'il devait être mis en sa présence. Rien n'y fait : il est maintenu.

Parfaits reflets de l'air du temps, ces Jeux se placent sous le signe de la reconstruction et de l'austérité. Allemands, Japonais et Soviétiques en sont bannis. Bien que l'heure soit aux restrictions de tous ordres (logement, nourriture, tenues, etc.), deux nouveautés techniques font sensation : le chronométrage électrique pour tous et les starting-blocks pour les sprinters.

Rares sont les sportifs de haut niveau qui peuvent prétendre être sélectionnés pour les Jeux de Londres après avoir participé à ceux de Berlin. Ce n'est pas seulement une question d'âge, car ils sont tous nécessairement plus âgés de douze années (le plus vieux des nageurs est un Anglais de trente-quatre ans). Les événements qui se sont déroulés entre les deux éditions ont mis à mal les organismes. Les résultats en témoigneront : dans bien des disciplines, les performances seront moindres qu'avant. On compte seulement une poignée de « Berlinois » parmi les « Londoniens » : un épéiste, un sabreur, un poloïste, un haltérophile, une fleurettiste, un cavalier, un marathonien, un gymnaste, un lanceur de javelot. Pas davantage. Dans ce club international particulièrement élitiste, Alfred Nakache est unique. Non seulement il est le seul nageur, mais il est également le seul à avoir été déporté dans un camp entre les deux olympiades. Sa motivation est intacte : elle le fait endurer pour durer. Il a tout fait pour être du voyage de Londres. Comme un défi lancé à soi plus encore qu'aux autres.

« L'important est de participer. » La formule est d'autant plus célèbre qu'elle est apocryphe. Il s'agit en fait d'un condensé d'une réflexion de Pierre de Coubertin, l'homme à qui l'on doit la résurrection des olympiades à l'époque moderne : « Le plus important aux Jeux olympiques n'est pas de gagner mais de participer car l'important dans la vie ce n'est point le triomphe mais le combat ; l'essentiel, ce n'est pas d'avoir vaincu mais de s'être bien battu. »

C'est bien ainsi qu'Alban Minville l'entend. Si les résultats des nageurs de l'équipe de France le déçoivent (« Pas assez d'entraînement ! » maugrée-t-il, chronomètre à la main et cigarette aux lèvres) avec deux médailles de bronze grâce à Georges Vallerey en 100 mètres dos et au relais 4 × 200 mètres nage libre, en revanche peu lui importe qu'Artem n'atteigne pas la finale du 200 mètres brasse. Sa place de treizième aux éliminatoires ne le lui permet pas. Il est présent à l'Empire Pool près du stade de Wembley, vivant, et cela suffit à son triomphe. Il ne monte pas sur le podium mais il n'a rien d'un dieu déchu. Sa présence suffit. Il ne s'est pas battu contre le chronomètre mais contre la barbarie qui n'a pas réussi à l'abattre. Là est sa victoire et nul ne songe à la lui enlever. Cette médaille invisible est, de toute sa collection, celle qui le rend le plus fier, secrètement car il n'en fait jamais parade.

Un regret toutefois, non pour lui mais pour ses camarades, Alex Jany surtout : « Sur sa classe, il aurait dû remporter le titre olympique du 100 mètres ! Il ne s'est pas entraîné du tout durant les cinq mois de l'automne et de l'hiver 1947-1948. Pourquoi ? Tout bêtement parce qu'il n'y avait pas de piscine. Faute de moyens pour la chauffer elle était fermée. Voilà pourquoi Alex n'a pas été champion olympique. Évidemment, en 1947, le gouvernement français avait d'autres chats à fouetter que de s'occuper des sportifs. Il fallait redresser le pays... »

Les temps changent. Les records tombent à une allure vertigineuse. Le fossé s'est creusé. Et même la nature de l'entraînement. Il n'est pas seulement plus scientifique, basé sur des études de performances. Désormais, le nageur doit impérativement s'adonner à des séances de musculation, ce qui ne se faisait guère. Les Australiens commencent à s'épiler les jambes pour mieux avoir le sens de l'eau et améliorer leur glisse, imités quelques années après par les Américains qui en font autant sur le torse et les bras, jusqu'à se raser la tête, ce qui aura un effet immédiat sur les records. Alors que la natation française a du mal à suivre la montée en puissance des autres nations, et que de toute évidence la formation est à revoir, Artem plaide toujours pour des entraînements intensifs, non pas en vase clos dans un regroupement élitaire qui coupe le sportif de son environnement, mais à l'opposé dans de petites cellules constituées du nageur, de son entraîneur et de ses parents – et de préférence dans des villes baignées de soleil !

Chaque nouvelle course le rapproche de la dernière. Artem doit savoir partir à temps. La course de trop lui ferait rater sa sortie. À Londres, il a donné son maximum. Il n'ira jamais plus au-delà. Après tout, on en connaît parmi les plus grands qui, sans en avoir enduré autant que lui, estiment que passé trente ans il est temps de raccrocher les gants. Ne plus craindre la pesanteur quand la grâce a déserté.

Il intègre à nouveau l'équipe de France en 1949 pour des rencontres avec l'Espagne, la Belgique, la Hollande ; cette année-là, il réussit même à se qualifier pour les championnats d'Europe. Puis il arrête. Surtout ne pas devenir comme ces champions qui, une fois glané leur paquet de médailles, raccrochent leur maillot et dont on finit par se demander si, au fond, ils avaient vraiment aimé ça, nager.

Il est temps de passer le témoin à la jeune génération de nageurs. Il leur fait volontiers profiter de son expérience, notamment Jean Boiteux, de dix-huit ans son cadet. À sa demande, Alfred épaule leur « papa » commun, Alban Minville, pour entraîner chez les Dauphins du TOEC celui qui, après avoir volé de victoire en victoire, remporte la première médaille d'or olympique de l'histoire de la natation française en 400 mètres nage libre aux Jeux de Helsinki, en 1952. La joie est telle sur les gradins du camp français que, sans même attendre la fin de la course, le père du nageur plonge dans la piscine tout habillé, béret basque vissé sur la tête, pour aller l'embrasser à l'arrivée ! Une image inédite qui fera le tour du monde.

À Toulouse, la vie d'Alfred reprend. Pas tout à fait comme avant. En nageant dans la Garonne, il fait la connaissance de Marie Lopez, une jeune Sétoise de cinq ans sa cadette qui travaille dans une guinguette sur l'île du Ramier. Régulièrement, il traverse l'un des bras du fleuve pour retrouver « Mimi » – comme tous l'appellent affectueusement, même si certains préfèrent « Marinette ». Il l'épouse dans l'intimité et en toute simplicité au début des années cinquante, non sans avoir auparavant demandé l'autorisation aux Elbaze, ses beaux-parents, par égard pour la mémoire de Paule et par délicatesse vis-à-vis d'eux. Elle l'aide à revenir à la vie et fait renaître en lui une force qui lui permet de remonter le courant. Si la tristesse n'a pas disparu de son visage, elle relève désormais de cette tristesse lumineuse chère à Pouchkine. Il doit à cette femme sa légèreté retrouvée. Ses amis s'en rendent compte lorsqu'ils la voient le balader dans son Ariane rouge décapotable. Il réintègre sa personnalité. La démarche de Chaplin et le rire d'Henri Salvador. Une forme de bonheur.

La tournure de la guerre d'Algérie l'inquiète pour l'avenir des siens, ceux qui sont restés là-bas et n'ont pas encore rejoint la partie de la famille installée à Toulouse. Des attentats à la grenade avaient déjà eu lieu à Constantine qui en avaient poussé certains à émigrer vers les quartiers européens de Saint-Jean. Mais l'assassinat de Raymond Leyris, dit cheikh Raymond, laisse augurer le pire. Une balle dans la nuque à quarante-huit ans, un jour de 1961, place Négrier au cœur du marché juif, juste avant le chabbat afin que nul n'en ignore. Il n'exerçait aucune fonction politique, municipale ou religieuse ; bien davantage, il était le plus populaire chanteur et interprète de malouf, cette musique savante arabo-andalouse née au Moyen Âge dans la Séville musulmane ; mais son aura était telle, tant dans la communauté juive que chez les musulmans, que beaucoup le considéraient à l'égal d'un saint laïc. Sa mort le transfigure en martyr. Elle agit comme un signal. On dit que son assassin est fou, mais ceux qui ont armé son bras ne le sont pas. Eût-on voulu précipiter le départ des Juifs de Constantine que l'on ne s'y serait pas pris autrement. En quelques mois, quarante mille d'entre eux, soit la quasi-totalité, quittent une ville où ils vivaient depuis des siècles pour gagner la France métropolitaine, et un petit nombre Israël.

Pour autant, la guerre, la sienne, ne lâche pas tout à fait Alfred Nakache. Ses camarades de résistance et de déportation, qui le pressent de faire valoir ses droits, l'aident à s'y retrouver dans des procédures qui lui sont étrangères. Il n'y avait jamais prêté attention, n'ayant guère l'esprit ancien combattant. Mais s'il n'y pense pas, eux y pensent pour lui. Il s'agit d'obtenir le titre de déporté-résistant pour avoir appartenu au petit réseau de contre-propagande dit des Légions françaises anti-Axe dès 1941 au côté de Foucher-Créteau qui le dirigeait. Or, si celui-ci a bien reçu la médaille de la Résistance à titre individuel, son organisation a du mal à se faire homologuer, ayant été jugée peu active pendant l'Occupation et certains de ses dirigeants, suspects. Autant de règlements de comptes qui échappent à Alfred et dont il ne veut rien savoir, ne se sentant pas concerné. Son dossier va être renvoyé de service en service pendant des années jusqu'à ce que le ministère des Anciens Combattants et Victimes de guerre y appose le tampon « Inadmis » en gros caractères. À croire qu'il n'a pas combattu et que la guerre l'a épargné. Il est pourtant titulaire de la carte de déporté politique 1 107 21672. Il a bien été arrêté par la Gestapo à Toulouse le 20 décembre 1943 sur l'accusation de « propagande antiallemande » puis déporté dans deux camps successifs qui n'étaient pas des camps de vacances, et où sa femme et sa fille sont, comme l'a inscrit un fonctionnaire, décédées. Tout cela est bien écrit en tête de la première page de son dossier. Il pourrait le contresigner. Quoique, « décédées »... L'euphémisme est délicat, dans la pure tradition de l'administration, pour dire qu'elles ont été assassinées. Et même en déportation, il a continué à participer à la Résistance. Toutes choses dont plusieurs responsables attestent. Il produit ses témoins comme pour un duel. Rien n'y fait.

« Et avec tout cela, je n'ai même pas droit au titre de combattant volontaire de la Résistance ? » s'énerve-t-il dans une lettre à l'administration avant de se résigner : « Déporté politique, j'ai estimé suivre le sort de milliers de juifs dont j'étais... »

Ce n'est pas là une lubie de fonctionnaires mais bien une volonté politique gouvernée par une vision de l'Histoire. La distinction entre les déportés résistants et les déportés dits raciaux est le fait du général de Gaulle qui a toujours rendu prioritaires les premiers sur les seconds. Dès leur arrivée à l'hôtel Lutetia au printemps 1945, il demanda à rencontrer à son bureau quelques représentants des premiers, uniquement.

Nous sommes en 1956, plus de dix ans après la fin de la guerre. En 1968, le dossier Nakache n'est toujours pas clos car ses amis, le Toulousain Puig et le Cerbérien Marty, eux, ne se résignent pas. Alfred relance la machine en écrivant à nouveau pour demander une révision de son dossier : « Très touché par les séquelles de la déportation, je ne puis continuer à assurer mon service dans l'enseignement. Je suis professeur d'éducation physique. J'avais sollicité un poste d'inspecteur pédagogique qui m'a été refusé. »

De tous ses camarades de lutte, il est le seul à ne pas recevoir de titre relatif à son action. Une blessure d'amour-propre même s'il n'avait pas fait ça pour ça. Il aurait pu y gagner une reconnaissance officielle, des avantages sociaux, une retraite. On ne l'y reprendra plus. Rien n'est dégradant comme d'être mis en situation de réclamer son dû.

La guerre est loin. Il n'aime pas en parler.

« Il s'y refuse même. Ou alors par dérision, non sans un certain humour, autant que le sujet le permet », précise Marie.

Lors des réunions de famille, il y a toujours un neveu pour pointer du doigt son matricule tatoué :

« Tonton, c'est quoi ça ?

— Chuuuut… », lui enjoint son père tandis qu'Alfred ne dit mot.

On peut éloigner la guerre de ses cauchemars mais il est plus difficile d'en chasser les spectres. De tous, Jacques Cartonnet est le plus tenace.

Si je le revois je le tue.

Condamné à mort par contumace, il fait l'objet d'un mandat d'arrêt international. Après sa fuite de Sigmaringen, on l'a localisé, comme tant de collaborationnistes, dans différents couvents italiens. Puis il s'est évaporé. Arrêté une première fois par les autorités militaires françaises en Italie, menotté avant d'être embarqué sous bonne escorte dans un petit avion spécialement affrété pour lui, il se jette sur la porte juste avant le décollage, court sur la piste et réussit à se fondre dans la forêt avoisinante. Il disparaît à nouveau jusqu'à ce que les carabiniers retrouvent sa trace en Ombrie à la fin de l'année 1947 et l'arrêtent au monastère des Comtesses à Foligno, où il vit sous une fausse identité, avant de l'écrouer à la prison de Pérouse. Interné dans un camp de regroupement pour étrangers indésirables à Fraschette d'Alatri en attendant mieux, il nie toute responsabilité dans la Milice et concède tout au plus y avoir occupé un simple poste d'instructeur. Ce qui suffit manifestement au juge pour clore le dossier, refuser l'extradition et lui rendre sa liberté. Jacques Cartonnet se volatilise à nouveau.

Tant qu'Alfred ne saura pas exactement ce qu'il en est, tant qu'il n'aura pas élucidé son rôle dans son propre destin, il n'aura pas l'âme en paix. Il apprend qu'après avoir donné des cours de natation et des leçons de français l'ancien champion serait installé dans la capitale italienne et qu'il serait même devenu l'entraîneur de l'équipe de natation d'un prestigieux club omnisports, le Polisportiva SS Lazio, au début des années cinquante, nul n'étant capable de le confirmer. Jusqu'à ce qu'un jour, se trouvant à Rome à l'invitation d'une association sportive pour une démonstration, Alfred soit retenu par une plaque sur un mur au moment de quitter la piscine : « Direttore della piscina – Jacques Cartonnet ». Une vision qui le cloue sur place et lui glace le sang. Pas étonnant que le directeur n'ait pas paru de la journée. Alfred hésite à entrer dans son bureau sans même se faire annoncer. Puis il renonce finalement en raison de l'incertitude. Les noms de ses adversaires parmi les nageurs, dont certains furent des amis avant de se muer en ennemis, s'agitent en lui : Pallard, Gibel, Cartonnet...

Si je le revois...

Jacques Cartonnet serait mort en 1967. Même dans les documents officiels français, cette date n'est pas certaine. On croirait un personnage dont la trace se perdrait après des points de suspension...

Paradoxalement, on jurerait que cet épisode l'aide à tourner la page. Lui qui, depuis le retour de la guerre, se montrait réticent à se coiffer d'une kippa à la table familiale les soirs de fête alors qu'il connaissait parfaitement les prières au point de reprendre l'un de ses frères en cas d'erreur, le voilà qui se replonge dans les Écritures, le judaïsme, le sacré. Ce qui n'avait pas été le cas depuis ses jeunes années bien qu'il n'ait jamais cessé de se sentir profondément juif. Tout homme a trois vies : sa vie publique, sa vie privée, sa vie secrète. De celle-ci la religion aura fait partie. Alfred est une figure de Job : comme le Juste souffrant, il perd tout puis récupère tout. Une femme mais une autre que la sienne. Et il n'aura plus d'enfant.

Pour achever ailleurs sa carrière d'enseignant, il accepte un poste au centre universitaire de Saint-Denis à La Réunion. À condition d'y transmettre sa conception de la gymnastique, la plus simple et la plus traditionnelle qui soit, de celles qui attirent naturellement les jeunes. Autant dire aux antipodes de ceux de ses collègues qu'il appelle « les agrégés ès galipettes ». Son jeune frère William, dont il est très proche et auquel il se confie souvent, qui s'était rendu le premier dans l'île, l'avait convaincu de l'y rejoindre avec Marie. Un lien très fort unit l'aîné et le cadet, le premier ayant recueilli et élevé le second à Toulouse après la guerre pour en faire, lui aussi, un professeur de gymnastique. Il passe à La Réunion un peu plus de trois années « paradisiaques » à nager parmi les dauphins. Un grand projet l'anime : la création d'une section natation à Saint-Paul, la deuxième ville de l'île, dont il fait rapidement un club d'excellence en formant le vœu que les autorités sauront donner l'impulsion nécessaire pour soutenir les jeunes nageurs pleins de talent dont regorgent les départements d'outre-mer : « Mais cela est du ressort du gouvernement, ce qui nous amène sur les chemins glissants de la politique où je préfère ne pas m'aventurer ! »

Son neveu Roger, également de la partie, l'accueille au sortir de sa sieste avec des gâteaux *à la manière de* sa mère, un café arrosé de fleur d'oranger et, sur la platine où repose un trente-trois tours de flamenco de Juanito Valderrama, sa chanson préférée, *El emigrante,* celle dont il reprend les paroles avec une émotion et un bonheur inentamés :

Adiós mi España querida
Dentro de mi alma te llevo metida
Y aunque soy un emigrante
Jamás en la vida yo podré olvidarte...[1]

Et comme un bon nageur qui se pâme dans l'onde, écrivait Baudelaire, Alfred rentre au pays.

1. « Adieu mon Espagne chérie / Je te porte dans mon âme / Et bien que je sois un émigrant / Jamais de ma vie je ne pourrai t'oublier. »

11

CERBÈRE

En 1976, Alfred prend sa retraite de l'Éducation nationale au plus près de sa chère Méditerranée. Il s'installe avec Marie dans une simple maison de pêcheur surplombant la corniche à Sète dont il goûte le marché, tout en passant du temps du côté de Cerbère, non loin de la frontière espagnole, pour y pêcher, ramasser des oursins, se baigner. Le contraire de cette Côte d'Azur décrite par Somerset Maugham comme un endroit ensoleillé pour gens ombragés. Quand la famille vient déjeuner le dimanche, les petits, impressionnés jusqu'au mutisme par le halo de célébrité de tonton, le grand-oncle, ont de fortes chances de repartir avec quelques-unes de ses médailles : il les leur jette comme de la mie de pain aux moineaux.

Il retrouve régulièrement trois ou quatre copains à l'heure du pastis pour refaire le monde. Une petite bande de fidèles. René Jonquières, Jean Marti, Louis Séverin et le pharmacien Fernand Castex. À bord du bateau de celui-ci, ils ont l'habitude de se rendre pour déjeuner ou dîner du côté de Portbou et de Llançà. Alfred ne boit pas ou alors des jus de fruits comme à son habitude et se charge de veiller sur les plus ivres. Il lui arrive alors de se livrer car il sait que ses confidences ne sortiront pas de son cercle d'intimes. Malgré les sollicitations répétées, il n'écrira ni ne signera jamais d'« eautobiographie ».

Un dimanche soir dans un bistro de Cerbère, une famille de touristes fait son entrée :

« Y a quelqu'un ici qui comprend l'allemand ? » demande le patron à la cantonade.

Des regards se tournent silencieusement vers Alfred. Généralement, quand il entend cette langue, il se raidit car elle résonne encore douloureusement en lui. Il finit par se lever.

« Tout est fermé le dimanche en France et le garage aussi, or nous n'avons plus d'essence », lui expliquent-ils d'un air désolé.

Alfred leur suggère de s'asseoir et disparaît. Il revient une demi-heure après avec un jerrican qu'il leur tend.

« Merci beaucoup, monsieur, on vous doit combien ? disent-ils avec effusion comme s'il leur avait sauvé la vie.

— Rien du tout. »

Le père de famille remercie alors chacun d'une poignée de main chaleureuse. Lorsque vient son tour, Alfred le laisse la main tendue et doucement, sans la moindre trace d'agressivité, lui met sous le nez son numéro tatoué sur l'avant-bras.

« Regardez... »

Quelques instants à peine, le temps que l'homme baisse la tête et le regard, comme Alfred dut le faire pendant seize mois. L'homme devient blême. Sans le quitter des yeux, Alfred lui serre alors vigoureusement la main, ce genre de poignée de main qui exprime moins la force ou la puissance que le caractère.

Le pardon, mais pas l'oubli.

Lors d'une rencontre France-Allemagne en 1952 présidée par Peco Bauwens, l'homme fort de la Fédération allemande de football qui sut si bien s'accommoder du régime nazi, un joueur se présenta sur le terrain dans sa tenue rayée de déporté. Comme une piqûre de rappel.

Les Cerbériens voient tous les jours Alfred boucler « son kilomètre » dans le port de la petite commune des Pyrénées-Orientales à un âge de la vie où l'on fend moins souvent les flots que l'on n'arpente le sable. Ce n'est pas rien, pour les habitués, d'avoir dans leurs eaux l'homme qui fut quinze fois champion de France, champion du monde universitaire, champion d'Afrique du Nord, médaille d'argent aux Maccabiades, deux fois recordman d'Europe et deux fois recordman du monde, vingt-sept fois sélectionné en natation et dix-sept fois en water-polo, deux fois sélectionné aux Jeux olympiques. Des piscines sont baptisées du nom d'Alfred Nakache à Paris, Toulouse, Montpellier, Nancy... Un jour, à titre posthume, il gagnera l'immortalité des nageurs en étant intronisé dans la catégorie « Pionniers », à l'International Swimming Hall of Fame, musée sportif consacré à la natation mondiale et véritable temple de la renommée, à Fort Lauderdale, en Floride. Un grand champion mais tout simple.

Le nageur absolu. Et dans le même temps, silhouette légèrement plus arrondie et chevelure toujours aussi abondante mais poivre et sel, le plus naturel des hommes que rien n'enthousiasme davantage que d'apprendre à nager à des enfants.

En 1964, l'écrivain américain John Cheever publie dans le magazine *The New Yorker* une nouvelle de quinze pages intitulée « The Swimmer ». Elle raconte l'histoire de Ned, un quinquagénaire qui rentre chez lui à 15 kilomètres de là au lendemain d'une soirée bien arrosée chez des amis dans le Connecticut. « *I am swimming home* », dit-il avec beaucoup de spontanéité, animal viril autant que bon sauvage domestiqué, renouant avec l'état de nature qui contraste avec la société de consommation qu'il traverse. Au fil de ses rencontres, il plonge plus avant dans l'*American way of life*, qui lui inspire une vision critique de la vanité du rêve américain. Il rentre donc à la maison non par la route mais par le bout à bout de la dizaine de piscines des différentes propriétés où il nage chemin faisant, le corps tout juste recouvert d'un slip de bain. Quatre ans après, la nouvelle est portée à l'écran sous le même titre avec Burt Lancaster, ancien trapéziste demeuré un athlète complet, dans le rôle-titre. *The Swimmer*, en français « Le nageur ». Une sorte de Tarzan chez les riches. Impossible d'oublier une bouleversante scène du film, mais qui n'existait pas dans la nouvelle : rencontrant un petit garçon triste et solitaire assis au bord d'un bassin vide, le nageur le prend par la main et lui apprend à nager en lui mimant patiemment tous les gestes avant de lui confier : « N'oublie jamais, petit, que quand tu nages, tu es le capitaine de ton âme. »

Quand on lit la nouvelle et plus encore lorsqu'on voit

le film de Frank Perry sacrément reconfiguré par Sydney Pollack qui en acheva la réalisation, on est frappé par la ressemblance de Burt Lancaster avec un autre vagabond sublime. Ce sourire, cette démarche, cette silhouette, cette attitude, et surtout ces qualités humaines, c'est Artem, le nageur, qui a enfin vaincu ses démons.

Indifférent aux biens matériels et à la propriété, fidèle à lui-même et se contentant du montant de sa retraite, il ne possède rien. Mais quelle richesse ! Une matinée d'août 1983, alors qu'il nage comme tous les matins dans le port, des jeunes le repèrent et s'inquiètent de son état de fatigue. Ils le font monter à bord de leur canot pour le ramener au rivage. Une alerte cardiaque en crawlant. Depuis des années, chaque fois qu'il ressent ce lointain héritage des camps, il dissipe l'inquiétude en exécutant un poirier en pleine rue devant les badauds ahuris. Puis il retourne achever son kilomètre. L'entraînement, même à la retraite. Mais ce jour-là, après avoir parcouru à peine une dizaine de mètres, sa vue se brouille, la plage se meurt, la terre s'efface de l'horizon, la mer paraît plus illimitée que jamais. Au loin quelques vagues commencent à faire le gros dos puis à s'ourler de blanc. Sent-il que cette nage est son chant du cygne, le roi paisible des oiseaux d'eau ? Sait-il encore que l'eau mouille ?

Cette fois, de battre son cœur s'est arrêté dans l'ultime clapotis d'une grande vague brisée.

Une réanimation est tentée à quai dans un dernier sursaut de vitalité désespérée. Mais le nageur descend dans l'abîme. Il sait désormais le mot de passe de l'eau au ciel.

Ainsi s'éteint Alfred Nakache, dit Artem, à soixante-sept ans. Non en compétition ou sur un podium mais dans son élément naturel. S'il est vrai que chacun porte sa mort en soi comme le fruit son noyau, la sienne lui correspond idéalement. Non seulement elle ressemble à sa vie mais elle lui évite la dégradation et les souffrances. Né dans l'eau salée de la piscine Sidi M'Cid, il rend l'âme dans l'eau étrangement douce du port de Cerbère. Il meurt dans une mer de l'intranquillité comme peut l'être parfois la Méditerranée lorsqu'elle se prend pour un océan. Là qu'il trouve la mort, drôle d'expression quand on y pense, comme s'il l'avait cherchée, Alfred tel Achille désormais immobile à grands pas.

L'eau l'a donné, l'eau l'a repris.

Une foule nombreuse se presse sous le soleil le jour de son enterrement à Sète. Autant d'amis que d'admirateurs regroupés autour de la grande tribu des Nakache, les frères et les sœurs entourés de la jeune génération des neveux et nièces, sans oublier les cousins venus de Montpellier. Son frère Robert récite le *kaddish.* Le nom de l'Éternel est glorifié pour honorer moins Artem, le grand champion, que Fred, comme on l'appelle dans la famille. Sur la plaque funéraire noire, outre son nom, son prénom et ses dates, on peut lire gravés dans le marbre en hébreu : « Ici est enterré Fredj Nakache le 25 du mois de Av de l'an 5743. Que son âme soit reliée au faisceau des vivants », ainsi qu'une inscription voulue par la famille : « Homme de cœur de rayonnement tu restes un "juste" pour tous ». Et selon le vœu d'Alfred, juste en dessous, il est écrit : « À la mémoire de Paule Nakache née Elbaze 28 ans et sa fille Annie Laurence 2 ans décédées en déportation à Auschwitz victimes de la barbarie allemande », puis pareillement en hébreu. La tristesse est aussi intense que discrète, à la mesure d'une cérémonie tout en retenue dans le carré juif de Saint-Charles qui domine le littoral du golfe du Lion. La tombe de Paul Valéry, qui versifia si haut ce cimetière marin, n'est pas loin.

Ce lieu me plaît, dominé de flambeaux,
Composé d'or, de pierre et d'arbres sombres,
Où tant de marbre est tremblant sur tant d'ombres ;
La mer fidèle y dort sur mes tombeaux !

[...]

Les morts cachés sont bien dans cette terre
Qui les réchauffe et sèche leur mystère.

Pendant des années, sa famille s'y rendra en août pour honorer la mémoire d'Alfred Nakache. Les petits cailloux régulièrement déposés à leur passage sur la dalle en marbre gris attesteront, selon la tradition, qu'ils ne l'ont pas oublié. Sur la tombe du nageur de Constantine, ils formeront une fresque aussi sublime que celle du plongeur de Paestum.

Le récit de son existence pourrait tenir en une phrase : il est né, il a nagé, il est mort. On dit qu'au lendemain de sa disparition un dauphin a tourné pendant un mois dans le port de Sète.

RECONNAISSANCE DE DETTES

Spéciale dédicace à Roger Nakache, Yvette Benayoun-Nakache, Arlette Zemmour, Jeanie Attuil, Roselyne Déry, Yonathan Arfi, Jacques Nakache,

ainsi que

Pierre Lemaitre, Caroline François, Hubert Strouk, Yann Potin, Nina Winograd, Olivier Wieviorka, Denis Baud, Yves Pourcher, Chantal Pagès, Jérôme Blachon, Pierre Gastou, Pilar Martinez

Archives nationales, Pierrefitte-sur-Seine

Z/6/39 dossier 663
MIC/ 3 W/ 274 pièces 619
3 W 274 pièces 619-621

Archives du Mémorial de la Shoah, Paris

XXVIII 7089 0013 dossier 21 P 603 928

Archives municipales et archives départementales, musée de la Résistance et de la Déportation, Toulouse

52 78 W5 dossier 75
2042 15 dpet B2
Z/6/39 dossier 663
5795 W 468

5795 W 471
5278 W6
1867 W 226

Documentaires

Jean Vigo, « La natation par Jean Taris », in *L'Intégrale de Jean Vigo*, Gaumont vidéo, DVD, 2007

Denis Amar, « Raymond Leyris et les juifs de Constantine », https://bit.ly/3RGirZt

Thierry Lasheras, avec Fabien Gilot, *Nage libre*, France TV/ Eva production, 2017

Christian Meunier, *Alfred Nakache, le nageur d'Auschwitz*, commentaire dit par Pierre Arditi, Zagarianka Production/ Dorianne Films, 2011 (52 minutes)

Presse

L'Auto, La Dépêche, Tous les sports, La Petite Gironde, La Dépêche du Midi, Paris-Match, Le Miroir des sports, L'Humanité, Ce soir, Combat, L'Aurore, Après Auschwitz, L'Équipe, Le Petit Parisien, Le Monde, Revivre

Autres sources

Marianne Amar, « Une affaire d'État ? L'olympisme français face aux pouvoirs publics au tournant des années cinquante (1948-1952) », *Relations internationales*, n° 112, 2002

Daniel Amson, *Borotra. De Wimbledon à Vichy*, Tallandier, 1999

Philippe Assoulen, *Les Champions juifs dans l'Histoire. Des sportifs face à l'antisémitisme*, Imago, 2009

Gérard Avram, *Contre l'oubli*, entretien avec Ivan Frésard, 1998, www.contreloubli.ch

Jean-Pierre Azéma *et al.*, *La Politique du sport et de l'éducation physique en France pendant l'Occupation*, Insep, 2018

Gaston Bachelard, *L'Eau et les rêves. Essai sur l'imagination de la matière*, José Corti, 1942

Denis Baud, *Alfred Nakache, le nageur d'Auschwitz*, Loubatières, 2009

Véronique Béghain, « *The Swimmer* (Cheever/Perry) : de l'adaptation à la normalisation », *Revue de recherche en civilisation américaine*, 2014, http://journals.openedition.org/rrca/637

Robert Belot, « Le sort des juifs dans les discours et les pratiques du mouvement Combat », *Les Cahiers de la Shoah*, n° 8, 2005/1

Georges Bensoussan, Paul Dietschy, Caroline François, Hubert Strouk (sous la dir. de), *Sport, corps et sociétés de masse. Le projet d'un homme nouveau*, Armand Colin, 2012

Monique Berlioux, *Des Jeux et des crimes. 1936, le piège blanc olympique*, Atlantica, 2007

Jean-Pierre Bertin-Maghit, « La mise en scène du sport dans les documentaires de propagande sous l'Occupation », *Cahiers de l'Insep*, 2000, hors-série

Joseph Bialot, *C'est en hiver que les jours rallongent*, Seuil, 2002

Gilles Bornais, *Le Nageur et ses démons*, Les Pérégrines, 2019

Serge Bornstein, in Roland Coutanceau, Joanna Smith, Samuel Lemitre (sous la dir. de), *Trauma et résilience*, Dunod, 2012

Didier Braun, « 1936 : fallait-il boycotter ? », *L'Histoire*, juillet-septembre 2008

Jean-Marie Brohm, *1936. Jeux olympiques à Berlin*, Complexe, 1983

Philippe Brunel, « Nakache dénoncé par ses records », *L'Équipe magazine*, n° 554, 22 août 1992

Jacques Cartonnet, *Nages*, Gallimard, 1935

Patrick Clastres *et al.*, *Des JO de Berlin aux JO de Londres (1936-1948). Le sport européen à l'épreuve du nazisme*, Mémorial de la Shoah CDIC, 2011

Paul Claudel, « L'élasticité américaine », in *Œuvres en prose*, Gallimard, « Bibliothèque de la Pléiade », 1965

Maurice Cling, *Un enfant à Auschwitz*, Éditions de l'Atelier, 2008

Jean-Paul Cointet, *Les Hommes de Vichy. L'illusion du pouvoir*, Perrin, 2017

Joshua Cole, « Antisémitisme et situation coloniale pendant l'entre-deux-guerres en Algérie. Les émeutes antijuives de Constantine (août 1934) », *Vingtième Siècle. Revue d'histoire*, n° 108, 2010/4

Collectif, « Nageurs, coureurs, boxeurs », *Les Cahiers du judaïsme*, n° 21, 2007

Boris Cyrulnik et Philippe Bouhours, *Sport et résilience*, Odile Jacob, 2019

Christophe Damour, *« The Swimmer » de Frank Perry*, Vendémiaire, 2018

Jean Dauven, « Israël mal doué pour le sport se rattrape par l'exploitation des sportifs », *Cahier jaune*, n° 12, janv. 1943 ; « Les pitres du sport », *Cahier jaune*, n° 13, févr. 1943

Jean-Paul Derai, *Alfred Nakache. Le nageur d'Auschwitz, 1915-1983*, Université de Nice, UFR Staps, s.d.

David Diamant, *Jeune Combat. La jeunesse juive dans la Résistance*, L'Harmattan, 1993

Émile-Georges Drigny, « Nakacke ou le champion au cran indomptable », *Miroir des sports*, 15 sept. 1941

Estèbe et Malo, « Les juifs dans le Midi toulousain sous l'Occupation », colloque de Toulouse, 1985

Émilienne Eychenne, *Les Pyrénées de la liberté. Les évasions par l'Espagne, 1939-1945*, France-Empire, 1983

Roger Foucher-Créteau, *Écrit à Buchenwald, 1944-1945*, La boutique de l'Histoire, 2001

Jean-Louis Gay-Lescot, *Sport et éducation sous Vichy, 1940-1944*, Presses universitaires de Lyon, 1991

Raphaël Godet, « À Auschwitz, la barbarie par le sport », *Le Temps*, 5 déc. 2011

Doriane Gomet, *Sports et pratiques corporelles chez les déportés, prisonniers de guerre et requis français en Allemagne durant la Seconde Guerre mondiale (1940-1945)*, thèse de doctorat en philosophie, Historisches Institut der Universität Stuttgart, 2012

Doriane Gomet, Thomas Bauer, Yves Moralès, « To Be a Jew and Champion in Vichy's France: Alfred Nakache- From the Swimming Pool to the Nazis Camps (1940-1944) », *The International Journal of History of sport*, vol. 26, n° 15, déc. 2009 ; « Alfred Nakache, des bassins olympiques au couloir de Drancy. Analyse sociohistorique de la carrière d'un champion (1934-1944) », in Laurence Munoz (sous la dir. de), *Usages corporels et pratiques sportives aquatiques du XVIIIe au XXe siècle*, vol. 2, L'Harmattan, 2008

Claude Grimal et Claire Paulian (sous la dir. de), *Nager*, hors-série de l'été 2022, in *en-attendant-Nadeau.fr*

Yan Hamel, « Le sport concentrationnaire : David Rousset, Georges Perec », in Benoît Melançon *et al.*, *Des mots et des muscles ! Représentations des pratiques sportives*, Québec, 2014

Hansel, Joëlle, « II.3. Vladimir Jankélévitch : le pardon et l'impardonnable », *Revue d'histoire de la Shoah*, vol. 207, n° 2, 2017, p. 195-206

Vladimir Jankélévitch, *Pardonner ?*, Le Pavillon, 1971 ; *Le Pardon*, Champs / Flammarion, 2019

Franz Kafka, « Le Grand nageur », « Description d'un combat » et « Dans la colonie pénitentiaire », in *Nouvelles et récits*, in *Œuvres complètes*, 1, édition et traduction de Jean-Pierre Lefebvre, Gallimard, « Bibliothèque de la Pléiade », 2018

Sim Kessel, *Pendu à Auschwitz*, Solar, 1970

Noah Klieger, *La Boxe ou la Vie*, Elkana, 2008

David Knout, *Contribution à l'histoire de la résistance juive en France, 1940-1944*, Éditions du Centre, 1947

Bessel van der Kolk, *Le corps n'oublie rien. Le cerveau, l'esprit, le corps dans la guérison du traumatisme*, Albin Michel, 2020

Éric Lahmy, « Alfred Nakache : la douleur et la gloire », *L'Équipe*, 12 août 1983

Pierre Lasry, *Une prison à Toulouse*, 2014

Anny Latour, *La Résistance juive en France, 1940-1944*, Stock, 1970

Jacques Lazarus, *Juifs au combat*, Éditions du Centre, 1947

Annie Leclerc, *Éloge de la nage*, Actes Sud, 2002

« Le Couillonel Pascot », *Forces unies de la jeunesse*, journal clandestin des Jeunes des mouvements de résistance, n° 12, sept. 1943, CDJC, DXLII-36

Éric Malo, « Le régime de Vichy dans la région toulousaine. Rupture ou continuité ? », mémoire de DEA, université de Toulouse, 1989

Antoni Makowski, « L'hôpital des prisonniers à Monowitz », in Danuta Czech, Antoni Makowski, Jan Mikulski, Alfred Fiderkiewicz, *Contribution à l'histoire du KL Auschwitz*, Éditions du Musée d'État à Oswiecim

Dominik Manns, « Leni Riefenstahl / Georges Perec : un olympisme martial », in *Inflexions*, 2012/1, n° 19

Lucas Menget, *Nages libres*, Équateurs, 2022

Alban Minville, *Champion de natation, pourquoi pas ?*, Stael, 1948

Dominique Moncond'huy (sous la dir. de), avec la collaboration de Michèle Rosselini, Henri Scepi, *L'Espèce humaine et autres écrits des camps*, Gallimard, « Bibliothèque de la Pléiade », 2021

Christian Montaignac, *Étoiles fuyantes*, Lattès, 2004

Paul Morand, *Bains de mer, bains de rêve*, Guilde du livre, 1960

Laurence Munoz *et al.*, *Usages corporels et pratiques sportives aquatiques du XVIIIe au XXe siècle*, vol. 2, L'Harmattan, 2008

André Nahum, *Quatre boules de cuir ou l'étrange destin de Young Perez, champion du monde de boxe, Tunis 1911 – Auschwitz 1945*, Tunis, Bibliophane, 2002

Alexandre Pedro, « Alfred Nakache, une vie à contre-courant », *Le Monde*, 13 mai 2019

Étienne Penard, *Le « peuple du livre » à l'épreuve du « judaïsme du muscle » : les communautés juives de France et le sport (fin XIXe-1948)*, thèse de doctorat, université de Rennes 2, 2020

Muriel Pichon, « L'image des juifs et du problème juif à la Libération à Toulouse », mémoire de maîtrise, Université de Toulouse-Le Mirail, 1986

Yves Pourcher, *Brasse papillon. Le roman d'un collabo*, Gaussen, 2021

Bernard Prêtet, *Sports et sportifs français sous Vichy*, Nouveau Monde éditions, 2016 ; « Le sport, échappatoire ou résistance ? L'exemple de Paris et de Toulouse », *Guerres mondiales et conflits contemporains*, n° 208, 2017/4

Rhicoj, *Les Juifs dans la résistance et la Libération*, Éditions du Scribe, 1985

Claude Romano, « Un étrange oubli », *Extrême-Orient, Extrême-Occident*, n° 27, 2005

Jean Samuel et Jean-Marc Dreyfus, *Il m'appelait Pikolo. Un compagnon de Primo Levi raconte*, Robert Laffont, 2007

Claude Singer, « Alfred Nakache : une gloire oubliée », *Le Monde juif*, n° 152, 1994/3, p. 166-171, https://bit.ly/3vuogzA

Serge Smulevic, « L'arrivée à Auschwitz III », témoignage du 13 décembre 2008, https://bit.ly/3VkuXPi

Charles Sprawson, *Héros et nageurs*, Nevitaca, 2019

Leon Stasiak, *A Memorial for Professor Robert Waitz*, *Medical Review – Auschwitz*, 20 nov. 2020

Benjamin Stora, *Les Trois Exils. Juifs d'Algérie*, Stock, 2006 ; « Les Juifs, des Algériens (pas) comme les autres », *L'Histoire*, collections 95, avril-juin 2022

Jean Taris, avec les conseils de Georges Hermant, *La Joie de l'eau*, Les Œuvres françaises, 1937

Thierry Terret, « Identité nationale ou identité confessionnelle ? Le cas des poloïstes hongrois, 1924-1956 », in Serge

Fauché, Jean-Paul Callède, Jean-Louis Gay-Lescot et Jean-Paul Laplagne, *Sport et identité*, L'Harmattan, 2000

Chantal Thomas, *Journal de nage*, Seuil, 2022

François Thomazeau, *Histoire secrète du sport*, La Découverte, 2019

Colette Zytnicki, « Les Juifs d'Afrique du Nord et Toulouse jusqu'en 1962 : de lieu de passage à lieu d'ancrage », *Archives juives*, PUF, vol. 1953, 2020/1

Robert Waitz, « De l'Université aux Camps de Concentration », in *Témoignages strasbourgeois*, Presses universitaires de Strasbourg, 1947, réédition 1996 ; « Médecin, résistant dans les camps d'Auschwitz III (Buna-Monowitz) et de Buchenwald », *Petit Cahier*, 2e série, n° 15, sept. 2011, Centre d'étude de la Shoah, Amicale d'Auschwitz ; « Contribution à l'étude des pneumopathies aiguës dans les camps de concentration », *La Presse médicale*, n° 47, 14 août 1948

Robert Waitz et Georges Wellers, « Modifications hématologiques et humorales dans les syndromes de dénutrition des camps de concentration », *Sang*, tome XIX, n° 6, 1948 ; « Recherches sur la dénutrition prolongée dans les camps de déportation », *Revue canadienne de biologie*, vol. 6, n° 2, 1947

Georges Wellers, *L'Étoile jaune à l'heure de Vichy*, Fayard, 1973 ; *Un Juif sous Vichy*, Tirésias, 1991

Nina Winograd, « Un convoi de déportés juifs. Le transport Drancy-Auschwitz du 20 janvier 1944 », dossier de recherche de master 1, université de Caen Basse-Normandie, 2008-2009 ; « Le convoi du 20 janvier 1944, 11 563 Juifs vers Auschwitz », *Mémoire vivante*, n° 65, juin 2010

Olga Wormser-Migot, Henri Michel, *Tragédie de la déportation, 1940-1945*, Hachette, 1955

Le site www.constantine-hier-aujourdhui.fr/LaCulture/alfred_nakache.html

TABLE DES MATIÈRES

LES NOUVEAUX CONVERTIS. ENQUÊTE SUR DES CHRÉTIENS, DES JUIFS ET DES MUSULMANS PAS COMME LES AUTRES, Albin Michel, 1982 (Folio actuel n° 30).

L'ÉPURATION DES INTELLECTUELS, Complexe, 1985, réédition augmentée, 1990.

GERMINAL. L'AVENTURE D'UN FILM, Fayard, 1993.

BRÈVES DE BLOG. LE NOUVEL ÂGE DE LA CONVERSATION, Les Arènes, 2008.

LA NOUVELLE RIVE GAUCHE (avec Marc Mimram), Alternatives, 2011.

DU CÔTÉ DE CHEZ DROUANT. CENT DIX ANS DE VIE LITTÉRAIRE VUS À TRAVERS LES PRIX GONCOURT, Gallimard, 2013.

Anthologie

OCCUPATION. ROMANS ET BIOGRAPHIES, Bouquins/Robert Laffont, 2018.

Romans

LA CLIENTE, Gallimard, 1998 (Folio n° 3347). Prix Wizo, choix Goncourt de la Pologne.

DOUBLE VIE, Gallimard, 2001 (Folio n° 3709). Prix des Libraires.

ÉTAT LIMITE, Gallimard, 2003 (Folio n° 4129).

LUTETIA, Gallimard, 2005 (Folio n° 4398). Prix Maison de la presse.

LE PORTRAIT, Gallimard, 2007 (Folio n° 4897). Prix de la Langue française.

LES INVITÉS, Gallimard, 2009 (Folio n° 5085).

VIES DE JOB, Gallimard, 2011 (Folio n° 5473). Prix de la Fondation prince Pierre de Monaco, prix Méditerranée, prix Ulysse.

UNE QUESTION D'ORGUEIL, Gallimard, 2012 (Folio n° 5843).

SIGMARINGEN, Gallimard, 2014 (Folio n° 6007). Prix littéraire du Salon du livre de Genève.

GOLEM, Gallimard, 2016 (Folio n° 6327). Prix Cabourg du roman.

RETOUR À SÉFARAD, Gallimard, 2018 (Folio n° 6698). Prix des Vendanges littéraires de Rivesaltes.

TU SERAS UN HOMME, MON FILS, Gallimard, 2020 (Folio n° 6971). Prix des Écrivains du Sud 2020.

LE PAQUEBOT, Gallimard, 2022.

Dictionnaires

AUTODICTIONNAIRE SIMENON, Omnibus, 2009, Le Livre de poche, 2011.

AUTODICTIONNAIRE PROUST, Omnibus, 2011, Tempus, 2019.

DICTIONNAIRE AMOUREUX DES ÉCRIVAINS ET DE LA LITTÉRATURE, Plon, 2016.

Rapport

LA CONDITION DU TRADUCTEUR, Centre national du livre, 2012.

Composition : Nord Compo
Achevé d'imprimer
par CPI Firmin-Didot
à Mesnil-sur-l'Estrée, en mars 2023
Dépôt légal : mars 2023
Numéro d'imprimeur : 173994

ISBN : 978-2-07-298539-3/Imprimé en France

441429